Zecee Decembri

Zecе Decembrie

GEORGE SAUNDERS

Traducere de Radu Șorop

BLACK BUTTON BOOKS

Copertă, concept grafic și DTP: Raymond Bobar
Redactor: Elena Marcu
Corectură: Andreea Amzoiu

Descrierea CIP a Bibliotecii Naționale a României
SAUNDERS, GEORGE
Zece Decembrie / George Saunders ; trad. de Radu Șorop. -
București : Black Button Books, 2017
ISBN 978-606-94237-8-3
I. Sorop, Radu (trad.)
821.111

Ne puteți găsi aici:
Black Button Books
Str. Zamfir Olaru, nr. 10
Sector 5, București
052077
hello@blackbutton.ro

www.blackbutton.ro

Pentru Pat Pacino

Cuprins

Turul de onoare

Cu trei zile înainte de cea de-a cincisprezecea ei aniversare, Alison Pope s-a oprit în capul scărilor.

Să spunem că scara era de marmură. Să spunem că ea a coborât și toate capetele s-au întors. Unde era {alesul}? Apropiindu-se acum, înclinându-se ușor, el a exclamat: cum poate un ambalaj delicat să cuprindă atâta? Uups. Spusese *ambalaj delicat*? Și rămăsese neclintit? Cu fața-i lată și princiară, golită de orice expresie? Bietul de el! Îmi pare rău, sub nicio formă, adio, clar nu era {alesul}.

Dar ce zici de tipul ăsta, în spatele Dlui Ambalaj Delicat, care stă lângă consola audio-video? Cu un gât gros de o integritate agrară, dar cu buze pline, moi, care, punându-i o mână pe scobitura spatelui, a șoptit: îmi pare groaznic de rău că a trebuit să suporți acel comentariu despre ambalajul delicat mai devreme. Să mergem să ne așezăm pe lună. Sau, ăăă, sub lună. Sub clar de lună.

Spusese: *să mergem să ne așezăm pe lună*? Dacă da, ar trebui să fie ceva de genul {sprâncene ridicate}. Și dacă nu se ivea nicio rectificare îndurerată, să fie de genul: ah, nu sunt chiar îmbrăcată pentru a mă așeza pe lună, care, după câte înțeleg, este superrece?

Haideți, băieți, nu putea să plutească pentru totdeauna pe această scară de marmură imaginară! Acel păr-nins îndrăgit prins în tiară începea să vocifereze: *De ce o fac acești așa-ziși prinți pe acea fată drăguță să bată pasul pe loc* ad nausea? În plus, avea recital în acea seară și trebuia să meargă să-și ia ciorapii din uscător.

Doamne! Să te trezești că încă stai în capul scării.

Fă lucrul acela când, privind în sus, cu mâna pe balustradă, cobori scările săltat una câte una, ceea ce devenise mult mai dificil în ultima vreme pentru că, aparent, picioarele cuiva se lungeau pe zi ce trece.

Pas de chat, pas de chat.

Changement, changement.

Sari peste chestiuța subțire de metal care separă gresia din hol de covorul din sufragerie.

Reverență către sine în oglinda din vestibul.

Haide, mama, treci încoace. Nu vrem să fim dojenite din nou de domnișoara Callow care de-abia așteaptă.

Deși chiar o iubea pe Dra C. Atât de strictă! Le iubea și pe celelalte fete din clasă. Și pe fetele din școală. Le *iubea*. Toată lumea era atât de drăguță. Plus băieții din școală. Plus profesorii din școală. Cu toții se străduiau. De fapt, îi iubea pe toți din orașul ei. Adorabilul aprozarist, stropindu-și salata! Pastorul Carol, cu posteriorul ei mare și confortabil! Poștașul dolofan, gesticulând cu plicurile antișoc! Pe vremuri, fusese un mic oraș de industrie textilă. Ce nebunie? Ce însemna asta?

De asemenea, își iubea casa. De partea cealaltă a pârâului, era o biserică rusească. Cât de etnic! Acel dom în formă de ceapă se profila pe fereastra ei încă din zilele în care îmbrăca salopeta cu Pooh. De asemenea, iubea Gladsong Drive. Fiecare casă de pe Gladsong era o Corona del Mar. Era extraordinar! Dacă aveai un prieten pe Gladsong, deja știai unde se află fiecare lucru din casa lui sau a ei.

Jeté, jeté, rond de jambe.

Pas de bourrée.

Dintr-un capriciu vesel, fă o tumbă în față, sări în picioare, pupă poza lui mami și tati făcută la Penney's în Epoca de Piatră, când tu erai dulceața aia de fetiță, chiar acolo {pup}, cu o fundă în păr mai mare ca întreaga lume.

Câteodată, simțindu-se înveselită ca acum, își imagina un pui de căprioară tremurând în pădure.

Unde e mama ta, micuțule?

Nu știu, spunea căprioara cu vocea Beccăi, surioara lui Heather.

Ți-e teamă? o întreba ea. Ți-e foame? Vrei să te țin în brațe?

Bine, spunea puiul de căprioară.

Iată, acum, vânătorul, târând-o pe mama căprioarei de coarne. Mațele îi erau complet împrăștiate. Doamne, ce frumos era! Îi acoperea ochii puiului și spunea: nu ai altceva mai bun de făcut, vânător abject, decât s-o omori pe mămica acestui pui? Pari un tip destul de cumsecade.

Mămica mea e moartă? rostea puiul cu vocea Beccăi.

Nu, nu, spunea ea. Acest domn tocmai pleca.

Vânătorul, fermecat de frumusețea ei, devenea ceremonios sau își scotea șapca din cap și, așezându-se în genunchi, zicea: dacă aș putea însufleți cu voința-mi această ciută, aș face-o, în speranța că ați putea onora fruntea mea îmbătrânită cu un tandru sărut.

Du-te, spunea ea. Dar, ca să faci penitență, nu o mânca. Așaz-o într-un câmp de trifoi, cu trandafiri presărați deasupra-i. Și tocmește un cor, să-i cânte gingaș tristul sfârșit.

Pe cine să întindă? întreba puiul de căprioară.

Pe nimeni, spunea ea. Nu contează. Încetează să mai pui atâtea întrebări.

Pas de chat, pas de chat.

Changement, changement.

Avea speranțe că {alesul} va veni de undeva de foarte departe. Băieții din partea locului aveau un oarecare *je ne sais quoi*, după care, să spunem adevărul, nu era *très* înnebunită, cum ar fi: le dădeau efectiv nume propriilor ouă. Întâmplător îi auzise! Și aspirau să ajungă să lucreze pentru CountyPower deoarece cămășile erau super și le primeai gratuit.

O mare bilă neagră pentru băieții din partea locului. O bilă neagră în special pentru Matt Drey, deținătorul celei mai mari guri din ținut. Să-l sărute în seara precedentă la adunarea galeriei dinaintea meciului fusese ca și cum ar fi sărutat un pasaj subteran. Înfricoșător! Să-l săruți pe Matt era ca și cum, din senin, această vacă în pulover, care nu acceptă NU ca răspuns, se abate asupra ta, iar acest imens cap de vacă este inundat de substanțe chimice care suprimă acele slabe puteri de raționament pe care Matt chiar le posedă.

Ceea ce îi plăcea era să dețină controlul asupra ei înseși. Asupra corpului ei, minții ei. Gândurilor, carierei, viitorului ei.

Asta era ceea ce îi plăcea.

Așa să fie.

Am putea lua o mică gustare.

Un petit repas.

Oare era specială? Se considera specială? O, Doamne, nu știa. În istoria lumii, multe fuseseră mai speciale decât ea. Helen Keller fusese nemaipomenită; Maica Tereza era extraordinară; doamna Roosevelt era de-a dreptul vioaie, în ciuda soțului ei, care era handicapat, ba, în plus, dovedise bună-dispoziție, cu acei mari dinți îmbătrâniți, cu mult înainte ca buna-dispoziție a unei Prime-Doamne să poată fi măcar concepută. Ea, Alison, nu putea spera să concureze la categoria acelor doamne. Nu încă, cel puțin!

Erau atâtea pe care nu le știa! Cum ar fi să schimbe uleiul. Sau măcar să verifice uleiul. Cum să deschidă capota. Cum să faci negrese. Asta era stânjenitor, de fapt, ea fiind o fată și toate cele. Și ce era o ipotecă? Venea la pachet cu casa? Când alăptai la sân, trebuia gen să împingi laptele afară?

Doamne. Cine era figura asta străvezie, vizibilă prin geamul de la sufragerie, alergând pe Gladsong Drive? Kyle Boot, cel mai palid puști din tot ținutul? Încă îmbrăcat în ciudatul lui șort de cros cu brandenburguri?

Bietul de el. Arăta ca un schelet cu chică. Oare șortul ăla de cros era de pe vremea *Îngerilor lui Charlie* sau *quoi*? Cum putea să alerge atât de bine când părea literalmente că nu are mușchi deloc? În fiecare zi, alerga până acasă în felul acesta, fără tricou și cu ghiozdanul în spate, apoi, în dreptul casei familiei Fung, apăsa telecomanda și o zbughea în garajul lui fără să încetinească ritmul de alergare.

Aproape că trebuia să-l admiri pe bietul nătărău.

Crescuseră împreună, fuseseră bobițe în aceeași păstaie, în groapa cu nisip de lângă pârâu. Nu se îmbăiaseră împreună când făceau pipilică sau altă asemenea porcărioară? Spera ca asta să nu se afle niciodată. Fiindcă în termeni de prieteni, Kyle era practic la nivelul lui Feddy Slavko, care mergea bălăngănindu-se mult în spate și care își pescuia tot timpul chestii dintre dinți, anunțând numele lucrurilor în greacă, iar apoi mâncându-le din nou. Mama și tatăl lui Kyle nu-l lăsau să facă nimic. Dacă la filmul de la World Culture s-ar fi arătat țâțe, trebuia să se prezinte acasă. Fiecare dintre articolele din sufertașul lui era atent etichetat.

Pas de bourrée.

Și, reverență.

Toarnă cantitate de Cheez Doodles într-o chestie Tupperware de modă veche, compartimentată.

Mulțumesc, mama, mulțumesc, tata. Bucătăria voastră *rupe*.

Agită chestia Tupperware în sus și în jos ca și cum ai căuta aur într-o strecurătoare, apoi oferă câtorva sărăntoci imaginari strânși în jurul tău.

Serviți, vă rog. Vă mai pot ajuta cu ceva, oameni buni?

Deja ai făcut suficient, Alison, numai și catadicsind să ni te adresezi.

Cât de neadevărat! Nu înțelegeți că toți oamenii merită respect? Fiecare dintre noi este un curcubeu.

Pe bune? Privește această mare rană deschisă de pe biata mea coapsă zbârcită.

Permite-mi să-ți aduc niște vaselină.

Ți-aș fi foarte recunoscător. Chestia asta mă omoară.

Dar despre curcubeul ăla? Ea credea în asta. Oamenii erau extraordinari. Mama era nemaipomenită, tata era nemaipomenit, profesorii munceau atât de mult și aveau și ei copii, iar unii chiar divorțau, cum ar fi doamna Dees, și tot își făceau întotdeauna timp pentru elevi. Ceea ce găsea deosebit de impresionant la doamna Dees era că, în ciuda faptului că domnul Dees o înșela pe doamna Dees cu doamna care avea sala de bowling, doamna Dees încă preda cel mai tare curs de etică, ridicând întrebări precum: poate bunătatea să câștige? Sau oamenii buni sunt întotdeauna dați la o parte, răul fiind mai temerar? Acea ultimă parte părea săgeata aruncată de doamna Dees în direcția tipei de la sala de bowling. Dar, serios vorbind acum! Viața este distractivă sau înfricoșătoare? Oamenii sunt buni sau răi? Pe de o parte, filmulețul cu acele trupuri palide și debile strivite în timp ce nemțoaice grase privesc cu nonșalanță, plescăind gumă. Pe de altă parte, uneori oamenii de la țară, chiar și când fermele lor se află pe dealuri, stau până târziu și umplu saci cu nisip.

În sondajul *ad-hoc* din clasă, ea votase pentru oamenii buni și viața distractivă, doamna Dees adresându-i o privire compătimitoare în timp ce-și expunea părerile: pentru a face bine, trebuie doar să te hotărăști să faci bine. Trebuie să fii curajos. Trebuie să susții ceea ce este corect. La această ultimă replică, doamna Dees scosese un fel de geamăt. Ceea ce era în regulă. Doamna Dees avea multă suferință în viața ei, și totuși, știi ce era interesant? În mod evident, încă găsea ceva distractiv în viață și ceva bun în oameni, fiindcă altfel de ce să stai uneori până târziu să corectezi lucrări de control, iar a doua zi să vii complet extenuată, cu bluza invers, îmbrăcată anapoda în beznă, dimineața devreme, bună ființă răvășită?

Un ciocănit la ușă. Ușa din spate. In-te-re-sant. Cine ar putea fi? Părintele Dmitri de vizavi? UPS? FedEx? Cu *un petit* cec de plată *pour Papa*?

Jeté, jeté, rond de jambe.

Pas de bourrée.

Deschide ușa și...

Iată un bărbat pe care nu-l cunoștea. Un individ de-a dreptul solid, într-una dintre vestele acelea ale muncitorilor care citesc contoarele.

Ceva îi spunea să intre înapoi în casă, să trântească ușa. Dar asta părea nepoliticos.

În schimb, a încremenit, a zâmbit, a făcut {sprânceana ridicată} pentru a indica: Cu ce vă pot fi de folos?

Kyle Boot a trecut în trombă prin garaj, în casă, unde marele indicator din lemn ca un ceasornic era potrivit la Toți Plecați. Alte alegeri includeau: Mama & Tata Plecați, Mama Plecată, Tata Plecat, Kyle Plecat, Mama & Kyle Plecați, Tata & Kyle Plecați și Toți Acasă.

De ce mai aveau nevoie de Toți Acasă? Nu știau că erau toți când erau Toți Acasă? I-ar plăcea să-l întrebe asta pe tata? Cine, în minunatul lui atelier de tâmplărie din subsol, cufundat în deplină tăcere, proiectase și construise Indicatorul de Prezență al Familiei?

Ha.

Ha-ha.

În bucătărie pe bufet era o Notificare de Lucru.

Cercetaș: Geodă nouă pe verandă. Amplasează în curte conform ilustrației incluse. Fără prosteli. Greblează zonele întâi, întinde pe jos plastic cum ți-am arătat. Apoi așază înăuntru piatra albă. GEODA ACEASTA SCUMPĂ. *Rog ia în serios. N-ai niciun motiv să nu fii gata până ajung acasă. Asta = cinci (5) Puncte de Răsplată pentru Muncă.*

O, atotputernice tată, ți se pare sincer cinstit să trebuiască să muncesc ca un rob în grădină până ce se întunecă, după un riguros antrenament de cros, care a inclus 440 de yarzi, 880 de yarzi, o milă contra-cronometru, jdemii de sprinturi ca Drake și o ștafetă indiană de cinci mile?

Descălțarea, domnu'.

Ooopa, prea târziu. Era deja la televizor. Și lăsase o urmă incriminatoare de micro-cocoloașe de murdărie. Complet nepermis. Ar putea fi micro-cocoloașele de murdărie adunate cu mâna? Totuși, problemă: dacă făcea cale întoarsă ca să adune cu mâna micro-cocoloașele de murdărie, ar fi lăsat o nouă urmă incriminatoare de micro-cocoloașe de murdărie.

Și-a scos pantofii și s-a oprit repetând în cap o scurtă reprezentație pe care îi plăcea s-o numească CE S-AR ÎNTÂMPLA DACĂ... CHIAR ACUM?

CE S-AR ÎNTÂMPLA DACĂ ei ar veni acasă CHIAR ACUM?

E amuzant, tata! Am intrat fără să mă gândesc! Apoi mi-am dat seama ce făcusem! Cred că... atunci când mă gândesc la asta, știi ce mă bucură? Cât de repede m-am autocorectat! Motivul pentru care am intrat fără să mă gândesc a fost că am vrut să mă apuc imediat de lucru, tata, conform bilețelului tău!

S-a repezit în șosete în garaj, și-a aruncat pantofii în garaj, a alergat după aspirator, a aspirat micro-cocoloașele de murdărie, apoi și-a dat seama, maică-măiculiță, își aruncase pantofii în garaj în loc să-i așeze pe Folia de Pantofi așa cum trebuia, cu vârfurile îndreptate spre exterior pentru a-i ușura încălțarea ulterior.

A intrat în garaj, și-a așezat pantofii pe Folia de Pantofi, apoi a intrat din nou în casă.

Cercetaș, i-a spus tata în mintea lui, ți-a spus cineva vreodată că și cel mai atent întreținut garaj va avea niște benzină pe podea, care este acum pe șosetele tale, care sunt târâite peste tot pe mocheta de culoarea nisipului?

O, atotputernice, era vai de fundul lui.

Dar nu – *celebrate good times, come on* – nicio pată de benzină pe covor.

Și-a smuls șosetele din picioare. Îi era absolut nepermis să stea desculț în sufragerie. Mama și tata sosind acasă să îl găsească făcând pe Tarzan ca vreun golan sudist nu ar fi fost nici pe departe al dracului de...

Înjuri în gând? a rostit tata în capul lui. Dă-i bătaie, Cercetaș, fii bărbat. Dacă vrei să înjuri, înjură cu voce tare.

Nu vreau să înjur cu voce tare.

Atunci nu înjura în gând.

Mama și tata s-ar îmbolnăvi de inimă dacă l-ar putea auzi cum înjură uneori în gând, cum ar fi pizdă proastă, căcat cu ochi, să te fut în gură, futu-te-n cur. De ce nu putea să nu mai facă asta? Aveau așa o părere bună despre el, le trimitea săptămânal emailuri lăudăroase ambelor perechi de bunici, cum ar fi: Kyle a fost superocupat, menținându-și mediile mari în timp ce aleargă pentru echipa de cros a liceului, deși e doar în al doilea an, în același timp alocând puțin timp în fiecare zi pentru a manufactura asemenea pizdoșenii ca pizdă umedă, futut pe la spate...

Ce era în neregulă cu el? De ce nu putea fi recunoscător pentru tot ceea ce mama și tata făceau pentru el, în loc să...

Fute-o-n cur găurii ăsteia înzorzonate.

Fute să faci franjuri vestigiul palid trosnindu-l de genunchiul-pulă.

Întotdeauna îți puteai limpezi mintea cu o ciupitură puternică a propriilor colăcei discreți.

Au.

Hei, astăzi era marți, zi de Mare Tratație. Cele cinci (5) noi Puncte de Răsplată pentru Muncă aduse de amplasarea geodei, plus cele două (2) Puncte de Răsplată pentru Muncă existente totalizau șapte (7) Puncte de Răsplată pentru Muncă, care, adăugate celor opt (8) Puncte pentru Treburile Casnice strânse, făceau cincisprezece (15) Puncte Totale pentru Tratație, ceea ce îi putea asigura o Mare Tratație (de exemplu, doi pumni de stafide acoperite cu iaurt), plus douăzeci de minute de televizor la alegere, deși emisiunea efectivă trebuia să fie negociată cu tata la momentul încasării premiului.

Un lucru la care n-o să te uiți, Cercetaș, este *America's Most Outspoken Dirt Bikers*.

Mă rog.

Mă rog, tata.

Chiar așa, Cercetaș? „Mă rog"? O să mai zici „mă rog" și când îți voi retrage toate Punctele pentru Tratație și te voi obliga să renunți la cros, după cum te-am amenințat de mai multe ori că voi face dacă nu voi sesiza din partea ta o obediență ceva mai entuziastă?

Nu, nu, nu. Nu vreau să renunț, tată. Te rog. Sunt bun la asta. O să vezi, la prima întrecere. Chiar și Matt Drey a zis...

Cine e Matt Drey? Vreun maimuțoi din echipa de fotbal?

Da.

E cuvântul lui lege?

Nu.

Ce a spus?

Căcatu' ăsta mic chiar aleargă.

Frumoase vorbe, Cercetaș. Vorbe de maimuțoi. În orice caz, s-ar putea să nu ajungi la prima întrecere. Egoul tău pare să fi ieșit din matcă. Și de ce? Pentru că poți fugi? Oricine poate fugi. Toate jivinele pot fugi.

Nu renunț! Pula-n cur, căcat cu ochi, cur bășit! Te rog, te implor, e singurul lucru la care mă pricep! Mama, dacă mă pune să renunț, jur pe Dumnezeu că o să...

Teatralitatea nu te prinde, Unic Adorat.

Dacă îți dorești privilegiul de a concura într-un sport de echipă, Cercetaș, demonstrează-ne că poți trăi înăuntrul perfect rezonabilului nostru sistem de directive proiectat în avantajul tău.

Ia te uită.

O camionetă tocmai a tras în parcarea de la Sf. Mihail.

Kyle s-a îndreptat cu o ținută protocolară și stăpânită spre bufetul din bucătărie. Pe bufet, se afla Registrul de Trafic al lui Kyle, care servea scopului dublu de a (1) fundamenta poziția tatălui său că Părintele Dmitri ar trebui să construiască un zid de sprijin izolat fonic și (2) alcătui un set de date, al său, al lui Kyle, pentru un potențial proiect pentru Expoziția de Știință intitulat, de către tata, „Corelația numărului de parcări din fața bisericii versus ziua săptămânii, cu o anchetă auxiliară asupra numărului parcărilor duminica, de-a lungul întregului an."

Zâmbind agreabil, ca și cum i-ar fi făcut plăcere să completeze în tabel, Kyle completă foarte lizibil în tabel:

Vehicul: CAMIONETĂ.

Culoare: GRI.

Marcă: CHEVY.

An: NECUNOSCUT.

Un tip s-a dat jos din camionetă. Unul dintre rusnacii obișnuiți. „Rusnac" era un argou permis. De asemenea, „la naiba". De asemenea, „maică-măiculiță". De asemenea, „rahat pe băț". Rusnacul purta o geacă de blugi peste un hanorac cu glugă, ceea ce, din experiența lui Kyle, nu era o costumație de biserică neobișnuită pentru rusnaci, care veneau uneori direct de la Jiffy Lube, încă purtând salopetele.

Sub „Șofer vehicul", scrise PROBABIL ENORIAȘ.

Era nasol. Era chiar groasă. Faptul că tipul era un necunoscut, însemna că el, Kyle, trebuia acum să rămână înăuntru până ce necunoscutul părăsea cartierul. Ceea ce îi futarisea amplasarea geodei. Va sta afară până la miezul nopții. Ce pagubă!

Tipul și-a pus o vestă fosforescentă. A, tipul citea contoarele.

Cititorul de contoare s-a uitat în stânga, apoi în dreapta, a sărit peste pârâu, a intrat în curtea din spate a casei Pope, a trecut printre poarta de fotbal și piscina îngropată, apoi a ciocănit la ușa familiei Pope.

Frumos salt acolo, Boris.

Ușa s-a deschis.

Alison.

Inima lui Kyle dansa. Întotdeauna crezuse că asta era doar o expresie. Alison era ca o comoară națională. În dicționar, la cuvântul „frumusețe" ar fi trebuit să se afle o fotografie a ei în acel *skort* de blugi. Deși în ultima vreme nu părea să-l placă prea mult.

Acum traversa veranda pentru ca cititorul de contoare să-i poată arăta ceva. Ceva în neregulă cu electricitatea pe acoperiș? Tipul părea nerăbdător să-i arate. De fapt, o prinsese de încheietură. Și oarecum trăgea de ea.

Asta era ciudat. Nu-i așa? Nimic ciudat nu se întâmplase vreodată în cartier până atunci. Așa că probabil că era în regulă. Poate că tipul citea contoare realmente de foarte puțină vreme?

Cumva, Kyle simțea nevoia să iasă afară pe verandă. A ieșit afară. Tipul a înghețat. Ochii lui Alison erau ochi de căprioară speriată. Tipul și-a dres glasul, s-a întors puțin și Kyle a putut vedea ceva.

Un cuțit.

Cititorul de contoare avea un cuțit.

Uite cum facem, a spus tipul. Nu te miști până plecăm. Ai mișcat un mușchi, o înjunghii în inimă. Jur pe Dumnezeu. Ai înțeles?

Gura lui Kyle era atât de uscată încât tot ce putea face era să-și contorsioneze buzele în forma pe care o luau în mod normal când zicea Da.

Acum, traversau curtea. Alison s-a aruncat la pământ. Tipul a ridicat-o. Ea s-a aruncat la pământ. El a ridicat-o din nou. Era ciudat să o vezi pe Alison smucită ca o păpușă de cârpă în sanctuarul grădinii perfecte pe care tatăl ei i-o făcuse. Ea s-a aruncat la pământ.

Tipul i-a șuierat ceva, iar ea s-a ridicat, dintr-odată docilă.

În pieptul lui, Kyle resimțea multiplele directive, Majore și Minore, pe care le încălca chiar în acel moment. Era pe verandă desculț, pe verandă fără tricou, era afară când un străin era în apropiere, luase contact cu acel străin.

Săptămâna trecută, Sean Ball adusese la școală o perucă pentru a imita mai bine felul în care Bev Mirren își mesteca părul la nervi. Kyle cântărise pentru o clipă dacă să intervină. La Întâlnirea de Seară, mama spusese că ea considera decizia lui Kyle de a nu interveni înțeleaptă. Tata spusese: nu era treaba ta. Ai fi putut fi grav rănit. Mama spusese: gândește-te la toate resursele pe care le-am investit în tine, Unic Adorat. Tata spusese: știu că uneori îți las impresia că sunt strict, dar ești literalmente tot ce avem.

Acum, erau la poarta de fotbal, Alison cu brațul întors la spate. Scotea un scâncet repetitiv, de negare, ca și cum încerca să inventeze un sunet care să articuleze adecvat sentimentele ei despre ceea ce își dăduse seama în chiar acel moment că urma să i se întâmple.

El era doar un puști. Nu avea ce să facă. Simțea în piept căldura eliberatoare de presiune care survenea întotdeauna atunci când se supunea unei directive. Acolo, la picioarele lui, era geoda. Trebuia doar să se uite la asta până plecau. Era una de excepție. Poate cea mai excepțională dintre toate. Cristalele de la tăietură sclipeau în soare. Va arăta frumos în grădină. Odată ce o va fi amplasat. O va amplasa odată ce ei vor fi plecat. Tata va fi impresionat că, inclusiv după ceea ce se întâmplase, își amintise să amplaseze geoda.

Asta-i mișcarea, Cercetaș.

Suntem foarte mulțumiți, Unic Adorat.

Bună treabă, Cercetaș.

La dracu'. Se întâmpla. Ea mărșăluia supusă ca fata de comitet, așa cum știuse el că va fi. Pusese ochii pe ea de la botezul lui cum-îl-chema. Puștiul lui Serghei. La biserica rusă. Stătea în curtea ei, taică-su ori cineva de genul ăsta făcându-i o poză.

Îi ieșise pe gură ceva de genul: Bună, frumoa-sooo.

Kenny, de colo: Cam tânără, fra'.

Iar el: Pentru tine, bunicuțule.

Când studiai istoria, istoria culturii, îți dădeai seama că timpurile în care trăiai erau mărginite. Existau diferite teorii în privința consimțământului. În zilele Bibliei, un rege putea trece călare pe câmp și să spună: aceea. Iar fata îi era adusă. Și s-ar fi cununat după datină, iar dacă ea aducea pe lume un fiu, super, să fluture flamurile, o păstrăm. Oare ei, în acea primă noapte, îi făcea plăcere? Probabil că nu. Tremura ca o frunză? Nu conta. Ce conta erau urmașul și asigurarea descendenței. Plus slava regelui, care se exprima prin dreapta putere regală.

Iată pârâul.

A trecut-o prin el.

Următoarele puncte cu liniuță rămâneau în matricea decizională: condu la ușă laterală camionetă, înghesuie înăuntru, suie și tu, lipește bandă adezivă la încheieturi/ gură, agață de lanț, ține discurs. Avea discursul pregătit. Îl repetase atât în gând, cât și la reportofon: *Liniștește-ți inima, draga mea, știu că ești speriată pentru că încă nu mă cunoști și nu te așteptai astăzi la așa ceva, dar acordă-mi o șansă și vei vedea că vom pluti pe culmile desfătării. Vezi, pun cuțitul chiar aici și nu mă aștept să trebuiască să-l folosesc, bine?*

Dacă nu vrea să urce în camionetă, pocnește tare în stomac. Apoi ridică de jos, transportă până la ușă laterală camionetă, aruncă înăuntru, lipește bandă adezivă la încheieturi/ gură, agață de lanț, ține discurs etc., etc.

Stop, stai pe loc, a zis.

Fata s-a oprit.

Paștele mă-sii. Ușa laterală a camionetei era încuiată. Câtă indisciplină. Era clar prevăzut în matricea pre-misiune să se asigure că ușa era descuiată. I-a răsărit în gând Melvin. Pe fața lui Melvin se citea acea aspră dezamăgire care preceda întotdeauna o chelfăneală, care precedase întotdeauna celălalt lucru. Ridică mâinile în gardă, spunea Melvin, apără-te.

Într-adevăr, într-adevăr. Mică eroare aici. Trebuia să verifice de două ori matricea pre-misiune.

Nu-i mare scofală.

Bucurie, nu frică.

Melvin era mort de cincisprezece ani. Mama de doisprezece.

Târfulița era acum întoarsă cu spatele, se uita în urmă la casă. Încăpățânarea asta era inacceptabilă. Urma să fie înăbușită în fașă. Trebuia să-și amintească s-o rănească de la început, să traseze limitele.

Întoarce-te-n pula mea cu fața, a zis el.

Ea s-a întors cu fața.

El a descuiat ușa, a deschis-o. Momentul adevărului. Dacă urca, dacă îl lăsa să folosească banda adezivă, era gata. Alesese un loc în Sackett, ditamai lanul de porumb, se ajungea acolo pe un drum de țară. Dacă futaiul era bun, puteau să continue pe autostradă de acolo. Practic, să fure camioneta. Era camioneta lui Kenny. O împrumutase pentru o zi. Dă-l dracu' pe Kenny. Kenny îl făcuse o dată prost. Foarte rău, Kenny, remarca aia tocmai te-a costat o camionetă. Dacă futaiul nu era bun, tipa nu-l excita cum trebuie, anula operațiunea, trunchia subiectul, îi făcea vânt, spăla camioneta ca lumea, se ducea să cumpere porumb, îi returna camioneta lui Kenny, îi spunea: hei, frate, ia uite, ditamai maldărul de porumb, mulțumesc pentru camionetă, n-aș fi putut niciodată să cumpăr cât porumb îmi trebuia cu mașina mea. Apoi se dădea la fund, urmărea ziarele, cum făcuse cu roșcata non-excitantă din...

Fata i-a aruncat o privire imploratoare, de genul: te rog, nu.

Era acum momentul? Să-i taie elanul, să-i piară cheful de mai știi ce?

Era.

A făcut-o.

Geoda era frumoasă. Ce geodă frumoasă. Ce o făcea frumoasă? Care erau principalele caracteristici ale unei geode frumoase? Hai, gândește. Hai, concentrează-te.

Își va reveni cu timpul, Unic Adorat.

Nu era treaba ta, Cercetaș.

Suntem uimiți de cât de bine ai judecat, Unic Adorat.

Vag, a observat că Alison fusese lovită cu pumnul. Cu ochii pe geodă, a auzit micul *au*.

I-a stat inima cu gândul la ceea ce permitea să se întâmple. Folosiseră biscuiți în formă de peștișori aurii drept monezi. Construiseră poduri din pietre. Jos, la pârâu. Pe vremuri. O, Doamne. Nu ar fi trebuit niciodată să iasă din casă. De îndată ce plecau, va intra înapoi, va pretinde că nu ieșise afară niciodată, va construi macheta orașului feroviar, îl va fi construind încă atunci când mama și tata vor ajunge acasă. Și când îi va da cineva de știre? Își va lua o anumită expresie. Deja putea simți pe chip expresia pe care o va lua, gen: ce? Alison? Violată? Ucisă? O, Doamne. Violată și ucisă în timp ce eu construiam inocent orașul feroviar, stând neștiutor, cu picioarele încrucișate pe podea ca un mic, un micuț...

Nu. Nu, nu, nu. În curând, duși vor fi. Apoi putea merge înăuntru. Suna la poliție. Deși, atunci, toată lumea va ști că nu făcuse nimic. Toată viitoarea lui viață va fi de doi bani. Va fi pe veci tipul care nu făcuse nimic. Mai mult, apelul telefonic n-ar ajuta cu nimic. Ar fi fost duși demult. Autostrada era chiar dincolo de Featherstone, cu gen milioane de artere și intersecții suspendate sau orice altceva se revarsă din ea. Așa că totul era încheiat. Va intra în casă. De îndată ce plecau. Plecați, plecați, plecați, s-a gândit, ca să pot intra înăuntru, să uit că asta...

Apoi, alerga. Pe peluză. O, Doamne! Ce făcea, ce făcea? Iisuse, căcat, directivele pe care le încălca! Alergatul în grădină (rău pentru iarbă); transportarea unei geode fără ambalajul ei protector; sărirea gardului, care punea gardul, care nu costase o nimica toată, la încercare; părăsirea grădinii; părăsirea grădinii desculț; pătrunderea în Zona Secundară fără permisiune; intrarea în pârâu desculț (sticlă spartă, microorganisme periculoase) și, nu numai asta, o Doamne, deodată și-a dat seama ce intenționa această latură smintită a lui, adică să încalce o directivă atât de Majoră și absolută că nici măcar nu era o directivă, din moment ce nu aveai nevoie de o directivă ca să știi cât de total nepermis era să...

A ieșit din pârâu, tipul tot nu se întorsese, și i-a aruncat geoda în cap, care a părut să emită un bizar fascicul de sânge, care se scurgea chiar înainte ca tipul, cu tot cu capul lui vizibil crăpat, să cadă fix în fund.

Da! Drept la țintă! Ce distractiv fusese! Distractiv să domini un adult! Distractiv să te folosești de cea mai mirobolantă viteză de alergare, ca a unei gazele, din istoria omenirii pentru a parcurge fulgerător și fără niciun sunet spațiul și a pune la punct acest uriaș nătâng, care altfel, chiar acum, ar fi...

Dacă n-ar fi făcut ce făcuse?

Doamne, dacă n-ar fi făcut ce făcuse?

Și-l imagină pe tip frângând-o pe Alison de la mijloc ca pe o husă de costum decolorată, în timp ce o trăgea de păr și o împingea brutal, timp în care el, Kyle, ședea smerit și ascultător, micuțul viaduct feroviar în penibila lui strânsoare copilărească...

Iisuse! A făcut un salt și a aruncat geoda prin parbrizul camionetei, care a făcut implozie, făcând să cadă în interior o ploaie de cioburi de sticlă cu zgomotul a mii de minusculi clopoței de vânt.

S-a cocoțat pe capota mașinii, recuperând geoda.

Pe bune? Pe bune? Aveai de gând să-i distrugi viața, să-mi distrugi viața, Animalule care scurmi în pizdă, sugător de pulă bășinos? Cine e șeful acum? Cur bășit, du-te-n sloboz de căcat...

Nu se simțise niciodată atât de puternic/ furios/ sălbatic. Cine e cel mai tare? Cine e șeful? Ce trebuie să mai facă? Să se asigure că Animalul nu mai făcea rău altcuiva? Încă mai miști, ciudatule? Ai un plan, labagiule? Vrei să-ți crăp capul peste crăpătura pe care deja o ai în cap, barosane? Crezi că n-o s-o fac? Crezi că eu...

Ia-o ușor, Cercetaș, ai scăpat frâiele.

Apasă frâna, Unic Adorat.

Gura. Sunt propriul meu șef.

PIZDA MĂ-SII!

Ce dracu'? Ce făcea la pământ? Se împiedicase? Îl pălise cineva? Căzuse o creangă de copac? Futu-i. Și-a atins capul. Când și-a retras mâna, era însângerată.

Prăjina de puști s-a aplecat. Ca să ridice ceva. O piatră. De ce plecase puștiul ăsta de pe verandă? Unde era cuțitul?

Unde era fata?

Târându-se spre pârâu.

Zburând peste curtea ei.

Intrând în casa ei.

Futu-i, toată treaba era fututã. Mai bine să se care. Să se descurce cum, pe ochi frumoși? Avea gen opt dolari în buzunar.

Ah, Hristoase! Puștiul îi făcuse parbrizul țăndări! Cu piatra! Lui Kenny n-o să-i placă asta deloc.

A încercat să stea în picioare, dar n-a putut. Sângele țâșnea pur și simplu din el. La închisoare nu se întorcea. În niciun caz. Și-ar fi tăiat venele. Unde era cuțitul? Se va înjunghia singur în piept. Asta era ceva nobil. Atunci, oamenii i-ar fi aflat numele. Care dintre ei avea coaiele să se omoare ca un samurai cu un cuțit în piept?

Nimeni.

Niciunul.

Hai, fătălăule. Fă-o.

Nu. Regele nu-și ia propria viață. Omul superior acceptă în tăcere hula necugetată a prostimii. Așteaptă să se ridice și să lupte din nou. În plus, habar n-avea unde era cuțitul. Ei bine, n-avea nevoie de el. Se vă târî până în pădure, va omorî ceva cu mâinile goale. Sau va face o capcană din niște ierburi. Ău. Era gata să borască? Gata, o făcuse. Chiar în poală.

De așteptat să dai chix și cu cea mai banală chestie, a spus Melvin.

Melvin, Dumnezeule, nu poți să vezi cât de rău îmi sângerează capul?

Un puști ți-a făcut asta. Ești o glumă. Ți-a tras-o un puști.

Ah, sirene, perfect.

Ei bine, era o zi nefericită pentru polițai. O să se bată cu ei parte în parte. O să aștepte până în ultimul moment, privindu-i cum se apropie, rostind în gând o mantră a morții care îi va concentra toată puterea vitală în pumni.

Stătea gândindu-se la pumnii lui. Erau bolovani uriași de granit. Erau câte un pitbull fiecare. A încercat să se ridice. Cumva, picioarele nu-i funcționau. Spera ca polițaii să ajungă în curând. Îl durea capul foarte rău. Când punea mâna acolo sus, lucrurile se mișcau. Era ca și cum purta o șapcă de sânge închegat. Urma să aibă nevoie de mai multe copci. Spera că asta nu-l va durea prea tare. Probabil că-l va durea, totuși.

Unde era prăjina aia de puști?

A, iată-l.

Profilându-se deasupra lui, blocând soarele, pietroiul ridicat într-o mână, strigând ceva, dar el nu putea spune ce, din cauza țiuitului din urechi.

Apoi, și-a dat seama că puștiul urma să dea cu piatra. A închis ochii și a așteptat și nu era nici pe departe împăcat, în schimb, simțea începuturile unei spaime groaznice adunându-se în interiorul lui, iar dacă acea spaimă continua să crească în același ritm, a realizat într-o fracțiune de gândire limpede că exista un nume pentru locul în care va ajunge, iar acela era Iadul.

Alison stătea la fereastra din bucătărie. Făcuse pipi pe ea. Ceea ce n-o deranja. Oamenii făceau asta. Când erau supersperiați. Observase în timp ce suna la poliție. Mâinile îi tremuraseră atât de rău. Încă îi tremurau. Un picior îi făcea ca piciorul lui Bocănilă. Doamne, lucrurile pe care i le spusese. O pocnise. O ciupise. Avea un semn mare și albastru pe braț. Cum de Kyle era încă acolo? Dar iată-l acolo, în acel șort comic, atât de încrezător se dădea în spectacol, mâinile strâns împreunate deasupra capului ca un boxer dintr-un univers alternativ simpatic, unde un puști atât de slăbănog chiar ar fi putut câștiga lupta cu un tip înarmat cu un cuțit.

Stai.

Mâinile lui nu erau strâns împreunate. Ținea un pietroi, strigând ceva către tipul căzut, care era în genunchi, ca un prizonier legat la ochi din acel video pe care-l vizionaseră la Istorie, înainte să fie ucis cu sabia de un individ ceremonios care purta un coif.

Kyle, nu, a șoptit.

Luni întregi după aceea a avut coșmaruri în care Kyle lovea cu piatra. Ea era pe verandă încercând să-l strige, dar nu putea scoate niciun sunet. Pietroiul lovea. Apoi, tipul nu mai avea cap. Lovitura îi dizolva efectiv capul. Apoi, corpul lui se prăbușea la pământ cu o bufnitură, iar Kyle se întorcea către ea cu această privire deznădăjduită care spunea: viața mea s-a sfârșit. Am omorât un om.

Cum de, se întreba ea câteodată, în vise nu putem face cele mai simple lucruri? Cum ar fi că un cățeluș care scheaună stă pe niște cioburi, iar tu vrei să-l ridici și să-i cureți pernițele de cioburi, dar nu poți, fiindcă ții pe cap în echilibru o minge. Sau conduci și vezi tipul ăsta în cârje, iar tu spui, îi spui domnului Feder, profesorul tău de la școala de șoferi: să rotesc de volan? Iar el e ceva de genul: ăăă, probabil. Dar apoi auzi izbitura asta mare, iar Feder notează un minus în agenda lui.

Uneori, se trezea plângând din visul despre Kyle. Ultima dată, mama și tata erau deja acolo, turuind: nu așa s-au întâmplat lucrurile. Îți amintești, Allie? Ce s-a întâmplat? Spune-o. Spune-o cu voce tare. Allie, poți să-i spui lui mami și tati cum s-au întâmplat lucrurile în realitate?

Am fugit afară, a zis ea. Am strigat.

Așa e, a spus tata. Ai strigat. Ai strigat ca o campioană.

Și Kyle ce a făcut? A spus mama.

A pus jos pietroiul, a zis ea.

Vi s-a întâmplat ceva rău, copii, a spus tata. Dar ar fi putut fi mai rău.

Cu mult mai rău, a spus mama.

Dar, datorită vouă, copii, a spus tata, n-a fost cazul.

V-ați descurcat atât de bine, a spus mama.

V-ați descurcat minunat, a spus tata.

Bețe

În fiecare an, în noaptea de Ziua Recunoștinței, ne adunam în spatele lui tati în timp ce el târa costumul de Moș Crăciun până în stradă și împodobea cu el un fel de crucifix pe care îl construise în curte dintr-un stâlp de metal. În săptămâna de Super Bowl, stâlpul era îmbrăcat cu un tricou de fotbal și casca lui Rod, iar Rod trebuia să-i ceară voie lui tati dacă voia să dea jos casca. Pe 4 iulie, stâlpul era Unchiul Sam, de Ziua Veteranilor, un soldat, de Halloween, o fantomă. Stâlpul era singura concesie a lui tati pentru voioșie. Ni se permitea să luăm câte un singur creion colorat o dată din cutia de Crayola. Într-o seară de Ajun, a urlat la Kimmie pentru că irosise o felie de măr. Se ațînea la noi în timp ce turnam ketchup, spunând: e suficient, e suficient, e suficient. Petrecerile de aniversare constau în brioșe, fără înghețată. Prima oară când am venit acasă cu o fată, ea mi-a spus: care-i treaba cu taică-tău și stâlpul ăla?, iar eu am stat acolo, clipind.

Am plecat de acasă, ne-am căsătorit, am avut la rândul nostru copii, am descoperit semințele meschinăriei înflorind și în noi. Tata a început să îmbrace stâlpul în virtutea unei logici mai complexe și mai puțin evidente. L-a împodobit cu un fel de blană de Ziua Cârtiței și a târât afară un reflector pentru a face umbră. Când un cutremur a lovit Chile, a culcat stâlpul pe o parte și a desenat cu spray-ul o fisură în pământ. Mama a murit, iar el a îmbrăcat stâlpul ca Moartea și a atârnat de brațul crucii fotografii ale mamei de când era bebeluș. Ne opream lângă stâlp și găseam talismane stranii din tinerețea lui aranjate în jurul bazei: medalii din armată, bilete la teatru, hanorace vechi, cutii de farduri ale mamei. Într-o toamnă, a vopsit stâlpul în galben strălucitor. În acea iarnă, l-a acoperit cu fâșii de bumbac să nu-i fie frig și i-a făcut rost de progenituri bătând cu ciocanul șase bețe în formă de cruce prin curte. A petrecut bucăți de sfoară între stâlp și bețe, iar de sfori a lipit scrisori de scuze, asumări ale greșelilor, rugăminți pentru înțelegere, toate scrise repezit de mână pe cartonașe. A scris cu vopsea pe o pancartă IUBEȘTE și a agățat-o de stâlp, iar pe alta a scris IARTĂ?, și apoi a murit în hol cu radioul pornit, iar noi am vândut casa unui cuplu tânăr, care a scos stâlpul din pământ și l-a lăsat pe marginea drumului în ziua când se ia gunoiul.

Cățeluș

De două ori deja le atrăsese Marie atenția asupra frumuseții orbitoare a soarelui tomnatic deasupra lanului perfect de porumb, fiindcă frumusețea orbitoare a soarelui tomnatic deasupra lanului perfect de porumb îi evocase o casă bântuită – nu o casă bântuită pe care să o fi văzut vreodată în realitate, ci aceea arhetipală care uneori îi răsărea în minte (cu cimitirul aferent și pisica de pe gard) de fiecare dată când era martora frumuseții orbitoare a soarelui tomnatic deasupra lanului etc., etc. – și voia să se asigure că, în eventualitatea în care copiii aveau o casă bântuită arhetipală corespondentă care le răsărea în minte de fiecare dată când erau martorii frumuseții orbitoare a etc., etc., o vor vizualiza acum, astfel încât puteau cu toții să o experimenteze împreună, ca niște prieteni, ca niște prieteni din facultate și plecaseră într-o excursie cu mașina, minus iarbă, ha-ha-ha!

Dar nu. Atunci când ea, a treia oară, le-a spus „Uau, copii, fiți atenți la asta", Abbie a zis „OK, mama, ne-am prins, e porumb", iar Josh a zis „Nu acum, mama, pun Agentul de Creștere în Pâinici", ceea ce nu o deranja; n-avea nicio problemă cu asta, Nobilul Brutar fiind preferabil lui Umple Sutienul, jocul pe care îl ceruse el.

Ei bine, cine putea spune? Poate că în mintea lor nici nu aveau viniete arhetipale. Sau poate că vinietele arhetipale pe care le aveau în minte erau total diferite de cele pe care le avea ea în minte. Asta și era frumusețea, fiindcă, până la urmă, erau niște omuleți cu propria personalitate! Tu nu erai decât cea care avea grijă de ei. Nu trebuiau să simtă ceea ce simțeai *tu*; trebuiau doar sprijiniți să simtă ceea ce simțeau *ei*.

Totuși, uau, acel lan de porumb era atât de clasic.

De fiecare dată când văd un lan ca ăsta, știți? a spus ea. Cumva mă gândesc la o casă bântuită!

– Cuțit de Pâine! Cuțit de Pâine! a țipat Josh. Mașinărie cretină! Asta am ales!

Fiindcă venise vorba de Halloween, și-a amintit de anul trecut, când maldărul lor de coceni le răsturnase căruciorul de cumpărături. Doamne, cât mai râseseră! Ah, râsul în familie era neprețuit; n-avusese parte de nimic asemănător în copilărie, tatăl fiind atât de ursuz și mama, atât de rușinată. Dacă s-ar fi răsturnat căruciorul mamei și tatălui ei, tata i-ar fi tras un șut deznădăjduit, iar mama s-ar fi îndepărtat cu aplomb pentru a-și reîmprospăta rujul, îndepărtându-se de tata, în timp ce ea, Marie, și-ar fi introdus surescitată în gură acel oribil soldățel de plastic pe care-l botezase Brady.

Ei bine, în această familie, râsul era încurajat! Azi-noapte, când Josh o înțepase în fund cu Game Boy-ul, scuipase un jet de pastă de dinți pe oglindă și izbucniseră cu toții în hohote, tăvălindu-se pe podea cu Goochie, iar Josh spusese, atât de nostalgic:

– Mama, îți amintești când era Goochie pui?

Moment în care lacrimile îi țâșniseră lui Abbie din ochi, deoarece, având numai cinci ani, nu avea nicio amintire de când era Goochie pui.

Ca atare, această Misiune de Familie. Și Robert? O, binecuvântat fie Robert!

Ăsta da bărbat. Nu va avea nici cea mai mică obiecție în legătură cu Misiunea de Familie. Iubea la nebunie felul lui de a spune „Ho-PA!" de fiecare dată când ea aducea acasă ceva nou și neașteptat.

– Ho-PA! spusese Robert când venise acasă și descoperise iguana. Ho-PA! spusese el când venise acasă și descoperise dihorul care încerca să intre în cușca iguanei. Se pare că suntem fericiții deținători ai unei menajerii!

Îl iubea pentru spiritul său ludic: puteai veni acasă cu un hipopotam luat pe cardul de credit (atât dihorul, cât și iguana fuseseră luați pe cardul de credit), și ar fi spus doar „Ho-PA!", iar apoi ar fi întrebat ce mânca jivina, când trebuia să doarmă și cum mama naibii o să-l boteze pe micul împielițat.

Pe bancheta din spate, Josh scotea acel sunet ușș-ușș-ușș pe care îl făcea întotdeauna când Brutarul lui era în Modul de Brutărit, încercând să-și introducă Pâinicile în cuptor, în timp ce respingea asalturile diverșilor Locuitori Înfometați, cum ar fi o Vulpe cu stomacul mărit; cum ar fi un Măcăleandru fermecat care ar fi fugit în mod neașteptat cu Pâinica, străpunsă cu ciocul, de fiecare dată când ar fi reușit să arunce o Piatră-Buuf! deasupra Brutarului tău – despre toate aflase Marie în timpul verii, studiind manualul Nobilului Brutar în timp ce Josh dormea.

Și fusese de ajutor, chiar fusese. Josh era mai puțin retras în ultima vreme, iar când venea acum în spatele lui în timp ce se juca și spunea ceva, cum ar fi „Uau, dragul meu, nu știam că poți face Turtă Dulce Cu Secară" sau „Dragule, de ce nu încerci Cuțitul cu Lamă Zimțată, taie mai repede? Încearcă-l în timp ce apeși Zăvorăște Fereastra", el își întindea mâna liberă și o mângâia, iar ieri au râs copios împreună când el îi doborâse din greșeală ochelarii.

Așa că mama ei n-avea decât să zică ce voia și să susțină că îi alinta pe copii. Aceștia nu erau copii alintați. Erau copii *bine iubiți*. Cel puțin, nu îl lăsase pe vreunul dintre ei să stea în viscol timp de două ore după un banchet din gimnaziu. Cel puțin, nu se rățoise niciodată băută la vreunul dintre ei: „Nu cred nici pe departe că e de tine facultatea." Cel puțin, nu îl încuiase niciodată pe vreunul dintre ei într-un dulap (un dulap!) în timp ce se întreținea în antreu cu un muncitor necalificat.

O, Doamne, ce lume minunată! Culorile toamnei, râul scânteietor, norul plumburiu care indica în jos, precum o săgeată boantă, acel McDonald's pe jumătate renovat care străjuia ca un castel deasupra Autostrăzii 90.

De data aceasta avea să fie diferit, era sigură de asta. Copiii vor avea grijă ei înșiși de acest animal de companie, din moment ce un cățeluș nu avea solzi și nu mușca. (HO-PA! spusese Robert prima oară când îl mușcase iguana. Văd că ții la părerea ta!)

Mulțumesc, Doamne, s-a gândit ea, în timp ce Lexusul gonea prin lanul de porumb. Mi-ai dat atât de multe: încercări și puterea de a le depăși, har și noi ocazii în fiecare zi pentru a răspândi acest har în jurul meu. Și a început să cânte în gând, așa cum făcea uneori când simțea că lumea era bună și că își găsise în sfârșit locul în ea, „HO-PA, HO-PA!"

Callie a dat la o parte jaluzelele.

Da. Grozav. Lucrurile se așezaseră *perfect*.

Avea o grămadă de lucruri de făcut acolo în spate. O curte putea fi o întreagă lume. Așa cum, în copilărie, curtea ei fusese o întreagă lume. Prin cele trei găuri din gardul lor de lemn, putea vedea Exxon (Gaura Unu), Curba Accidentelor (Gaura Doi) și Gaura Trei, care erau de fapt două găuri prin care, dacă te uitai cum trebuie, ochii îți făceau chestia aia încrucișată ciudată și puteai să te joci O, Doamne Sunt Atât De Spart împleticindu-te cu ochii sașii și repetând „Pace, omule, pace."

Când Bo va mai crește, va fi diferit. Atunci va avea nevoie de libertate. Dar acum, tot ce avea nevoie era să rămână în viață. Odată, îl găsiseră hăt tocmai pe strada Testament. Iar asta era de partea cealaltă a Autostrăzii 90. Cum traversase Autostrada 90? Știa ea cum! O zbughise. Așa traversa el străzile. Odată, un necunoscut îi sunase din Hightown Plaza. Chiar și doctorul Brile o spusese:

– Callie, băiatul ăsta n-o s-o sfârșească bine dacă nu ții lucrurile sub control. Își ia medicamentele?

Păi, și le lua și nu și le lua. Pastilele îl făceau să scrâșnească din dinți și să dea cu pumnii în masă din senin. Spărsese câteva farfurii în felul ăsta, și o dată blatul de sticlă al unei mese, alegându-se cu patru copci la încheietură.

Astăzi nu avea nevoie de pastile, pentru că era în siguranță în curte, pentru că ea aranjase lucrurile atât de *perfect*.

Își exersa aruncarea acolo afară, umplându-și casca Yankees cu pietricele și țintind copacul.

El și-a ridicat privirea, a văzut-o și a făcut gestul acela prin care îi trimitea un pupic.

Băiețel scump.

Acum nu trebuia să-și mai facă griji decât pentru cățeluș. Spera ca doamna care sunase la telefon să și vină. Era un cățeluș drăguț. Alb, cafeniu în jurul unui ochi. Drăgălaș. Dacă doamna ar fi venit, cu siguranță l-ar fi vrut. Iar dacă îl lua, Jimmy scăpa de-o grijă. Și cu pisoii fusese oribil. Dar, dacă nimeni n-ar fi luat cățelușul, ar fi făcut-o. Trebuia. Pentru că inima îi spunea că, atunci când zici că vei face un lucru și nu-l faci, ei, așa se-apucă copiii de droguri. Unde mai pui că el crescuse la o fermă sau, mă rog, lângă o fermă, și oricine crescut la fermă știa că trebuie să faci ceea ce trebuie când vine vorba de animale bolnave sau animale în plus – cățelușul nefiind bolnav, doar în plus.

Când cu pisoii, Brianna și Jessi îl făcuseră criminal, iritându-l rău pe Bo, iar Jimmy urlase:

– Uite ce e, măi, copii, eu am fost crescut la fermă și trebuie să faci ce trebuie să faci!

Apoi, plânsese în pat, povestind cum pisoii mieunaseră în sac tot drumul până la iaz și cum își dorea să nu fi crescut niciodată la fermă, iar ea aproape că spusese: „Vrei să zici lângă o fermă" (tatăl lui avusese o spălătorie de mașini lângă Cortland), dar uneori, când prea făcea pe deșteapta, el o ciupea de braț în felul ăla tare, în timp ce o învârtea prin dormitor, ca și cum locul de unde o ciupea era un mâner de care o ținea, spunând: „Nu sunt sigur că am înțeles ce-ai zis."

Așa că, după întâmplarea cu pisoii, nu spusese decât:

– Of, iubitule, ai făcut ce-a trebuit.

Iar el spusese:

– Bănuiesc că da, da' știu că nu-i deloc ușor să-i crești pe copii așa cum trebuie.

Iar apoi, pentru că nu-i făcuse viața grea făcând pe deșteapta, stătuseră acolo întinși făcând planuri, cum ar fi de ce să nu vândă locul ăla și să se mute în Arizona și să cumpere o spălătorie de mașini, de ce să nu le cumpere copiilor Abecedarul la Căști, de ce să nu sădească roșii, iar apoi ajungeau să se tăvălească puțin și (habar n-avea de ce își amintea asta) el făcuse chestia asta, în timp ce o ținea strâns în brațe, izbucnise din senin într-un hohot de râs/ fornăit disperat în părul ei, ca un strănut sau ca și cum era pe punctul să înceapă să plângă.

Ceea ce o făcuse să se simtă specială, faptul că-i destăinuise asta.

Deci, ce i-ar plăcea astă-seară? Să vândă cățelușul, să-i culce pe copii devreme, iar apoi, Jimmy văzând că ea se ocupase de tot în legătură cu cățelușul, își puteau face puțin de cap, după care să stea întinși făcând planuri, iar el putea face din nou chestia aia hohot de râs/ fornăit în părul ei.

Naiba s-o ia dacă avea idee de ce însemna atât de mult pentru ea hohotul de râs/fornăitul. Era doar unul dintre acele lucruri ciudate în ceea ce o privea pe Minunea Care Era Ea, ha-ha-ha.

Afară, Bo a sărit în picioare, curios dintr-odată, deoarece (să ne punem pe treabă!) tocmai trăsese în fața doamna care sunase la telefon?

Mda, și într-o mașină bună pe deasupra, așa că foarte rău că adăugase „ieftin" în anunț.

Abbie a chițăit:

– Îmi place la nebunie, mami, îl vreau!, în timp ce cățelușul își ridica ochii întredeschiși din cutia de pantofi, iar stăpâna casei se îndepărta anevoios și, unu-doi-trei-patru, ridica patru *căcăreze de câine* de pe covor.

Ei bine, uau, ce superexcursie pentru copii, s-a gândit Marie, ha-ha (mizeria, mirosul de sfoiag, acvariul fără apă conținând un volum solitar de enciclopedie, conserva de pește de pe raftul de cărți cu un băț de acadea gonflabil inexplicabil răsărind din ea), și deși unii ar fi putut fi scârbiți (de roata de rezervă de pe *masa din sufragerie*, de felul în care cățeaua lehuză posacă, presupusa sursă a căcărezelor din casă, își târâia acum șezutul peste maldărul de haine din colț, sprijinindu-se pe picioarele din față, cu cele din spate rășchirate, afișând o privire tâmpă de plăcere), Marie și-a dat seama (rezistând impulsului de a se repezi la chiuvetă pentru a se spăla pe mâini, parțial pentru că în chiuvetă se afla o *bâtă de baseball*) că, de fapt, ceea ce se întâmpla acolo era profund trist.

Vă rog nu atingeți nimic, vă rog nu atingeți, le-a spus lui Josh și Abbie, dar doar în gând, voind să le acorde copiilor șansa de a o vedea comportându-se democratic și tolerant, iar după aceea se puteau cu toții spăla în McDonald's-ul pe jumătate renovat, atâta timp cât pur și simplu vă rog, vă rog nu vă băgați mâinile în gură și Doamne ferește să vă frecați la ochi.

A sunat telefonul, iar stăpâna casei s-a urnit până în bucătărie, așezând căcărezele delicat învelite într-un șervețel *pe blatul de bucătărie*.

– Mami, îl vreau, a spus Abbie.

– O să îl plimb negreșit, gen de două ori pe zi, a spus Josh.

– Nu spune „gen", a zis Marie.

– O să-l plimb negreșit de două ori pe zi, a spus Josh.

OK atunci, în regulă, vor adopta un cățel de sărăntoci albi. Ha-ha. Îi pot pune numele Zeke, îi pot cumpăra o mică pipă făcută dintr-un știulete și o pălărie de paie. Și l-a imaginat pe cățeluș, după ce se scăpase pe covor, uitându-se în sus la ea și ieșindu-i pe gură: *nu poa să m-apțin.* Dar stai. Ea provenea dintr-un loc perfect? Totul era transmutabil. Și l-a imaginat pe cățeluș după ce crescuse, întreținând câțiva prieteni, adresându-li-se cu un accent britanic: *Familia mea originară era, hm, nu chiar, să spunem așa, dintre cele mai respectabile...*

Ha-ha, uau, mintea umană era nemaipomenită, mereu născocind aceste...

Marie s-a apropiat de fereastră și, dând antropologic la o parte jaluzelele, a fost șocată, atât de șocată încât a dat drumul jaluzelelor și a scuturat din cap, ca și cum ar fi încercat să se trezească singură, șocată să vadă un băiat mic, cu doar câțiva ani mai mic decât Josh, legat cu un ham și un lanț de un copac, printr-un fel de ciudățenie prin care... a tras jaluzelele din nou, convinsă că nu putea să fi văzut ceea ce credea că văzuse...

Când băiatul a rupt-o la fugă, lanțul a început să se deșire. Acum alerga, uitându-se peste umăr la ea, dându-se mare. Când a ajuns la capăt, lanțul s-a smucit, iar el a căzut la pământ ca secerat.

S-a ridicat în fund, a ocărât lanțul, a tras înapoi și înainte de el, s-a târât până la un bol cu apă și, ridicându-l până la buze, a luat o înghițitură: a băut *dintr-un castron de câine.*

Josh i s-a alăturat la fereastră.

L-a lăsat să privească.

Trebuia să știe că lumea nu era numai teme, iguane și Nintendo. Era și acest băiat simplu, murdar de noroi, priponit ca un animal.

Și-a amintit cum a ieșit din dulap și-a văzut lenjeria mamei ei împrăștiată și steaguri portocalii ale muncitorului necalificat. Și-a amintit cum a așteptat în fața școlii gimnaziale în frigul aspru, zăpada căzând tot mai deasă, în timp ce număra din nou și din nou până la două sute, promițându-și de fiecare dată că, atunci când ajungea la două sute, va începe pe jos lungul drum spre casă...

Dumnezeule, ar fi dat orice pentru un singur adult responsabil care s-o confrunte pe mama ei, s-o scuture, să-i spună: „Idioato, ăsta e copilul tău, e copilul tău pe care-l..."

– Deci cum vă gândeaţi, să-i spuneţi? a spus femeia, ieşind din bucătărie.

Cruzimea şi ignoranţa pur şi simplu îi radiau de pe chipul durduliu, puţin mânjit cu ruj.

– Mi-e teamă că nu-l vom lua până la urmă, a zis Marie cu răceală.

Ce scandal a făcut Abbie! Dar Josh – va trebui să-l laude mai târziu, poate să-i cumpere Pachetul Suplimentar cu Pâinici Italieneşti – i-a spus lui Abbie ceva printre dinţi, iar apoi au ieşit prin bucătăria în dezordine (pe lângă un fel de *arbore cotit* pe o hârtie de copt, pe lângă o bucată de ardei roşu care plutea *într-o cutie de vopsea verde*) în timp ce stăpâna casei se ţinea după ei, spunând, staţi, staţi, îl puteau lua gratis, vă rog luaţi-l – voia pur şi simplu cu tot dinadinsul să îl ia ei.

Nu, a spus Marie, le era imposibil să îl ia în acest moment, ea fiind de părere că nu trebuie să deţii ceva dacă nu eşti capabil să ai grijă cum trebuie de el.

– A, a zis femeia, pleoştită în prag, cu căţeluşul căţărându-i-se pe un umăr.

Odată ce s-a văzut în Lexus, Abbie a început să plângă încet, spunând:

– Sincer, ăla era căţeluşul perfect pentru mine.

Şi chiar era un căţeluş drăguţ, dar Marie nu avea de gând să contribuie la o situaţie ca aceea nici în cea mai insignifiantă măsură.

Pur şi simplu, nu avea de gând să o facă.

Băiatul a venit la gard. Dacă ar fi putut să-i spună, printr-o singură privire: *viaţa nu va fi neapărat mereu ca acum. Viaţa ta ar putea înflori dintr-odată într-un fel minunat. Se poate întâmpla. Mie mi s-a întâmplat.*

Dar privirile secrete, priviri care transmiteau nenumărate înțelesuri cu subtila lor bla bla bla– toate astea erau tâmpenii. Ce nu era o tâmpenie era un telefon dat la Protecția Copilului, unde o cunoștea pe Linda Berling, o femeie pe care n-o puteai duce cu zăhărelul, care îl va smulge de acolo pe acel biet băiat atât de repede încât umflatei de maică-sa îi vor țiui urechile.

Callie a strigat:

– Bo, mă întorc într-o secundă! și, dând la o parte porumbii cu brațul în care nu ținea puiul, a mers până ce n-o mai înconjurau decât cerul și cocenii.

Era atât de mic încât nu s-a mișcat din locul unde l-a pus jos, doar a amușinat și s-a lăsat pe o parte.

Ei bine, ce conta, înecat într-un sac sau mort de foame în porumb? În felul ăsta, Jimmy nu trebuia s-o mai facă el. Avea destule pe cap. Băiatul cu părul până la mijloc pe care-l cunoscuse prima oară era acum acest boșorog împuținat de griji. În ceea ce privește banii, avea șaizeci ascunși. O să-i dea douăzeci din ei zicând: „Oamenii care l-au cumpărat pe cățeluș au fost superamabili."

Nu te uita înapoi, nu te uita înapoi, își spunea în gând în timp ce se îndepărta fugind prin porumb.

Apoi, a mers de-a lungul Teallback Road ca și cum s-ar fi antrenat, ca una dintre acele doamne care merg în fiecare noapte pentru a slăbi, numai că ea nu era nici pe departe slabă, știa asta, și mai știa și că atunci când te antrenai nu purtai blugi și bocanci cu șireturile desfăcute. Ha-ha. Nu era proastă. Doar făcea alegeri proaste. Și-o amintea pe sora Lynette spunând „Callie, ești suficient de isteață, dar ai o înclinație către ceea ce nu este în interesul tău." *Mda, ei bine, Soră, cu asta ai nimerit-o*, i-a spus măicuței în gând. Dar, la dracu'. Să le ia dracu'. Când vor sta mai bine cu banii, o să-și ia niște teniși decenți și o să înceapă să se antreneze și să slăbească. Și o să înceapă școala la seral. Mai slabă. Poate tehnică medicală. Nu o să fie niciodată cu adevărat slabă. Dar Jimmy o plăcea așa cum era. Iar ea îl plăcea așa cum era el. Ceea ce poate că așa era dragostea: să placi pe cineva așa cum e și să faci lucruri ca să-l ajuți să devină chiar și mai bun.

Exact așa cum ea îl ajuta acum pe Jimmy, făcându-i viața mai ușoară omorând ceva, ca el... să nu. Tot ce făcea era să meargă, să meargă îndepărtându-se de...

Ce spusese tocmai acum? Spusese ceva deștept. *Dragostea era să placi pe cineva așa cum era și să faci lucruri ca să-l ajuți să devină chiar și mai bun.*

De exemplu, Bo nu era perfect, dar ea îl iubea așa cum era și încerca să-l ajute să devină mai bun. Dacă puteau să-l protejeze, poate că, odată cu vârsta, s-ar mai fi potolit. Dacă se mai potolea, poate că, într-o zi, ar fi putut avea o familie. Uite-l cum stătea acum în curte, așezat liniștit, uitându-se la flori. Bătând pământul cu bâta lui, suficient de fericit. El și-a ridicat ochii, a fluturat bâta în aer, i-a zâmbit în felul acela. Ieri, fusese vrednic de plâns, nu putuse ieși din casă. Își încheiase ziua țipând în pat, atât de frustrat. Astăzi, se uita la flori. Cine venise cu acea idee, ideea care făcuse ziua de astăzi mai bună decât cea de ieri? Cine îl iubea atât de mult încât să se gândească la așa ceva? Cine îl iubea mai mult decât îl iubea oricine pe lumea asta?

Ea.

Ea îl iubea.

Apel

MEMORIU
data: *6 aprilie*
către: *Echipă*
de la: *Todd Birnie, Director de departament*
re: *Cifre performanță martie*

Nu mi-ar plăcea să caracterizez ceea ce va urma ca pe o pledoarie, deși s-ar putea să sune astfel (!). Ideea e că avem o treabă de făcut, am fost în mod tacit de acord să o facem (v-ați luat ultimul salariu?!, eu cu siguranță, ha-ha-ha). În plus, ca să avansăm puțin în discuția noastră, am fost de acord să ne facem treaba bine. Acum, știm cu toții că o modalitate de a-ți face treaba prost este să ai o abordare negativă. Să zicem că trebuie să curățăm un raft. Să luăm acest exemplu. Dacă în ora de dinainte de a curăța raftul trivializăm procesul de curățare a raftului, plângându-ne, fiind îngroziți, analizând nuanțele morale ale curățării raftului sau orice altceva asemănător, atunci înseamnă că am făcut procesul curățării raftului *mai dificil decât este el în realitate*. Cu toții știm foarte bine că, având în vedere situația, acel „raft" va fi curățat ori de către tine, ori de către cel care te înlocuiește și care-ți încasează salariul, așa că întrebarea se reduce la: vreau să curăț raftul fericit sau vreau să-l curăț trist? Cum ar fi mai eficient? Pentru mine? Ce atitudine m-ar ajuta să-mi ating țelul mai eficient? Care este țelul meu? Să fiu plătit. Cum pot ajunge la acest țel în cel mai eficient mod? Curățând acel raft bine și repede. Și ce stare mentală mă ajută să curăț acel raft bine și repede? Răspunsul e cumva: una negativă? O stare mentală negativă? Știți foarte bine că nu. Așa că ideea acestui memo este: atitudinea pozitivă. O stare mentală pozitivă te va ajuta să cureți acel raft bine și repede, atingându-ți astfel țelul de a fi plătit.

Dar ce spun? Spun cumva să muncești fluierând? Poate chiar asta spun. Hai să ne imaginăm c-am ridica o carcasă grea, ca cea a unei balene. (Scuzați chestia cu raftul/balena, tocmai ce ne-am întors de la casa de vacanță de pe Insula Reston, unde erau 1) o grămadă de rafturi murdare și 2) da, vă vine să credeți sau nu, efectiv o balenă în putrefacție, de evacuarea căreia ne-am ocupat Timmy, Vance și cu mine.) Deci, să spunem că ești însărcinat, tu și câțiva colegi, cu ridicarea pe o platformă a unei carcase grele de balenă. Acum, știm cu toții că asta e greu. Și ce l-ar face mai greu ar fi: s-o faci cu o atitudine negativă. Ce am descoperit noi, Timmy, Vance și cu mine, este că inclusiv dacă ai o atitudine pur și simplu neutră, tot e o sarcină foarte grea. Am încercat să ridicăm balena cu o atitudine neutră și atât, Timmy, Vance și cu mine, împreună cu alți vreo zece inși, și n-a fost chip, balena nu se clintea, până când, din senin, un tip, un fost pușcaș marin, a zis că era nevoie de niscaiva minte care să domine materia, așa că ne-a adunat într-un mic cerc și am făcut un fel de incantație. Ne-am „încărcat spiritual". Știam, pentru a extinde analogia de mai sus, că aveam o treabă de făcut și, cumva, ne-am entuziasmat și am decis să o facem cu o atitudine pozitivă, și trebuie să vă spun, e ceva în toată chestia asta, a fost amuzant, amuzant când balena aceea s-a ridicat în aer, ajutată de noi și de niște chingi mari pe care pușcașul ăla marin le avea în camionetă, și trebuie să vă spun că ridicarea acelei balene în putrefacție pe acea platformă cu acel grup de necunoscuți a fost *punctul culminant al excursiei noastre.*

Deci, ce vreau să spun? Spun (și o spun cu înflăcărare, fiindcă este important): hai să încercăm, dacă putem, să diminuăm bombănelile și îndoielile de sine în ceea ce privește sarcinile de care trebuie uneori să ne achităm aici și care, aparent, poate nu sunt chiar atât de plăcute. Spun: hai să încercăm să nu disecăm chiar fiecare lucru pe care-l facem în termeni de bine/rău/neutru suprem în ceea ce privește moralitatea. Timpul pentru așa ceva a trecut de mult. Sper că fiecare dintre noi a avut această conversație cu el însuși acum aproape un an, când a început toată chestia asta. Am pornit pe un drum și pornind pe acest drum cu cele mai bune intenții (așa cum am hotărât cu un an în urmă), n-ar fi oarecum suicidar să lăsăm înaintarea noastră pe acest drum să se împiedice în autocondamnări nevrotice? A pus mâna vreodată vreunul dintre voi pe un baros? Știu că unii dintre voi au făcut-o. Știu că unii dintre voi au făcut asta când am lucrat la curtea lui Rick. Nu e distractiv când nu te mai abții, ci doar izbești cu barosul din nou și din nou, lăsând gravitația să te ajute? Prieteni, ceea ce spun eu este să lăsați gravitația să vă ajute aici, la locul de muncă: izbiți cu sete, lăsați-vă în voia sentimentelor firești pe care le-am observat din când în când producând o atât de mare și minunată energie în atât de mulți dintre voi în ceea ce privește executarea energică a sarcinilor, fără autocondamnări și gânduri nevrotice. Vă amintiți acea săptămână a lui Andy din ultimul octombrie când a doborât toate recordurile, dublându-și numărul obișnuit de unități? Indiferent de orice altceva, uitând pe moment de toate gândurile inutile bune sau rele etc., etc., n-a meritat efortul? În particular și în general? Cred că, dacă ne uităm puțin în adâncul nostru, nu-i așa că am fost cu toții puțini invidioși? Dumnezeule, cum mai izbea cu sete, iar pe chip îi puteai citi bucuria plină de energie de fiecare dată când trecea val-vârtej pe lângă noi să facă rost de și mai multe cârpe de șters. Și noi doar stăteam acolo: Uau, Andy, ce te-a apucat? Și nimeni nu-i poate nega cifrele. Sunt acolo, în Camera de Recreere, pentru ca toți să le vedem, semețe deasupra cifrelor noastre și, deși Andy n-a mai reușit să atingă până acum acele cifre din octombrie, 1) nimeni nu-l învinovățește pentru asta, acelea au fost cifre miraculoase și 2) sunt de părere că și în cazul în care Andy nu va reuși niciodată să mai atingă acele cifre, trebuie că, undeva în inima lui, încă prețuiește în taină amintirea acelei grandioase energii care se revărsa din ființa lui în acel memorabil octombrie. Cred cu tărie că Andy nu ar fi putut avea un asemenea octombrie dacă s-ar fi alintat sau ar fi dat curs vreunui gând nevrotic de îndoială sau vreunei tendințe de autocondamnare, voi ce spuneți? Eu cred că nu. Andy părea complet concentrat, complet în afara lui, îi puteai citi asta pe chip, poate datorită bebelușului? (Dacă-i așa, Janice ar trebui să nască săptămânal, ha-ha.)

Oricum, în octombrie, Andy a intrat, cel puțin în mintea mea, într-un fel de panteon *de facto*, iar el este, în mare parte, scutit din acel moment de orice monitorizare reală a cifrelor, cel puțin din partea mea. Indiferent cât de neconsolat și oarecum retras devine (și cred că am observat cu toții că a devenit destul de neconsolat și retras din octombrie încoace), nu mă veți vedea pe mine monitorizându-i cifrele, deși nu pot vorbi în numele celorlalți, alții poate că monitorizează acest declin îngrijorător al cifrelor lui Andy, deși chiar sper că nu o fac, nu ar fi prea corect și, credeți-mă, dacă aud așa ceva, cu siguranță îl voi înștiința pe Andy, iar dacă Andy e prea deprimat să asculte ce am de zis, o voi suna pe Janice.

Și în ceea ce privește motivul pentru care Andy este atât de neconsolat? Eu bănuiesc că suferă de o nevroză și că își condamnă acțiunile din octombrie... și, vai, n-ar fi păcat, n-ar fi o pierdere ca Andy să fi dus la capăt acel octombrie care a rupt toate recordurile, iar apoi să stea și să se smiorcăie în legătură cu asta? Schimbă ceva această smiorcăială? Sunt acțiunile pe care Andy le-a întreprins, în ceea ce privește sarcinile pe care i le-am indicat spre executare în Camera 6, anulate de smiorcăiala lui, se prăbușesc ca prin minune cifrele lui pe peretele Camerei de Relaxare, ies brusc oamenii din Camera 6 simțindu-se perfect în regulă din nou? Ei bine, cu toții știm că nu se întâmplă asta. Nimeni nu iese din Camera 6 simțindu-se perfect în regulă. Nici măcar voi, oameni buni, voi care faceți ce trebuie făcut în Camera 6, nu ieșiți de acolo simțindu-vă chiar atât de superbine, știu asta, am făcut fără doar și poate niște lucruri în Camera 6 de pe urma cărora nu m-am simțit chiar minunat, credeți-mă, nimeni nu încearcă să nege că această Cameră 6 poate fi nasoală, e foarte greu ceea ce facem acolo. Dar oamenii de sus, cei care ne trasează sarcinile, par să fie de părere că munca pe care o facem în Camera 6, pe lângă că este *dificilă*, este și *importantă*, ceea ce mă face să suspectez că acesta este motivul pentru care au început să ne urmărească cifrele atât de atent. Și, credeți-mă, dacă vreți ca această Cameră 6 să fie chiar și mai nasoală decât este acum, atunci plângeți-vă de ea înainte, după și în timp ce vă aflați acolo, ca într-adevăr să vă pută, mai mult, cu toată văicăreala, cifrele voastre se vor scufunda chiar și mai mult, ceea ce, ia ghiciți: e imposibil. Mi s-a transmis în termeni deloc vagi, la Întâlnirea Sectorială, că cifrele noastre nu au voie să coboare mai mult de atât. Eu am spus (iar pentru asta a fost nevoie de tărie, credeți-mă, dată fiind atmosfera de la Sectorială): uite ce e, oamenii mei sunt obosiți, ceea ce facem noi e muncă grea, atât fizic, cât și psihic. Iar în acest punct, la Sectorială, credeți-mă, tăcerea era asurzitoare. Și vreau să spun asurzitoare. Iar privirile pe care le-am primit nu erau prietenoase. Și mi s-a reamintit, în termeni deloc vagi, de către Hugh Blanchert în persoană, că cifrele noastre nu au voie să coboare. Și mi s-a cerut să vă reamintesc (să ne reamintesc nouă, tuturor, incluzându-mă și pe mine) că, dacă nu suntem capabili să curățăm „raftul" alocat nouă, nu numai că va fi adus altcineva să curețe acel „raft," dar noi înșine ne-am putea trezi pe acel „raft", fiind acel „raft", cu altcineva aplecat asupra cazului nostru cu o sănătoasă energie pozitivă. Iar în acel moment, cred că vă puteți imagina cât de mult ați regreta, regretul v-ar fi întipărit pe chip, așa cum uneori suntem martorii, în Camera 6, a acelui regret pe chipurile „rafturilor" în timp ce ele sunt „curățate", astfel că vă cer, pe șleau, să dați ce aveți mai bun și să nu ajungeți un „raft," pe care noi, foștii voștri colegi, nu vom putea face altceva decât să vă curățăm, curățăm, curățăm cu toată energia noastră pozitivă, fără să privim înapoi, în Camera 6.

Acest lucru mi-a fost făcut clar la Sectorială, iar acum eu încerc să vi-l fac vouă clar.

Ei bine, eu am tot trăncănit și trăncănit, dar îl rog să vină în biroul meu pe oricare dintre voi are dubii, dubii în privința a ceea ce facem, iar eu vă voi arăta fotografii ale acelei incredibile balene pe care fiii mei și cu mine am ridicat-o cu sănătoasa noastră energie pozitivă. Și bineînțeles că această informație, vreau să spun informația că aveți dubii și că m-ați vizitat în biroul meu, nu va părăsi biroul meu, deși sunt convins că nici nu trebuie să v-o mai spun, niciunuia dintre voi, cei care mă cunoașteți de atâția ani.

Totul va fi bine și totul va fi bine etc., etc.

Todd

Evadare din Cap-de-Păianjen

I

– Perfuzez? a spus Abnesti prin interfon.

– Ce e? am întrebat.

– Ilariant, a zis el.

– Aprob, am spus.

Abnesti și-a folosit telecomanda. MobiPak™ -ul meu a scos un bâzâit. În curând, Grădina Interioară arăta chiar simpatic. Totul părea superlimpede.

Am spus cu voce tare ce simțeam, după cum trebuia.

– Grădina arată simpatic, am spus. Superlimpede.

Abnesti a zis:

– Jeff, ce-ai spune dacă am intensifica centrii vorbirii?

– Sigur, am spus.

– Perfuzez? m-a întrebat.

– Aprob, am zis.

Mi-a adăugat niște Verbaluce™ în perfuzie, iar în curând simțeam aceleași lucruri, dar le exprimam mai bine. Grădina arăta în continuare simpatic. Era ca și cum tufișurile păreau să fie așa compacte, și soarele evidenția fiecare lucru în parte. Era ca și cum în orice moment te-ai fi așteptat ca niște personaje victoriene să se abată pe acolo cu ceștile lor de ceai. Era ca și cum grădina devenise un fel de întruchipare a visurilor domestice veșnic intrinsece conștiinței umane. Era ca și cum aș fi putut dintr-odată discerne, în acest cadru contemporan, anticele corole pe sub care e posibil ca Platon și unii dintre contemporanii lui să se fi plimbat; mai bine spus, percepeam eternul în efemer.

Am stat, agreabil scufundat în aceste gânduri, până ce efectul Verbaluce™ a început să se diminueze. Moment în care grădina arăta iarăși doar simpatic. Era ceva cu tufișurile și cu toate lucrurile acelea? Te făcea să vrei pur și simplu să zaci acolo, sub razele soarelui, și să-ți gândești gândurile fericite. Dacă înțelegeți ce vreau să spun.

Apoi, orice altceva mai fusese în perfuzie s-a disipat și n-am mai simțit mare lucru în legătură cu grădina. Gura mi-era uscată, însă, iar în stomac aveam acea senzație post-Verbaluce™.

– Ce-o să fie mișto la chestia asta? a întrebat Abnesti. Păi, să zicem că un tip trebuie să stea treaz până târziu să păzească un perimetru. Sau e la școală, unde își așteaptă copilul, și se plictisește. Dar poate că în apropiere e un colț de natură? Sau să zicem că un pădurar trebuie să lucreze o tură dublă?

– Chiar o să fie mișto, am zis.

– Ăsta-i ED763, mi-a spus el. Ne gândim să-l numim NatuGlis. Sau poate TerrAdmir.

– Ambele sună bine, am spus.

– Mulțumim pentru ajutor, Jeff, mi-a spus.

Îmi spunea mereu asta.

– Mai sunt doar un milion de ani, am zis.

Mereu îi răspundeam asta.

Apoi mi-a spus:

– Acum ieși din Grădina Interioară, Jeff, și îndreaptă-te către Camera de Lucru 2.

II

În Camera de Lucru 2, au trimis-o pe această fată înaltă, palidă.

– Cum ți se pare? s-a auzit Abnesti prin interfon.

– Mie? am întrebat. Sau ei?

– Ambilor, a spus Abnesti.

– Destul de bine, am răspuns.

– OK, e-n regulă, a zis ea. Normal.

Abnesti ne-a cerut să ne evaluăm unul pe celălalt în termeni mai cuantificabili, cum ar fi drăguț, cum ar fi sexy.

Se pare că ne plăceam moderat, adică nici mare atracție, nici repulsie din partea vreunuia dintre noi.

Abnesti mi-a spus:

– Jeff, perfuzez?

– Aprob, am zis.

– Heather, perfuzez? a întrebat-o.

– Aprob, a răspuns Heather.

Apoi, ne-am uitat unul la celălalt ca și cum ne-am fi întrebat: și acum?

Ce s-a întâmplat pe urmă a fost că, nu peste mult timp, Heather arăta superbine. Și îmi puteam da seama că și ea credea același lucru despre mine. S-a declanșat atât de brusc, încât practic am izbucnit în râs. Cum de nu ne putuserăm da seama cât de drăguț era celălalt? Din fericire, în Camera de Lucru se afla o canapea. Se părea că perfuzia noastră conținea, pe lângă orice altceva testau, și niște ED556, care scade practic la zero senzația de rușine. Deoarece, curând, acolo pe canapea, ne-am dezlănțuit. Ne-am superaprins. Și nu doar animalic. Ne-am aprins, da, dar exact cum trebuie. Ca și cum toată viața ai fi visat la o anumită fată și, dintr-odată, iat-o, în aceeași Cameră de Lucru cu tine.

– Jeff, a spus Abnesti. Aș dori permisiunea ta să-ți intensific centrii vorbirii.

– Dă-i drumul, am zis, acum sub ea.

– Perfuzez? a întrebat.

– Aprob, am răspuns.

– Și mie? a intervenit Heather.

– S-a făcut, a spus Abnesti râzând. Perfuzez?

– Aprob, a gâfâit ea.

În scurt timp, simțind beneficiile Verbaluce™-ului care ne picura în perfuzii, nu doar că ne futeam foarte bine, dar și vorbeam foarte bine. De exemplu, în loc de chestiile sexuale normale pe care ni le spuseserăm (cum ar fi „ahhh" și „Doamne" și „da, da, fute-mă" și așa mai departe), acum începuserăm să vorbim liber și dezinvolt despre senzațiile și gândurile noastre, cu o dicție elevată, cu 80% vocabular sporit, gândurile noastre bine articulate fiind înregistrate pentru analiză ulterioară.

Pentru mine, sentimentul era cam așa: stupoare din cauza înțelegerii din ce în ce mai pregnante a faptului că această femeie era plăsmuită în timp real, direct din propria mea minte, în virtutea celor mai adânci dorințe ale mele. În sfârșit, după toți acești ani (acesta era gândul meu), descoperisem configurația exactă de corp/chip/minte care personifica tot ceea ce era dezirabil. Gustul gurii ei, felul în care acel halou de păr blonziu se răspândea în jurul feței ei angelice, dar obraznice (era sub mine acum, cu picioarele sus de tot), chiar și (fără să fiu vulgar sau să întinez sentimentele înălțătoare pe care le încercam) senzațiile pe care vaginul ei le producea de-a lungul întregului meu penis care o penetra erau exact cele la care râvnisem dintotdeauna, deși niciodată, până în acea clipă, nu îmi dădusem seama că râvneam după ele cu o asemenea patimă.

Ce vreau eu să spun: se forma o dorință și, concomitent, se forma și satisfacerea acelei dorințe. Era ca și cum (a) tânjeam după un anumit (până atunci neîncercat) gust până ce (b) respectiva dorință devenea aproape de nesuportat, moment în care (c) descopeream în gură o îmbucătură de mâncare cu exact acel gust, satisfăcându-mi perfect dorința.

Fiecare rostire, fiecare adaptare a poziției trăda același lucru: ne știam unul pe celălalt dintotdeauna, eram suflete-pereche, ne cunoscuserăm și ne iubiserăm în numeroase existențe precedente și urma să ne întâlnim și să ne iubim în multe existențe ulterioare, întotdeauna cu aceleași rezultate transcedental uluitoare.

Apoi, a urmat o greu-de-descris, dar foarte veridică scufundare într-o serie de câteva reverii secvențiale care ar putea fi cel mai bine descrise ca un peisaj mental non-narativ, adică o serie de imagini mentale difuze ale unor locuri în care nu fusesem niciodată (o vale împădurită cu pini, între munți înalți acoperiți de zăpadă; o casă-cabană la capătul unui *cul-de-sac*, a cărei grădină era copleșită de arbori maiestuoși, tunși ca în desenele lui Dr. Seuss), fiecare dintre ele declanșându-mi o profundă dorință sentimentală, dorințe care s-au contopit într-o și curând s-au redus la o unică dorință, adică o dorință intensă pentru Heather și numai pentru Heather.

Acest fenomen al peisajelor mentale a fost cel mai puternic în timpul celei de-a treia (!) noastre reprize de amor. (Se pare că Abnesti inclusese niște Viristif™ în perfuzia mea.)

După aceea, efuziunile noastre de iubire s-au revărsat simultan, lingvistic complexe și în metaforic abundente: îndrăznesc să spun că deveniserăm poeți. Ni s-a permis să rămânem acolo întinși, cu brațele și picioarele încolăcite, timp de aproape o oră. Era extaz pur. Era perfect. Era acel lucru imposibil: o fericire care nu pălește pentru a dezvălui delicații lăstari ai unei noi dorințe răsărind dinăuntru-i.

Ne-am mângâiat cu o ferocitate/ concentrare care rivaliza cu ferocitatea/ concentrarea cu care ne-o trăseserăm. Mângâierile noastre nu erau cu nimic mai *prejos* de futut, asta vreau să spun. Nu ne puteam dezlipi unul de celălalt în felul acela superprietenos al cățelușilor sau al soților care se întâlnesc pentru prima oară după ce unul dintre ei și-a văzut moartea cu ochii. Totul lăsa impresia de umed, de permeabil, de *rostibil*.

Apoi, ceva din perfuzie a început să dispară. Probabil Abnesti tăiase Verbaluce™-ul? Poate și inhibitorul rușinii? Practic, totul a început să se *atenueze*. Brusc, am devenit timizi.

Dar încă drăgăstoși. Ajunseserăm în stadiul în care încercam să vorbim *après* Verbaluce™: mereu bizar.

Și totuși, puteam vedea în ochii ei că încă mai simțea dragoste pentru mine.

Iar eu cu siguranță încă mai simțeam dragoste pentru ea.

Ei bine, de ce nu? Doar ce ne futuserăm de trei ori! De ce credeți că i se spune „a face dragoste"? Exact asta făcuserăm noi de trei ori: dragoste.

Apoi Abnesti a spus:

– Perfuzez?

Cumva uitasem până și de faptul că era acolo, privindu-ne din spatele geamului opac. Am întrebat:

Chiar trebuie? Chiar ne simțim bine în acest moment.

– O să încercăm doar să vă readucem la punctul zero, a zis el. Mai avem de lucru astăzi.

– Rahat, am zis.

– Futu-i, a zis ea.

– Perfuzez? a întrebat el.

– Aprob, am răspuns noi.

Nu peste mult timp, ceva a început să se schimbe. Adică, tipa era OK. O fată palidă drăguță. Dar nimic special. Și îmi puteam da seama că și ea se întreba același lucru despre mine, adică: care fusese marea chestie mai devreme?

De ce nu aveam hainele pe noi? Ne-am îmbrăcat rapid.

Cumva jenant.

O iubeam? Mă iubea?

Ha.

Nu.

Apoi, a venit momentul să plece. Am dat mâna.

A ieșit.

Mi s-a adus prânzul. Pe o tavă. Spaghete cu bucăți de pui.

Doamne, ce foame mi-era!

Pe tot parcursul prânzului, m-am gândit. Era bizar. Îmi aminteam că o futusem pe Heather, îmi aminteam că simțisem acele lucruri pe care le simțisem pentru ea, îmi aminteam că îi spusesem acele lucruri pe care i le spusesem. Cum să zic, făcusem roșu-n gât de cât de multe și de cât de rapid mă simțisem obligat să le spun. Dar sentimentele? Practic, rămăsesem cu *nada*.

Doar un chip aprins și ceva rușine în legătură cu cele trei ori futaiuri de față cu Abnesti.

III

După prânz, în cameră a intrat o altă fată. Cam tot așa și așa. Păr închis la culoare. Constituție medie. Nimic special, exact cum, la prima vedere, nici Heather nu avusese nimic special.

– Ea este Rachel, s-a auzit Abnesti prin interfon. El este Jeff.

– Bună, Rachel, am zis.

– Bună, Jeff, a zis ea.

– Perfuzez? a întrebat Abnesti.

Am aprobat amândoi.

Era ceva foarte familiar în felul în care am început acum să mă simt. Brusc, Rachel arăta superbine. Abnesti ne-a cerut permisiunea să ne intensifice centrii vorbirii prin intermediul Verbaluce™. Am aprobat. Curând ne-o trăgeam și noi ca iepurii. Curând vorbeam și noi ca niște maniaci articulați despre iubirea noastră. Din nou, anumite senzații se nășteau pentru a-mi satisface foamea disperată chiar pentru acele senzații. Curând, amintirea gustului perfect al gurii lui Heather a fost șters acum de gustul gurii lui Rachel, mult mai pregnant gustul la care râvneam acum. Simțeam emoții fără precedent, deși acele emoții fără precedent erau (distingeam undeva în conștiință) exact *aceleași sentimente* pe care le simțisem mai devreme pentru acel receptacul, acum aparent nedemn, care a fost Heather. Ceea ce vreau să spun este că Rachel era *ea*. Talia ei suplă, vocea ei, gura/mâinile/coapsele ei flămânde – toate acestea o făceau *ea*.

O iubeam atât de mult pe Rachel.

Apoi au survenit reveriile geografice secvențiale (vezi mai sus): aceeași vale împădurită cu pini, aceeași casă-cabană, însoțite de aceeași dorință-de-loc transmutată într-o dorință-pentru-(de data asta) Rachel. În timp ce continuam să punem în scenă un nivel de intensitate sexuală care dădea naștere la ceea ce aș descrie ca o centură de cauciuc a desfătării, localizată la nivelul pieptului, ce ne înfășura din ce în ce mai strâns, atât pentru a ne reuni, cât și pentru a ne determina să continuăm, ne șopteam cu fervoare (mai exact, poetic) despre cum simțeam că ne cunoaștem unul pe celălalt de atâta vreme, adică dintotdeauna.

Din nou, numărul total de partide a fost trei.

Apoi, ca și înainte, a urmat atenuarea. Conversația noastră a devenit mai puțin excelentă. Cuvintele erau mai puține, propozițiile noastre, mai scurte. Totuși, o iubeam. O iubeam pe Rachel. Totul la ea mi se părea pur și simplu *perfect*: alunița de pe obraz, părul negru, felul în care își mișca din când în când fundulețul, ca și cum ar fi spus mmm-mmm, toate erau cum nu se poate mai bine.

– Perfuzez? a spus Abnesti. O să încercăm să vă aducem pe amândoi în punctul zero.

– Aprob, a zis ea.

– Ei, stai puțin, am intervenit eu.

– Jeff, a spus Abnesti iritat, ca și cum încerca să-mi aducă aminte că nu eram acolo voluntar, ci fiindcă săvârșisem o crimă și acum mi-o ispășeam.

– Aprob, am spus. Și i-am aruncat lui Rachel o ultimă privire îndrăgostită, știind (căci ea nu știa încă) că aceasta va fi ultima privire îndrăgostită pe care urma să i-o arunc.

Nu peste mult timp, mi s-a părut doar acceptabilă, iar eu i-am părut ei doar acceptabil. Arăta jenată, la fel ca Heather, ca și când s-ar fi gândit: ce naiba a fost asta? De ce m-am dezlănțuit așa cu acest domn Oarecare?

O iubeam? Sau ea pe mine?

Nu.

Când a venit timpul ca ea să plece, am dat mâna.

Locul unde MobiPak™-ul era atașat chirurgical de zona mea lombară mă durea de la toate schimbările noastre de poziții. În plus, eram superobosit. În plus, mă simțeam foarte trist. De ce trist? Nu eram un bărbat? Nu tocmai ce mi-o trăsesem cu două fete, într-un număr de șase ori, într-o singură zi?

Totuși, sincer, eram mai mult decât trist.

Probabil că eram trist fiindcă dragostea nu era reală? Sau, mă rog, nu chiar atât de reală? Probabil că eram trist pentru că puteam simți dragostea atât de reală, ca, apoi, într-o clipă, să dispară, și totul din cauza a ceva ce făcea Abnesti.

IV

După Gustare, Abnesti m-a chemat în Centrul de Control. Centrul de Control fiind precum capul unui păianjen. Iar numeroasele lui picioare fiind Camerele de Lucru. Câteodată, eram chemați să lucrăm alături de Abnesti în capul păianjenului. Sau, cum poreclisem noi Centrul, Cap-de-Păianjen.

– Ia loc, mi-a spus. Privește în Camera de Lucru 1.

În Camera de Lucru 1, erau Heather și Rachel, una lângă alta.

– Le recunoști? m-a întrebat.

– Ha, am răspuns.

– Acum, a zis Abnesti. Îți voi oferi șansa de a face o alegere, Jeff. Ia uite de-a ce ne jucăm noi aici. Vezi telecomanda asta?

Să zicem că poți apăsa *acest* buton, iar Rachel primește niște Depreflex™. Sau poți apăsa *acest* buton și Heather primește Depreflex™-ul. Înțelegi? Tu alegi."

– Au Darkenfloxx™ în MobiPaks™-urile lor? am întrebat.

– Cu toții aveți Depreflex™ în MobiPaks™, prostuțule, a zis Abnesti cu simpatie. Verlaine l-a introdus miercuri. Exact în vederea acestui test.

Ei bine, asta m-a neliniștit.

Imaginați-vă când v-ați simțit cel mai oribil, înmulțiți cu zece. Nici nu se apropie de cât de oribil te simți pe Depreflex™. Când ni s-a administrat, în timpul Orientării, fugitiv, în scop demonstrativ, a fost la o treime din dozajul acum selectat pe telecomanda lui Abnesti? Nu m-am simțit în viața mea mai oribil. Cu toții pur și simplu gemeam, capul în pământ, ca și cum ne-am fi spus: „Cum de am putut vreodată să simțim că viața merită trăită?"

Nu-mi place nici măcar să mă gândesc la acel moment.

– Care e decizia ta, Jeff? a spus Abnesti. Rachel e cea care primește Depreflex™? Sau Heather?

– Nu pot spune, am zis.

– Trebuie, mi-a spus el.

– Nu pot, am zis iar. Ar fi, gen, aleatoriu.

– Simți că decizia ta ar fi aleatorie, a spus.

– Da, am zis.

Și era adevărat. Chiar nu-mi păsa. Era ca și cum te-aș fi pus pe *tine* în Cap-de-Păianjen și ți-aș fi oferit alegerea: pe care dintre aceste două necunoscute ți-ai dori să o trimiți în umbra văii morții?

– Zece secunde, mi-a spus Abnesti. Ceea ce urmărim să identificăm aici este orice simpatie reziduală.

Nu era ca și cum le plăceam pe amândouă. Sincer, mă simțeam complet neutru față de ambele. Era ca și cum nu aș fi văzut-o, nicidecum să i-o fi tras vreuneia dintre ele. (Reușiseră cu brio să mă aducă înapoi la punctul zero, cred că vreau să spun.)

Dar, după ce mi se administrase o dată Depreflex™, pur și simplu nu voiam să fac asta nimănui. Chiar dacă nu-mi plăcea prea tare persoana, chiar dacă aș fi urât persoana, nici atunci n-aș fi vrut să o fac.

– Cinci secunde, mi-a spus Abnesti.

– Nu mă pot hotărî, am zis. E aleatoriu.

– Realmente aleatoriu? m-a întrebat. Bun. Îi administrez Depreflex™ lui Heather.

Am rămas nemișcat.

– Nu, de fapt, a spus el, i-l administrez lui Rachel.

Tot nemișcat.

– Jeff, mi-a spus Abnesti. M-ai convins. Pentru tine, ar fi aleatoriu. Realmente, nu ai nicio preferință. Pot să-mi dau seama de asta. Iar, ca atare, nu sunt nevoit să o fac. Îți dai seama ceea ce tocmai am realizat? Cu ajutorul tău? Pentru prima oară? Prin intermediul pachetului ED289/290? Cu alte cuvinte, ceea ce am avut în teste astăzi? Trebuie să recunoști: ai fost îndrăgostit. De două ori. Corect?

– Da, am zis.

– Extrem de îndrăgostit, a spus el. De două ori.

– Am zis că da, am răspuns.

– Însă, acum, ți-ai exprimat indiferența, a continuat el. *Ergo*, nu mai e prezentă nicio urmă din vreuna dintre acele mari iubiri. Ești complet purificat. Te-am extaziat, te-am liniștit la loc, și acum, iată-te aici, cu aceeași gamă de emoții ca înainte să înceapă testul. Asta e grozav, e fantastic. Am dezgropat misterul unui secret etern. Ce descoperire fantastică. Să zicem că cineva nu poate iubi. Acum, el sau ea poate. Noi putem să-i facem să iubească. Să zicem că cineva iubește prea intens. Sau că iubește pe cineva considerat nepotrivit de către tutorele lui sau al ei. Putem diminua complet rahatul ăsta. Să zicem că cineva e deprimat, din cauza iubirii adevărate. Intervenim noi sau tutorele: deprimarea dispare. De acum încolo, în termeni de control asupra emoțiilor, nu mai suntem corăbii în derivă. Nimeni nu mai e. Vedem o corabie în derivă, ne urcăm la bord, instalăm o cârmă. Îl călăuzim pe el/ea către iubire. Sau departe de ea. Îți spui: „Nu avem nevoie decât de iubire"? Iată că apare ED289/290! Putem opri războaiele? Cu siguranță le putem încetini! Din senin, soldații ambelor tabere încep să și-o tragă. Sau, cu un dozaj scăzut, se superîndrăgesc. Ori să zicem că avem doi dictatori rivali care se urăsc de moarte. Presupunând că ED289/290 se dezvoltă frumușel sub formă de pilulă, lasă-mă să-i strecor câte una în băutură fiecărui dictator. În curând, își iau limba-n gură, iar porumbeii păcii se găinățează pe epoleții lor. Sau, în funcție de dozaj, ar putea doar să se îmbrățișeze. Și cine ne-a ajutat să facem asta? Tu ne-ai ajutat.

În tot acest timp, Rachel și Heather stătuseră în Camera de Lucru 1.

– Asta-i tot, fetelor, mulțumesc, le-a spus Abnesti prin interfon.

Și au plecat, fără ca vreuna dintre ele să știe cât de aproape fusese de o doză masivă de Depreflex™.

Verlaine le-a scos prin spate, adică nu prin Cap-de-Păianjen, ci via Aleea din Spate. Care nu era de fapt o alee, ci doar un culoar mochetat care ducea înapoi în Cvartalul Domeniilor noastre.

– Gândește-te, Jeff, a zis Abnesti. Gândește-te cum ar fi fost dacă ai fi beneficiat de ED289/290 în acea noapte fatidică.

Să fiu sincer, mă cam săturasem să-l aud mereu vorbind despre noaptea mea fatidică.

O regretasem imediat și ajunsesem s-o regret și mai mult de atunci, și acum o regretam într-atât, încât faptul că mi-o aruncă în față nu mă face deloc s-o regret mai mult, ci mă face doar să-l consider un nemernic.

Pot merge la culcare acum? am întrebat.

– Nu încă, a zis Abnesti. Mai sunt ore bune până să mergi la culcare.

Apoi, m-a trimis în Camera de Lucru 3, unde stătea un tip pe care nu-l cunoșteam.

V

– Rogan, a spus tipul.

– Jeff, am zis.

– Ce faci? m-a întrebat.

– Mai nimic, am răspuns.

Am stat în tensiune îndelung, fără să vorbim.

Tot așteptam să mă simt ca și cum dintr-odată aș fi vrut să sar pe asupra lui Rogan.

Dar nu.

Au trecut poate zece minute.

Aveam aici niște tipi cu care nu te jucai. Am observat că Rogan avea tatuat un șobolan pe gât, un șobolan care tocmai fusese înjunghiat și plângea. Dar, chiar și cu lacrimile șiroindu-i, îl înjunghia pe un șobolan mai mic, care părea pur și simplu surprins.

Într-un final, l-am auzit pe Abnesti în interfon.

– Asta a fost, băieți, mulțumesc, a zis.

– Ce pula mea a fost asta? a spus Rogan.

Bună întrebare, Rogan, m-am gândit. De ce fuseserăm puși doar să stăm acolo? În același fel în care fuseseră Heather și Rachel lăsate să aștepte? Apoi, am avut o presimțire. Pentru a mi-o testa, m-am îndreptat fără veste, cu pași repezi, către Cap-de-Păianjen. Pe care Abnesti întotdeauna a insistat să-l lase descuiat, să ne arate câtă încredere avea în noi și că nu se temea de noi.

Și ghici cine era acolo?

– Salut, Jeff, a zis Heather.

– Jeff, ieși afară, a spus Abnesti.

– Heather, te-a pus adineauri dl Abnesti să alegi care dintre noi, eu sau Rogan, va fi perfuzat cu Depreflex™? am întrebat.

– Da, a răspuns Heather. Trebuie să fi fost pe niște VeriCom™ fiindcă spusese adevărul, în ciuda tentativei lui Abnesti de a o reduce la tăcere cu o privire ucigătoare.

– L-ai futut de curând pe Rogan, Heather? am întrebat-o. Nu doar pe mine? Și te-ai îndrăgostit de el, la fel cum ai făcut-o cu mine?

– Da, a zis ea.

– Heather, nu glumesc, a spus Abnesti. Pune-ți lacăt la gură.

Heather s-a uitat în jur după un lacăt, VeriCom™ făcându-te să iei totul în sens literal.

Întors în Domeniul meu, am făcut calculele: Heather și-o trăsese cu mine de trei ori. Probabil că i-o trăsese și lui Rogan de trei ori din moment ce, în numele condițiilor egale de testare, Abnesti ne-ar fi administrat mie și lui Rogan doze relativ egale de Viristif™.

Însă, apropo de condiții egale de testare, mai era un pas inevitabil, dacă îl cunoșteam eu bine pe Abnesti, mereu scrupulos în privința simetriei datelor, și anume: nu avea nevoie Abnesti și ca Rachel să se hotărască cui îi administrează Depreflex™, adică mie sau lui Rogan?

După un scurt răgaz, suspiciunile mi s-au confirmat: m-am trezit așteptând din nou în Camera de Lucru 3 cu Rogan!

Din nou, am așteptat în liniște îndelung. În mare parte, el se tot ciupea de șobolanul mic, iar eu încercam să-l urmăresc fără ca el să mă vadă.

Apoi, exact ca înainte, vocea lui Abnesti s-a auzit în interfon:

– Asta a fost, băieți, mulțumesc.

– Lasă-mă să ghicesc, am zis. Rachel e acolo cu tine.

– Jeff, dacă nu încetezi cu asta, serios, a spus Abnesti.

– Și tocmai a refuzat să ne injecteze Depreflex™ mie sau lui Rogan? am continuat.

– Salut, Jeff! s-a auzit Rachel. Salut, Rogan!

– Rogan, am zis. Nu cumva i-ai tras-o lui Rachel mai devreme?

– Ba cam da, a spus Rogan.

Era ca și cum aș fi încercat să cuprindă totul cu mintea. Rachel și-o trăsese cu mine, și cu Rogan? Heather și-o trăsese cu mine, și cu Rogan? Și toată lumea care și-o trăsese cu toată lumea se îndrăgostise de acea persoană, iar apoi îi devenise indiferentă?

Ce fel de Proiect de Echipă dement mai era și ăsta?

Vreau să zic, participasem de-a lungul timpului la câteva Proiecte de Echipă demente rău, cum era acela în care perfuzia conținea o substanță care transforma ascultatul muzicii într-o delectare, ca urmare, în momentul în care s-a auzit niște Șostakovici, vedeam efectiv umbrele negre planând deasupra Domeniului meu; ori acela în care am amorțit complet mai jos de brâu, deși am descoperit că pot sta cincisprezece ore încontinuu la o casă de marcat de mucava, brusc capabil să rezolv în gând în mod miraculos operații complicate de împărțire.

Dar dintre toate Proiectele de Echipă demente la care participasem, acesta era de departe cel mai dement.

Nu puteam decât să mă întreb ce avea să aducă ziua de mâine.

VI

Doar că încă nu se terminase ziua de astăzi. Am fost iarăși chemat în Camera de Lucru 3. Stăteam acolo și așteptam, când acest tip pe care nu-l mai văzusem a intrat.

– Eu sunt Keith! a zis, repezindu-se să-mi strângă mâna.

Era un sudist pur, înalt, tot numai dinți și onduleuri.

– Jeff, am spus.

– Îmi pare tare bine să te cunosc! mi-a zis.

Apoi, ne-am așezat în liniște. De fiecare dată când mă uitam la el, Keith își dezvelea dinții strălucitori și dădea din cap șmecherește, ca și cum ar fi spus: „Mare țicneală și munca asta, așa-i?"

– Keith, am spus. Nu cumva cunoști două gagici pe nume Rachel și Heather?

– Ba bine că nu, a zis Keith. Iar, deodată, zâmbetul lui a devenit libidinos.

– Nu cumva ai făcut sex atât cu Rachel, cât și cu Heather, mai devreme, de trei ori cu fiecare? am continuat.

– Da' tu ce ești, bre, un clarvăzător dat dracu'? a zis Keith. Mă lași mască, re'unosc!

– Jeff, faci harcea-parcea integritatea experimentală a studiului nostru, s-a auzit vocea lui Abnesti.

– Deci, ori Rachel, ori Heather stă chiar acum în Cap-de-Păianjen, am spus. Încercând să se hotărască.

– Să se hotărască să ce? a zis Keith.

– Pe care dintre noi să-l injecteze cu Depreflex™, am spus.

– Îîîh, a făcut Keith. Iar, acum, gura îi părea schimonosită de frică.

– Nu-ți face griji, am spus. N-o s-o facă.

– Cine n-o s-o facă? a zis Keith.

– Oricare dintre ele e acolo, am spus.

– Asta e tot, băieți, mulțumesc, s-a auzit Abnesti.

Apoi, după un scurt răgaz, Keith și cu mine am fost iarăși aduși în Camera de Lucru 3, unde din nou am așteptat ca ori Rachel, ori Heather să refuze să ne injecteze cu Depreflex™.

Întors în Domeniul meu, am elaborat o diagramă „cine cui i-o trăsese", care arăta astfel:

Eu Rogan Keith

Heather Rachel

A intrat Abnesti.

– Lăsând la o parte maimuțărelile tale, a spus, Rogan și Keith au avut exact aceeași reacție ca și tine. Și Rachel și Heather, la fel. Niciunul dintre voi, în momentul critic, n-a putut să se hotărască pe cine să injecteze cu Depreflex™. Ceea ce e super. Ce înseamnă asta? De ce e super? Înseamnă că ED289/290 chiar funcționează. Face dragostea, desface dragostea. Aproape că sunt tentat să trec la alegerea unui nume.

– Fetele alea au făcut-o astăzi de nouă ori fiecare? am întrebat.

– PaceTuturor, a spus el. Indulub. Pari iritat. Ești iritat?

– Păi, mă simt puțin dus de nas, am zis.

– Te simți dus de nas pentru că încă ai sentimente de iubire pentru una dintre fete? a întrebat. Asta ar trebui notat. Furie? Posesivitate? Atracție sexuală reziduală?

– Nu, am zis.

– Chiar nu te simți ofensat că o fată pentru care ai simțit iubire a fost apoi fututăde alți doi tipi și, nu numai asta, dar a și simțit exact aceeași iubire, în termeni calitativi/cantitativi, pentru acei tipi cum simțise înainte pentru tine sau, în cazul lui Rachel, cum urma să simtă pentru tine după ce se futuse cu Rogan? Cred că Rogan a fost. S-ar putea să se fi futut cu Keith mai întâi. Apoi cu tine, penultimul. Nu rețin exact ordinea. Pot să verific. Dar tu gândește-te bine la chestia asta.

M-am gândit bine la chestia asta.

– Nimic, am zis.

– Ei, e mult de procesat, mi-a spus. Din fericire, s-a făcut noapte. Ziua noastră s-a încheiat. Vrei să vorbim despre altceva? Mai simți și altceva?

– Mă doare penisul, i-am zis.

– Ei, asta nu e o surpriză. Gândește-te cum trebuie să se simtă fetele. O să-l trimit pe Verlaine să aducă niște unguent.

Curând, Verlaine a adus niște unguent.

– Salut, Verlaine, am zis.

– Salut, Jeff, a spus el. Vrei să-ți dai singur cu asta sau vrei s-o fac eu?

– Îmi dau singur, am zis.

– Super, a spus.

Și mi-am dat seama că era sincer.

Pare dureros, mi-a spus.

– Chiar e, am zis.

– Dar trebuie să te fi simțit bine pe moment, nu? m-a întrebat.

Cuvintele lui păreau să implice că era invidios, dar puteam vedea în privirea lui, care era ațintită asupra penisului meu, că nu era invidios deloc.

Apoi, am dormit un somn greu ca moartea.

Cum se spune.

VII

A doua zi dimineață, încă dormeam când Abnesti a intervenit prin interfon.

– Îți amintești ziua de ieri? a spus.

– Da, am răspuns.

– Când te-am întrebat pe care dintre fete ai vrea s-o vezi pe Depreflex™? Și tu ai zis că pe niciuna?

– Da, am răspuns.

– Ei bine, asta a fost suficient pentru mine, a spus. Dar, aparent, nu suficient pentru Comitetul de Protocol. Nu suficient pentru Cei Trei Călăreți ai Analocalipsei. Vino încoace. Hai să începem... vom avea nevoie să faci un fel de Test de Confirmare. Of, o să fie nasol.

Am intrat în Cap-de-Păianjen.

În Camera de Lucru 2 stătea Heather.

– Deci, de data asta, mi-a spus Abnesti, conform Comitetului de Protocol, în loc ca eu să te întreb cărei fete să îi injectăm Depreflex™, ceea ce Protocolul a considerat o condiție prea subiectivă, îi vom injecta fetei ăsteia Depreflex™ indiferent de ce spui tu. Apoi, vedem ce spui tu de fapt. Întocmai ca ieri, te vom pune pe o perfuzie de... Verlaine? Verlaine? Unde ești? Ești acolo? Care era, din nou? Ai ordinul de proiect?

– Verbaluce™, VeriCom™, Dialoflux™, s-a auzit Verlaine prin interfon.

– Așa, a zis Abnesti. Iar lui i-ai împrospătat MobiPak™-ul? Are cantitățile corecte?

– Da, a spus Verlaine. Am făcut asta în timp ce dormea. În plus, ți-am spus deja că am făcut-o.

– Dar ea? a întrebat Abnesti. Ei i-ai împrospătat MobiPak™-ul? Ea are cantitățile corecte?

– Ai fost de față și m-ai văzut făcând-o, Ray, a spus Verlaine.

– Jeff, scuze, mi s-a adresat Abnesti. Suntem puțin tensionați astăzi. Nu ne așteaptă o zi ușoară.

– Nu vreau s-o injectați cu Depreflex™ pe Heather, am spus.

– Interesant. Pentru că o iubești?

– Nu, am spus. Nu vreau să injectați cu Depreflex™ pe nimeni.

– Știu ce zici, a zis el. E foarte drăguț din partea ta. Dar, revenind: acest Test de Confirmare este despre ceea ce vrei tu? În principiu, nu. Ce trebuie noi să facem, în schimb, este să înregistrăm ce spui în timp ce o urmărești pe Heather injectată cu

Depreflex™. Timp de cinci minute. Un test de cinci minute. Hai să-i dăm drumul. Perfuzez?

N-am spus „Aprob".

– Ar trebui să te simți flatat, a zis Abnesti. L-am ales cumva pe Rogan? Pe Keith? Nu. Am considerat nivelul tău de verbalizare mai adecvat nevoilor noastre informaționale.

N-am spus „Aprob".

– De când atât de protector cu Heather? a zis Abnesti. Aproape că te-ai putea gândi că o iubești.

– Nu o iubesc, am spus.

– Îi știi măcar povestea? m-a întrebat. Nu. Din punct de vedere legal, nu ai cum. Implică povestea vieții ei whiskey, bande de cartier, infanticid? Nu-ți pot spune. Dar aș putea oare să-ți sugerez, oarecum marginal, că trecutul ei, violent și sordid, nu implică exact un cățel pe nume Lassie și o sumedenie de discuții despre Biblie în familie, totul în vreme ce bunicuța stătea și făcea macrameuri, cufundându-se în fotoliu în timp ce lemnele trosneau. Uite-așa, în idilicul șemineu? Pot oare să-ți sugerez că, dacă ai ști ceea ce știu eu despre trecutul lui Heather, a o face pe Heather să simtă, pentru scurt timp, tristețe, greață și/sau oroare ar putea să nu pară chiar cea mai proastă idee din lume? Nu, nu pot.

– Bine, bine, am spus.

– Mă știi, a continuat. Câți copii am?

– Cinci, am spus.

– Cum îi cheamă?

– Mick, Todd, Karen, Lisa, Phoebe, i-am înșirat.

– Sunt un monstru? m-a întrebat. Îmi amintesc sau nu zilele de naștere ale celor de aici? Când o anumită persoană a contractat într-o duminică piciorul-atletului în regiunea inghinală, a mers o anumită altă persoană cu mașina până la farmacia Rexall și a cumpărat un unguent, plătindu-l cu banii proprii și personali?

Făcuse un lucru frumos atunci, dar mi se părea oarecum neprofesionist să aducă asta în discuție acum.

– Jeff, a spus Abnesti. Ce vrei să-ți spun? Vrei să-ți spun că sunt în joc vinerile tale? Pot să-ți spun ușor asta.

Ceea ce era meschin. Vinerile însemnau mult pentru mine, iar el știa asta. Vinerile puteam să vorbesc cu mama pe Skype.

– Cât timp îți acordăm? m-a întrebat Abnesti.

– Cinci minute, am spus.

– Cum ar fi dacă ți-am acorda zece? a zis Abnesti.

Mamei părea mereu să i se frângă inima când ne expira timpul. Aproape c-a murit când am fost arestat. Procesul mai c-o omorâse. Își cheltuise economiile ca să mă scoată din închisoarea adevărată și să ajung aici. Când eram puști, avea un păr castaniu lung, care îi trecea de talie. În timpul procesului, și l-a tuns. Apoi a încărunțit. Acum, mai rămăsese doar un norișor alb în jurul capului.

– Perfuzez? a spus Abnesti.

– Aprob, am zis.

– În regulă să intensificăm centrii vorbirii? m-a întrebat.

– Bine, am zis.

– Heather, mă auzi? a spus el.

– Bună dimineața! a zis Heather.

– Perfuzez?

– Aprob, a răspuns Heather.

Abnesti și-a folosit telecomanda.

Depreflex™-ul a început să curgă. În scurt timp, Heather plângea ușor. Apoi, se ridicase și mergea prin cameră. Apoi, plângea cu suspine. Puțin isteric chiar.

– Nu-mi place asta, a spus, cu o voce cutremurată.

Apoi a vărsat în coșul de gunoi.

– Vorbește, Jeff, mi s-a adresat Abnesti. Vorbește mult, vorbește detaliat. Hai să scoatem ceva util din asta, da?

Totul din perfuzia mea se simțea de nota 10. Brusc, am început să mă exprim emfatic. Mă exprimam emfatic ref. acțiunile lui Heather și mă exprimam emfatic ref. sentimentele mele în legătură cu acțiunile lui Heather. Practic, ceea ce simțeam era: fiecare ființă umană se naște din bărbat și femeie. La naștere, fiecare ființă umană este sau, cel puțin, are potențialul de a fi iubită de mama/ tatăl lui/ ei. Astfel, fiecare ființă umană este demnă de iubire. În timp ce o urmăream pe Heather suferind, o mare tandrețe îmi invada corpul, o tandrețe dificil de diferențiat de un fel de vastă greață existențială; mai bine spus, de ce asemenea minunate și îndrăgite receptacule erau înrobite de durere? Heather mi se arăta ca un mănunchi de receptori ai durerii. Mintea lui Heather era fluidă, și putea fi distrusă (prin durere, prin tristețe). De ce? De ce era ea astfel plăsmuită? De ce atât de fragilă?

Biata copilă, mă gândeam, biata fată. Pe tine cine te-a iubit? Cine te iubește?

– Încă puțin, Jeff, a zis Abnesti. Verlaine! Tu ce crezi? Vreun vestigiu de iubire romantică în Comentariul Verbal al lui Jeff?

– Aș zice că nu, s-a auzit Verlaine în interfon. Tot ce descrie acolo sunt sentimente umane relativ elementare.

– Excelent, a spus Abnesti. Cât timp a mai rămas?

– Două minute, l-a informat Verlaine.

Ceea ce-a urmat mi s-a părut extrem de greu de privit. Sub influența Verbaluce™, VeriCom™ și Dialoflux™, mi-a fost de asemenea, imposibil să nu verbalizez cele ce se întâmplau sub ochii mei.

În fiecare Cameră de Lucru, se aflau o canapea, un birou și un scaun, toate proiectate astfel încât să fie imposibil de dezasamblat. Acum, Heather a început să dezasambleze scaunul ei imposibil-de-dezasamblat. Chipul îi era o mască a furiei. Se izbea violent cu capul de perete. Ca un duh al răzbunării, Heather, adorată de cineva pe lume, a reușit, în măreața ei furie hrănită de tristețe, să dezasambleze scaunul, în timp ce continua să se izbească violent cu capul de perete.

Iisuse, a zis Verlaine.

– Verlaine, ține-te tare, a zis Abnesti. Jeff, termină cu plânsul. Contrar a ceea ce ai putea crede, nu prea avem ce informații să extragem din plâns. Folosește-ți cuvintele. Nu face ca totul să fie în van.

Mi-am folosit cuvintele. M-am exprimat abundent, m-am exprimat detaliat. Am descris și redescris ceea ce simțeam în timp ce o priveam pe Heather făcând ceea ce începuse să-și facă acum, dedicat, aproape frumos, la față/cap cu unul dintre picioarele scaunului.

În apărarea lui, nici Abnesti nu era într-o stare prea bună: respira greu, obrajii îi erau roșii ca focul și țăcănea nonstop în ecranul iMac-ului cu un pix, lucru pe care-l făcea când era stresat.

– Gata, a spus într-un final și a întrerupt Depreflex™-ul din telecomandă. Fu-tu-i. Intră, Verlaine. Dă-i bice.

Verlaine i-a dat bice în Camera de Lucru 2.

– Vorbește-mi, Sammy, a zis Abnesti.

Verlaine i-a luat pulsul lui Heather, apoi și-a ridicat mâinile cu palmele în sus, în așa fel încât semăna cu Iisus, doar că era șocat, nu în extaz și, în plus, avea ochelarii sprijiniți pe creștetul capului.

– Îți *bați joc* de mine? a spus Abnesti.

– Ce facem acum? a întrebat Verlaine. Ce o să...

– Îți *bați joc* de mine în pizda mă-sii? a spus Abnesti.

Abnesti a țâșnit din scaun, m-a îmbrâncit și a dat buzna pe ușă în Camera de Lucru 2.

VIII

M-am întors în Domeniul meu.

La trei, Verlaine a intrat pe recepția interfonului.

– Jeff, a zis. Te rog, revino în Cap-de-Păianjen.

Am revenit în Cap-de-Păianjen.

– Îmi pare rău că a trebuit să vezi asta, Jeff, a zis Abnesti.

– A fost neașteptat, a zis Verlaine.

– Neașteptat și nefericit, a zis Abnesti. Și îmi pare rău că te-am bruscat.

– A murit? am zis.

– Ei, nu e în cea mai bună formă, a zis Verlaine.

– Uite ce e, Jeff, lucrurile astea se întâmplă, a zis Abnesti. Așa e știința. În știință, explorăm necunoscutul. Nu se știa ce îi vor face cinci minute de Depreflex™ lui Heather. Acum știm. Celălalt lucru pe care îl știm, conform evaluării lui Verlaine a comentariului tău, este că tu, cu siguranță, fără nicio îndoială, nu nutrești niciun sentiment romantic rezidual pentru Heather. E mare lucru, Jeff. Un licăr de speranță într-un moment trist pentru noi toți. Chiar și în secundele în care Heather, ca să spun așa, se scufunda în hăurile marine prizonieră în barca ei, tu ai rămas complet neabătut în privința faptului că, în continuare, nu o iubeai într-un fel romantic. Bănuiala mea este că toată lumea de la Protocol o să fie cam așa: „Uaaa, Utica le-a luat fața celorlalți în privința furnizării de noi informații inovatoare despre ED289/290."

Era liniște în Cap-de-Păianjen.

– Poți pleca, Verlaine, a spus Abnesti. Ocupă-te de ce trebuie. Pregătește lucrurile.

Verlaine a ieșit.

– Crezi că mie mi-a plăcut ce s-a întâmplat? a spus Abnesti.

– Nu părea să-ți placă, am zis.

– Ei bine, nu mi-a plăcut, a spus Abnesti. Mi-a repugnat. Sunt om. Am sentimente. Totuși, lăsând la o parte tristețea personală, a fost bine. Te-ai descurcat grozav, per total. Cu toții ne-am descurcat grozav. Heather, în special, s-a descurcat grozav. Tot respectul meu. Hai doar să... hai să ducem până la capăt chestia asta, vrei? Să o terminăm. Să terminăm următoarea porțiune din Testul nostru de Confirmare."

În Camera de Lucru 4 a intrat Rachel.

IX

– O să-i injectăm Depreflex™ lui Rachel acum? am întrebat.

– Gândește-te, Jeff, a zis Abnesti. Cum putem ști că nu o iubești nici pe Rachel, nici pe Heather, dacă avem date doar în privința reacției la ceea ce tocmai i s-a întâmplat lui Heather? Folosește-ți tărtăcuța. Nu ești om de știință, dar Dumnezeu știe că lucrezi în preajma oamenilor de știință cât e ziua de lungă. Perfuzez?

N-am spus „Aprob".

– Care e problema, Jeff? a întrebat Abnesti.

– Nu vreau s-o omor pe Rachel, am răspuns.

– Ei, dar cine vrea? a zis Abnesti. Vreau eu? Vrei tu, Verlaine?

– Nu, s-a auzit Verlaine în interfon.

– Jeff, poate te gândești prea mult la treaba asta, a spus Abnesti. E posibil ca doza de Depreflex™ să o omoare pe Rachel? Sigur. Avem precedentul Heather. Pe de altă parte, s-ar putea ca Rachel să fie mai puternică. Pare mai voinică.

– De fapt, e puțin mai mică, a zis Verlaine.

– Ei, poate că e mai puternică, a spus Abnesti.

– O să adaptăm dozajul în funcție de greutate, a zis Verlaine. Așa.

– Mulțumesc, Verlaine, a spus Abnesti. Mulțumesc că ai clarificat asta.

– Poate ar trebui să-i arăți dosarul, a zis Verlaine.

Abnesti mi-a întins dosarul lui Rachel.

Verlaine a intervenit din nou.

– Citește-l și plângi, a zis.

Conform dosarului lui Rachel, furase bijuterii de la mama ei, o mașină de la tatăl ei, bani de la sora ei, niște sculpturi din biserică. Făcuse pușcărie pentru droguri. După patru încarcerări pentru droguri, fusese internată la dezintoxicare, apoi la un centru de reabilitare pentru prostituție, apoi la ceea ce se numește dezintoxicare forte, pentru oamenii care au fost internați în asemenea centre de atâtea ori încât sunt practic imuni. Dar trebuie să fi fost imună și la dezintoxicarea forte, pentru că, după aceea, venea marea pată neagră din dosarul ei: triplu omor: dealerul, sora dealerului și iubitul surorii dealerului. Asta m-a făcut să mă simt puțin ciudat fiindcă ne-o trăseserăm și o iubisem.

Dar tot nu voiam s-o omor.

– Jeff, a spus Abnesti. Știu că ai lucrat intens în privința asta cu doamna Lacey. În privința omorâtului și așa mai departe. Dar acum nu o faci tu. O facem noi.

– Nici măcar noi, a zis Verlaine. Știința.

– Mandatele științei, a spus Abnesti. Plus dictatele.

– Câteodată știința e de căcat, a zis Verlaine.

– Pe de altă parte, Jeff, a spus Abnesti, câteva minute de neplăcere pentru Heather...

– Rachel, l-a întrerupt Verlaine.

– Câteva minute de neplăcere pentru Rachel, a reluat Abnesti, ani de ușurare pentru practic zeci de mii de oameni care iubesc prea prea puțin sau prea mult.

– Fă calculele, Jeff, a zis Verlaine.

– E ușor să fii bun când vine vorba de chestiile mici, a spus Abnesti. Dar să fii bun în chestiile majore, asta e mai greu.

– Perfuzez? a spus Verlaine. Jeff?

Nu am spus „Aprob”.

Să mă fut, ajunge, a spus Abnesti. Verlaine, care e numele substanței ăleia? Cea care îl face să mă asculte când îi dau un ordin?

– Docilix™, a zis Verlaine.

– Are Docilix™ în MobiPak™? a întrebat Abnesti.

– E Docilix™ în fiecare MobiPak™, a răspuns Verlaine.

– E nevoie ca el să spună „Aprob”? a întrebat Abnesti.

– Docilix™ e o substanță de Clasa C, deci..., a răspuns Verlaine.

– Vezi, asta, pentru mine, n-are niciun sens, a spus Abnesti. La ce bun un drog de obediență dacă avem nevoie de permisiunea lui să-l folosim?

– Avem nevoie doar de o derogare, a zis Verlaine.

– Cât timp durează căcatul ăsta? a întrebat Abnesti.

– Trimitem un fax către Albany, ei ne răspund prin fax, a zis Verlaine.

– Haide, haide, să nu mai pierdem timpul, a spus Abnesti și au plecat, lăsându-mă singur în Cap-de-Păianjen.

X

Era trist. Îmi provoca un sentiment de tristețe și de înfrângere să mă gândesc că, nu peste mult timp, se vor întoarce și mă vor injecta cu Docilix™, iar eu voi spune „Aprob”, zâmbind agreabil, în felul în care zâmbește o persoană pe Docilix™, și apoi va curge Depreflex™ prin venele lui Rachel, iar eu voi începe să descriu, în acel mod rapid și robotic în care descrie o persoană injectată cu Verbaluce™/ VeriCom™/ Dialoflux™, lucrurile pe care Rachel va începe, în acel moment, să și le facă.

Era ca și cum tot ceea ce trebuia să fac pentru a redeveni un ucigaș era să stau și să aștept.

Ceea ce era greu de acceptat după ce lucrasem cu doamna Lacey.

– S-a terminat cu violența, nu mai există furie, mă făcea să spun, din nou și din nou. După care, mă punea să fac o Reconstituire Detaliată ref. noaptea mea fatidică.

Aveam 19 ani. Mike Appel avea 17. Eram amândoi matoli. Toată noaptea mă frecase la icre. Era mai firav, mai tânăr, mai puțin popular. Dintr-odată, eram în fața la Frizzy's, rostogolindu-ne pe jos. Era rapid. Era rău. Mi-o luam. Nu-mi venea să cred. Eram mai înalt, mai în vârstă, și mi-o luam? În jurul nostru, urmărindu-ne, era practic toată lumea care ne cunoștea. Apoi, m-am trezit pe spate, cu el peste mine. Cineva a râs. Cineva a zis: „Căcat, săracul Jeff." În apropiere, era o cărămidă. Am luat-o, l-am lovit pe Mike cu ea în cap. Apoi, m-am urcat peste el.

Mike a cedat. Mai exact, întins acolo pe spate, cu scalpul sângerând, a cedat aruncându-mi genul acela de privire care spune: frate, doar n-o luăm așa în tragic, nu?

O luam în tragic.

Eu o luam în tragic.

Nici măcar nu știu de ce am făcut-o.

Era ca și cum, de la cât băusem, la cât de copil eram, la cât mi-o luam, fusesem pus pe o perfuzie numită TemperExplod sau ceva.

InstaNeb.

ExiStop.

– Hei, băieți, alo! a zis Rachel. Ce punem la cale azi?

Iată capul ei fragil, chipul neatins, un braț ridicând mâna să-și scarpine obrazul, gambele tresăltând cu inervații, fusta de țărăncuță tresăltând și ea, picioarele în saboți încrucișate sub poală.

Curând, toate astea vor fi o simplă mogâldeață pe podea.

Trebuia să mă gândesc.

De ce urmau să îi injecteze Depreflex™ lui Rachel? Ca să mă poată auzi descriind ce se întâmpla. Dacă eu n-aș fi fost acolo să descriu ce se întâmpla, n-ar fi făcut-o. Cum puteam face să nu fiu acolo? Puteam pleca. Cum puteam pleca? Exista o singură ieșire din Cap-de-Păianjen, o ușă care se închidea automat, iar de partea cealaltă, se afla ori Barry, ori Hans, cu acel baston electric numit DisciPar™. Să fi așteptat până ce Abnesti revenea, să-l lovesc în ceafă, să încerc să mă năpustesc pe lângă Barry sau Hans și să ajung la Ușa Principală?

Exista vreo armă în Cap-de-Păianjen? Nu. Doar cana aniversară a lui Abnesti, o pereche de adidași, un pachet de drajeuri de împrospătat respirația, telecomanda lui.

Telecomanda lui?

Ce prostănac. Trebuia să o țină fixată la centură tot timpul. Altfel, unul dintre noi s-ar fi putut folosi de orice ar fi găsit, via Catalogul de Inventar, în MobiPak™-urile noastre: niște Bonviv™, poate, niște Extazin™, niște Acceleron™.

Niște Depreflex™.

Doamne. Era și asta o cale de a pleca.

Înfricoșătoare, totuși.

Tocmai atunci, în Camera de Lucru 4, Rachel, probabil gândindu-se că în Cap-de-Păianjen nu era nimeni, s-a ridicat și a făcut vioaie câțiva pași ușori, ca și cum ar fi fost o gagică veselă de la țară, care tocmai ieșise afară și-l văzuse pe țopârlanul de care era îndrăgostită venind în sus pe drum, cu un vițel la subraț sau ceva asemănător.

De ce dansa? Fără motiv.

Pentru că era vie, probabil.

N-aveam prea mult timp.

Telecomanda avea etichete clare.

Te puteai baza pe Verlaine.

Am folosit-o, am aruncat-o în gura de aerisire, în caz că mă răzgândeam, apoi am rămas acolo, ca și cum mi-aș fi spus: nu-mi vine să cred că tocmai ai făcut asta.

MobiPak™-ul meu a scos un bâzâit.

Curgea Depreflex™.

Apoi, a început calvarul: mai rău decât îmi imaginasem vreodată.

Nu peste mult timp, băgasem mâna până la umăr în gura de aerisire. Apoi, mă împleticeam prin Cap-de-Păianjen, căutând ceva, orice. Într-un final, am ajuns până în punctul în care m-am folosit de colțul biroului.

Cum e moartea?

Pentru scurt timp, nu ai limite.

Am trecut direct prin acoperiș.

Și am planat deasupra lui, privind în jos. Iată-l pe Rogan, uitându-se în oglindă la tatuajul de pe gât. Iată-l pe Keith în chiloți, făcând genuflexiuni. Iată-l pe Ned Riley, iată-l pe B. Troper, iat-o pe Gail Orley, pe Ștefan DeWitt, toți criminali, toți răi, bănuiesc, deși, în acel moment, vedeam lucrurile diferit. La naștere, Dumnezeu le dăduse responsabilitatea de a deveni niște adulți complet futuți în cap. Fusese alegerea lor? Fusese vina lor când și-au făcut saltul în lume? Aspiraseră, scăldați în sângele placentar, să devină răufăcători, forțe întunecate, ucigași? În acea primă sfântă clipă de respirație, de conștiință (cu mânuțe care se încleștau și se descleștau), speranța lor cea mai profundă fusese de a crea (via pistol, cuțit sau cărămidă) un vid într-o familie nevinovată? Nu; și totuși, destinele lor schiloade hibernau înăuntrul lor, semințe așteptând apă și lumină pentru a scoate la iveală cele mai violente și fatale flori, respectiva apă/lumină fiind, de fapt, combinația necesară dintre înclinația neurologică și factorii declanșatori ai mediului care urma să-i transforme (să ne transforme!) în pleava pământului, în criminali, și să ne mânjească cu suprema transgresiune de neșters.

Uau, m-am gândit, avea oare acea perfuzie o idee de Verbaluce™ în ea?

Dar nu.

Acum eram eu.

M-am poticnit, trezindu-mă captiv pe un jgheab de pe acoperiș, ghemuit acolo ca un gargui ireal. Eram acolo, dar peste tot. Puteam vedea totul: o grămăjoară de frunze în jgheabul de sub piciorul meu străveziu; mama, biata mama, acasă în Rochester, frecând dușul, încercând să se binedispună printr-un fredonat timid, plin de speranță; o căprioară lângă tomberon, brusc alertată de prezența mea spectrală; mama lui Mike Appel, tot în Rochester, un semn de întrebare osos și suferind ocupând o îngustă fâșie din patul lui Mike; Rachel, jos în Camera de Lucru 4, atrasă către geamul opac de sunetele agoniei mele; Abnesti și Verlaine dând buzna în Cap-de-Păianjen; Verlaine îngenunchind pentru a începe manevrele de resuscitare.

Se lăsa noaptea. Păsările cântau. Păsările, mi-a trecut deodată prin minte, orchestrau o sărbătoare frenetică a sfârșitului zilei. Se manifestau ca terminațiile nervoase viu colorate ale pământului, însuflețite de coborârea soarelui, fiecare dintre ele mustind de nectarul vieții, nectarul vieții revărsându-se apoi în lume, din fiecare cioc, sub forma ciripitului distinct al fiecărei păsări, care era, la rândul ei, un accident al formei ciocului, structurii gâtlejului, configurației pieptului, chimiei creierului: unele păsări binecuvântate cu tril, altele blestemate; unele neputincioase, altele răpitoare.

De undeva, ceva binevoitor m-a întrebat: *Ai vrea să te întorci? E alegerea ta. Trupul pare să-ți poată fi salvat.*

Nu, m-am gândit, nu, mulțumesc, mi-a ajuns.

Singurul meu regret era mama. Speram ca într-o zi, într-un loc mai bun, să am șansa să-i explic, iar ea poate că ar fi fost mândră de mine, pentru o ultimă oară, după toți acești ani.

Peste pădure, în complet acord, păsările și-au părăsit copacii și au săgetat cerul. M-am alăturat lor, am zburat în rând cu ele, nu m-au simțit străin, și eram fericit, atât de fericit, pentru că, pentru prima oară după atâția ani și pe vecie, nu omorâsem și n-aveam s-o fac niciodată.

Al Roosten

Al Roosten aștepta în spatele paravanului de hârtie. Avea emoții? Ei bine, avea puține emoții. Deși probabil mult mai puține decât ar avea majoritatea oamenilor. Majoritatea oamenilor probabil că s-ar fi scăpat pe ei până acum. Se scăpa pe el? Nu încă. Deși, oho, își putea da seama cum cineva ar fi putut efectiv să...

– Să-i dăm drumul! a strigat maestrul de ceremonii, o blondă ca o majoretă prea în vârstă pentru codițe, ale cărei codițe săltau frenetic pentru că, dintr-un motiv sau altul, se prefăcea că aleargă.

– Luptăm împotriva drogurilor azi sau ce facem? Da, luptăm! Noi, oamenii de afaceri, acceptăm ca micuții noștri să se drogheze? În niciun caz, suntem chiar foarte împotrivă! Ne drogăm noi înșine? Copii, voi cei care vă aflați astăzi aici, credeți-mă când vă spun că nu o facem și n-am făcut-o niciodată! Pentru că, vă spun asta din postura celui care-și câștigă traiul din feng shui, mi-ar fi imposibil să ating feng shui-ul spartă pe *crack*, pentru că treaba mea este să disting câmpurile energetice între ele, iar dacă ești pe *crack* sau fumat sau chiar dacă ai băut prea multă cafea, câmpul energetic se înclină, credeți-mă, știu, am fumat și eu!

Era o licitație pentru un prânz cu o Celebritate Locală, o Celebritate Locală fiind orice fraier suficient de amețit încât să răspundă afirmativ la invitația Camerei de Comerț.

– Deci, de-asta suntem aici, să strângem bani pentru organizația „Râdem, glumim și de droguri ne ferim" și pentru clovnii lor antidrog!, a strigat blonda. Cum e Dl Paranoia-Prăjeală, care, la lecție face dintr-un balon chestia asta care, la început, seamănă cu o pipă de *crack*, iar apoi ajunge să arate ca un coșciug, ceea ce eu cred că e atât de adevărat!

Larry Donfrey, de la Larry Donfrey Imobiliare, se afla în apropiere în costum de baie. Donfrey era un tip de treabă. De treabă, dar cu defecte. Nu prea strălucit. Mereu bronzat. Era atrăgător Donfrey? Drăguț? Îl vor considera licitatorii pe Donfrey mai drăguț decât pe el, Al Roosten? Of, cum ar putea ști? Îi plăceau băieții? Era vreun fel de expert-evaluator al gradului de simpatie la băieți?

Nu, nu îi plăceau băieții și nu îi plăcuseră niciodată.

Avusese acea perioadă în gimnaziu, da, când fusese oarecum îngrijorat că ar fi putut să-i placă băieții și când pierdea constant la lupte fiindcă, în loc să se concentreze asupra prizelor, mereu cântărea în minte dacă îl durea jucăria în suspensor pentru că începea să i se scoale puțin sau pentru că vârful îi ieșise printr-una din găuricile de aerisire, iar o dată fusese aproape sigur că începuse să i se scoale puțin atunci când se trezise cu fața lipită de pătrățelele tari ale lui Tom Reed, care miroseau a nucă de cocos, dar, după antrenament, gândindu-se obsesiv la asta în pădure, își dăduse seama că uneori începea să i se scoale puțin în mod identic când pisica îi stătea în poală sub razele soarelui, ceea ce dovedea că nu avea niciun sentiment de natură sexuală pentru Tom Reed, de vreme ce știa cu precizie că nu avea sentimente de natură sexuală pentru pisică, de vreme ce nici măcar nu auzise descrisă undeva o asemenea posibilitate. Și, începând din acea zi, de fiecare dată când se trezea întrebându-se dacă îi plăceau băieții, își amintea mereu cum se plimbase prin pădure în culmea fericirii după conștientizarea eliberatoare că nu era atras de băieți mai mult decât era atras de pisici, pur și simplu dând cu piciorul în pălăriile ciupercilor, într-o stare de nespusă ușurare.

A început un fel de muzică, compusă dintr-o serie de puternice detunături înfundate, întrerupte de murmure feminine înăbușite și de ceva care suna a scârțâit de ușă, iar Larry Donfrey a pășit pe podium în ovații și aclamații imediate.

Ce naiba? se gândi Roosten. Aclamații? Ovații? Oare el va stârni ovații? Aclamații? Se îndoia... Cine să-l aclame/ovaționeze pe grăsunul chelios în costum de gondolier? Dacă ar fi fost femeie, l-ar fi aclamat/ovaționat pe Donfrey, tipul cu fund bombat și brațe arămii lucrate.

Blonda l-a înștiințat că e următorul, arătându-l cu degetul în timp ce alerga pe loc.

O, Doamne, o, Doamne.

Roosten a pășit precaut din spatele paravanului de hârtie. Nimeni n-a aclamat. A început să defileze pe podium. Nicio ovație. Încăperea s-a umplut de acel sunet al unei mulțimi care se străduiește să nu râdă. A încercat să zâmbească sexy, dar gura îi era prea uscată. Probabil că i se vedeau dinții galbeni și locurile în care gingiile îi atârnau flasce.

Înmărmurit în lumina violentă a reflectoarelor, părea atât de nebun, bătrân și deznădăjduit, și totuși cu o rămășiță de aroganță, încât un disconfort palpabil s-a lăsat asupra încăperii, un disconfort care, într-o altă situație decât a unei adunări de fonduri, ar fi putut duce la strigăte de insultă sau obiecte aruncate, dar, în acest caz, a atras o aclamație clementă de lângă bufetul suedez.

Roosten s-a luminat la față și, ușurat, a făcut pe jumătate cu mâna în direcția aclamației, iar stângăcia acestui gest– felul în care, în mod accidental, a dezvăluit cât de înspăimântat era – a înmuiat mulțimea care cu doar câteva secunde mai devreme fusese gata să-l batjocorească, iar altcineva a aclamat din milă, și Roosten a rânjit prostește, cu gura până la urechi, ceea ce a declanșat un val de ovații clemente.

Roosten nu percepea însă clemența. Ce cotă ridicată de aclamații și ovații. Ar trebui să facă o reverență. O va face. A făcut-o. Acest lucru a sporit și mai mult nivelul de aclamații și ovații, care, în capul lui, erau acum cel puțin la fel de intense ca ovațiile/ aclamațiile primite de Donfrey. În plus, Donfrey fusese practic gol. Ceea ce însemna, tehnic vorbind, că îl întrecuse pe Donfrey, de vreme ce Donfrey avusese nevoie să se dezbrace numai și ca să-l egaleze pe el, Al Roosten.

Ha-ha, bietul Donfrey! Alergând de colo-colo în slip, fără niciun rezultat.

Blonda a aruncat o plasă de fluturi peste capul lui Roosten, și el i s-a alăturat lui Donfrey în închisoarea de mucava.

Acum că ștersese pe jos cu Donfrey, simțea o afecțiune crescândă pentru el. Donfrey cel cumsecade. El și Donfrey erau pilonii gemeni ai comunității de afaceri locale. Nu îl cunoștea bine pe Donfrey. Doar îl admira de la distanță. Exact cum Donfrey îl admira și el de la distanță. Odată, întregul clan Donfrey intrase încolonat în magazinul lui Roosten, *Zile Apuse*. Soția lui Donfrey arăta minunat: picioare frumoase, spate subțire, păr lung. Nu-ți puteai lua ochii de la ea. Copiii lui Donfrey îi păruseră și ei minunați, doi elfi androgini dezbătând ceremonios un subiect anume, poate istoria Curții Supreme?

Fiecare Celebritate avea în închisoarea de mucava propria fereastră cu zăbrele. Donfrey se îndreaptă acum de la fereastra lui spre cea a lui Roosten. Ce politicos. Ce lord. Ar sporovăi puțin. Mulțimea s-ar întreba cu invidie despre ce sporovăiesc cei doi piloni gemeni în privat. Dar, cu părere de rău, nu: asta era între ei, pilonii. Gloata n-avea să afle.

Donfrey spunea ceva, dar muzica bubuia, iar Roosten era pe jumătate surd.

S-a apropiat.

– Am spus: nu-ți face griji, Ed, i-a strigat Donfrey. Te-ai descurcat bine. Sincer. Ce mare brânză? Peste o săptămână, nu-și va mai aminti.

Ce? Ce mama dracului? Ce spunea Donfrey? Că nu fusese bine? Că se făcuse de râs? În fața întregului oraș? Exclus. Îl bătuse la curu' gol. Oare Donfrey era picat din lună? Drogat? Drogat la un eveniment anti-drog? Oare Donfrey tocmai îi spusese Ed?

Donfrey n-avea decât să-l pupe în fund. Impostorul. Snobul. Uitase de lucrurile astea. Uitase că Donfrey era un impostor cu aere de snob. Atunci când familia Donfrey vizitase *Zile Apuse*, se întorseseră pe călcâie și plecaseră subit, ca și cum ar fi considerat obiectele vintage de colecție ale lui Roosten prea prăfuite și prost-alese pentru reședința Donfrey. Un adevărat conac pe o colină. Iar soția lui Donfrey nu era superbă, și-a recunoscut într-un acces de sinceritate Roosten; era ștearsă. O slăbătură ștearsă și întepată. Cât despre copiii lui Donfrey... dacă ar fi fost copiii lui? I-ar fi scărmănat puțin. Să încerce să-i dez-elfizeze. Ce erau, fete sau băieți? Chiar nu-ți puteai da seama.

El n-avea copii. Nu se căsătorise niciodată. Îi avea pe băieți, însă. Băieții erau nepoții lui. Băieții nu erau elfini. *Au contraire.* Băieții erau exact opusul elfinilor, orice ar fi însemnat asta. Troli? Gherțoi? Nu, băieții erau minunați. Băieții erau pe bune băieți. Și încă cum. Poate chiar prea mult. De ce insista sora lui, Mag, să îi ducă la Tunsori Eftine, când Tunsori Eftine îi făcea să arate precum trei matahale identice, cu același ciudat bostan nemțesc tuns castron, asta n-o putea ști! În fiecare noapte, în pivniță era un festival în trei de mugete/trânte, băieții făcându-se unul pe altul Mână-Bleagă sau Omul-Bășină până ce unul dintre ei se izbea cu bostanul de ceva metalic și urcau toți ajutându-l pe rănit, cu lacrimile șiroindu-le pe obrajii îmbujorați de trântă, ca trei naziști subit cuprinși de remușcări...

Nu naziști. Doamne. Nemți. Flăcăi energici din Germania antebelică. Beethoveni tineri și sănătoși. Deși în ceea ce îl privea pe Beethoven, avea dubii că el smulsese vreodată pupitrul cărților de rugăciune din strană fiindcă un alt Beethoven îl provocase că nu are curaj s-o facă, în timp ce un al treilea Beethoven etala cu mândrie, pe o culegere de imnuri, patru turnulețe solide din biluțe de muci pe care tocmai...

Divorțul era de vină. Divorțul îi făcuse pe băieți de nestăpânit. Era trist ce se întâmpla cu Mag. În liceu, Al fusese luptătorul popular, iar Mag, fata voinică din ChristLife, îndrăgostită până peste cap de Hristos. Trăiau la ferma părinților lor. Dar, cumva, doar Mag s-a dovedit atașată de viața la țară. În clasa a XI-a, începuse să se întâlnească cu Ken Glenn, la fel de agrar și cu urechi ca două farfurii. La vremea respectivă, circulaseră glume cum că Mag și Ken se căsătoriseră în salopete. Circulaseră glume cum că Mag și Ken se căsătoriseră într-o biserică plină de vite. Dacă ar fi fost un mariaj care să reziste, ăsta ar fi fost: doi fermieri creștini domestici. Dar nu, Ken o părăsise pe Mag pentru o altă fată de la țară...

Mag nu era domestică. Era o femeie simplă, avea un fel de simplitate a gliei...

Era arătoasă. O femeie arătoasă. Avea... totul la locul lui. Avea o anumită ținută. În afara momentelor când zbiera la băieți. Atunci, fața i se schimonosea într-o mască aprinsă. Îi puteai vedea frustrarea de a fi singura femeie divorțată din parohia ei extrem de strictă, jena de a fi trebuit să se mute cu fratele ei, îngrijorarea că, dacă el pierdea magazinul (ceea ce acum părea aproape sigur că se va întâmpla), va trebui să renunțe la școală și să-și ia o a treia slujbă. Cu o noapte înainte, o găsise la masa din bucătărie, după tura ei la Costco, dormind buștean peste manualul de asistentă medicală de la școala post-liceală. Asistentă medicală la 45 de ani. Era de râs. I se părea că e de râs. Deși nu i se părea de râs. I se părea admirabil. Poate unui snob ca Donfrey i s-ar fi părut de râs. Un snob ca Donfrey i-ar fi aruncat o privire lui Mag, în uniforma ei lălâie de asistentă, și și-ar fi zorit elfii râzgâiați înapoi în magnificul conac Donfrey, care fusese recent prezentat în secțiunea Lifestyles din...

Of, conac-neconac. Avea casa lui Gandhi cea mai mare trambulină de pe întinderea a trei state? Avea Iisus un circuit de mașini teleghidate care se întindea pe cuprinsul a doi acri, cu munți de escaladat și un mic sat iluminat noaptea?

Nu în Biblia lui.

Ha. Închisoarea de mucava era acum ticsită de Celebrități. Cum se întâmplase asta? Aparent, pierduse defilările pe podium ale lui Max de la Max's Auto, Ed Berden de la Steak-n-Roll și ale celor doi gemeni hipioți, neobișnuit de înalți, care aveau CoffeeMinded. Blonda stătea tăcută în picioare acum, cu privirea în jos, ca și cum aștepta ca profunzimea ce i-o conferea experiența să se reverse în discursul ei din toată inima care va capta atenția tuturor și o va declara definitiv cea mai sfâșiată de suferință persoană din incintă.

– Oameni buni, am ajuns la capitolul cel mai important, a spus ea cu voce moale. Adică licitația noastră. Care va fi secretă. Pentru că fără voi, oameni buni, știți ce? „Râdem, glumim și de droguri ne ferim" sunt doar niște indivizi cu sentimente puternice împotriva drogurilor, îmbrăcați în haine de clovn la ei acasă. Scrieți-vă sumele licitate, cineva va trece să le adune. Mai târziu, dacă sunteți persoana care a câștigat, veți ieși la prânz cu Celebritatea pentru care ați licitat.

Se terminase?

Părea să se fi terminat.

Putea să se strecoare afară?

Putea, dacă se apleca până jos.

S-a aplecat până jos și a tulit-o în timp ce blonda pălăvrăgea în continuare.

În camera unde se schimbau, a găsit hainele lui Donfrey de-a valma pe un scaun: pantaloni scumpi cu pense, cămașă de mătase fină. Pe podea erau cheile și portofelul lui Donfrey.

Tipic pentru Donfrey să facă dezordine în camera frumos aranjată unde se schimbau.

Of, de ce să fie furios pe Donfrey? Donfrey nu-i făcuse nimic. Făcuse doar un comentariu, încercând să fie amabil. Încercând să fie binevoitor. Față de cineva inferior.

Roosten a făcut un pas în față și i-a tras un șut portofelului. Mamă, ce zburase. Fix sub o stivă de gradene. Ca un puc de hochei. Rămăseseră doar cheile, accentuând absența portofelului. Aoleu. Ar fi putut spune că lovise portofelul din greșeală și aterizase acolo. Ceea ce era oarecum adevărat. Chiar nu se gândise la ce făcea. Simțise pur și simplu nevoia să-i dea un șut și asta făcuse. Așa era el, impulsiv. Ăsta era unul dintre lucrurile bune la el. Așa cumpărase magazinul. Magazinul falimentar. Trase un șut cheilor. Ce mama dracu'? De ce făcuse una ca asta? Cheile se duseseră mai bine decât portofelul. Acum, portofel și chei erau hăt-departe sub gradene.

Fir-ar să fie, cu atât mai rău. Cu atât mai rău că lucrurile ajunseseră tocmai acolo, după ce el le lovise din greșeală.

Donfrey a dat buzna în vestiar, vorbind tare la mobil, cu o voce care le știa pe toate.

Fata era în regulă, zbiera Donfrey. Avea emoții, dar era supermotivată. Era curajoasă. Sânge rece. Puștoaica era de aur. Mereu se achitase de sarcinile care îi reveneau: își aducea jos hainele de spălat când îi venea rândul, scotea gunoiul în stradă. Nu dormise toată săptămâna. Prea nerăbdătoare. Ce aștepta cu nerăbdare? Să alerge cu clasa la ora de sport. Imaginează-ți: toată viața șchiopătezi cu un picior strâmb, apoi se găsește deodată o metodă de a-l repara. Era înfricoșător, da, Hristoase, orteza literalmente îi rupea și remodela piciorul. Săraca de ea aștepta de atâta timp. Trebuia să o șteargă de acolo imediat, să o ia de acasă, să alerge către locul respectiv. Întârziaseră, chestia cu licitația se prelungise prea mult. Probabil că ar fi trebuit să sară peste licitație, dar era o cauză atât de minunată.

Roosten a terminat repede de îmbrăcat și a părăsit vestiarul.

Doamne, despre ce tot vorbea? Aparent, unul dintre elfi nu era atât de perfect cum...

Șchiopătase unul dintre elfi atunci? Nu-și putea aminti.

Ei bine, asta era trist. Boala unui copil era... copiii erau viitorul. Ar fi făcut orice să-l ajute pe acel copil. Dacă unul dintre băieți ar fi avut un picior deformat, s-ar fi făcut luntre și punte să-l vindece. Ar fi jefuit o bancă. Iar dacă băiatul era o fată, cu atât mai rău. Cine ar fi invitat la dans o fată cu piciorul beteag sau deformat sau cum i-o fi zis? Fiica ta singură, lângă cârja ei, aranjată toată, fără să danseze.

Sute de frunze uscate zdrențuite erau măturate de vânt în parcarea de la FlapJackers. O pasăre de pe un opritor de parcare s-a înălțat brusc, speriată de avansarea frunzelor. Frunze proaste, n-o să prindă niciodată pasărea.

Doar dacă nu o omora el cu o piatră, lăsând-o să zacă acolo. Ele i-ar fi fost atât de recunoscătoare, încât l-ar fi desemnat Regele Frunzelor.

Ha-ha.

A dat un șut strașnic într-o grămadă de frunze.

Rahat. Simțea că-l podidește plânsul. De ce, ce se întâmpla, ce îl făcea atât de nefericit?

Conducea prin orașul în care trăise toată viața. Râul era umflat. Școala avea un nou rastel pentru biciclete. O ditamai haita de câini s-a repezit la gard, ca întotdeauna când trecea pe lângă Canisa Flannery. Lângă canisă, era Gyros La Mike. Odată, în timpul acelui teribil an din clasa a VII-a, maică-sa îl scosese în acel local la o Cola.

– Care-i problema, Al? îl întrebase maică-sa.

– Toată lumea îmi spune că sunt gras și fac pe șeful, răspunsese el. Plus că-mi spun că sunt șiret.

– Păi, Al, spusese ea, ești gras și faci pe șeful. Și bănuiesc că poți fii destul de șiret. Dar știi cum mai ești? Ai ceea ce se numește curaj moral. Când știi că ceva e corect, îl faci, indiferent de cost.

Mama le mai înflorea uneori. O dată, susținuse că-și poate da seama după felul în care el fugea la etaj că va deveni un mare cățărător pe munte. O dată, când reușise să ia un 7 la matematică, susținuse că ar fi trebuit să se facă astronom.

Draga de ea. Întotdeauna îl făcuse să se simtă special.

Brusc, fața îi ardea. A simțit-o pe maică-sa uitându-se la el din ceruri sever, dar șugubăț, în felul acela caracteristic ei, ca și cum ar fi spus: alo, nu cumva uităm ceva?

Ei bine, totul fusese un accident. Nu făcuse decât să rătăcească accidental niște lucruri neintenționat. Ajutându-se de picior. Trăgându-le un șut spontan într-o direcție greșită.

În ceruri, mama și-a mijit ochii.

Au fost răi cu mine, a zis el.

În ceruri, mama bătea din picior.

Ce ar fi trebuit să facă? Să se întoarcă într-un suflet, să le arate unde sunt cheile? Ar fi știut că el o făcuse. În plus, Donfrey era probabil dus de mult. Probabil că soția lui Donfrey avea un set de chei de rezervă. Deși, soția lui Donfrey nu fusese acolo. Ei bine, cineva îl putea duce cu mașina acasă pe Donfrey. După ce își căutase fără succes cheile o vreme. Făcându-l să întârzie atât de mult, încât erau nevoiți să reprogrameze copila pentru...

Rahat.

Oh, o să supraviețuiască. Nimeni nu murea din cauza asta. Deci copila trebuia să mai aștepte câteva luni în plus pentru...

Roosten a tras mașina pe o alee din fața unei case. Trebuia să se gândească. Un terrier Yorkshire s-a năpustit la gard, lătrând ritualic. Apoi, a apărut un pui de găină. Hah. Un pui de găină și un Yorkie, trăind în aceeași curte. Stăteau unul lângă altul, holbându-se la Roosten.

Evrika.

Știa cum ar fi putut proceda.

S-ar fi strecurat înapoi, pretinzând că nu plecase niciodată. Toată lumea ar fi fost angrenată în căutarea portofelului și a cheilor. Va căuta cot la cot cu ei un timp. Când erau pe punctul de a renunța, ar fi zis: bănuiesc că ați căutat deja sub acele gradene?

Ăă, de fapt, nu, ar fi spus Donfrey.

Merită să încercăm, ar fi sugerat Roosten.

S-ar fi strâns câțiva bărbați și ar fi mutat gradenele. Iar acolo s-ar fi aflat portofelul și acolo s-ar fi aflat cheile.

Uau, ar fi spus Donfrey. Ești nemaipomenit.

O simplă intuiție, ar fi zis Roosten. Pur și simplu, am eliminat mental toate celelalte opțiuni posibile.

Mi-e teamă că te-am subestimat, ar fi spus Donfrey. Trebuie să ne onorezi cu prezența cât mai repede cu putință.

La conac? ar fi zis Roosten.

Și, Al? ar fi spus Donfrey. Îmi pare rău pentru atunci când am ieșit din magazinul tău. A fost nepoliticos. Și, Al? Îmi pare rău că ți-am spus Ed mai devreme.

A, așa ai făcut? ar fi zis Roosten. Nici măcar n-am băgat de seamă.

Cina la conac ar fi decurs bine. În curând, ar fi făcut practic parte din familie. Ar fi trecut pe acolo oricând voia. Asta ar fi fost simpatic. Simpatic să îți petreci timpul într-un conac. Câteodată, băieții l-ar fi putut însoți. Deși băieții ar fi făcut bine să nu spargă nimic. Ar fi trebuit să se ia la trântă afară. Dacă n-avea nevoie de un lucru, acela era conacul prietenilor întors pe dos. O și vedea pe divina soție a lui Donfrey, tulburată de toate lucrurile pe care băieții le sparseseră, prăbușindu-se într-un scaun și izbucnind în plâns.

Mulțumesc, băieți, minunat, mulțumesc mult pentru asta. Mergeți afară. Mergeți afară și stați acolo cuminți.

Acum, luna strălucește plină în fereastra mare, iar el și Donfrey sunt îmbrăcați la costum, în timp ce soția lui Donfrey poartă ceva auriu și cu decolteu adânc.

Cina e excelentă, zice el. Toate cinele la voi au fost pur și simplu excelente.

E cel mai mic lucru pe care-l putem face, spune Donfrey. Ne-ai ajutat atât de mult atunci, când mi-am pierdut prostește cheile.

Ha-ha, da, ei bine, în legătură cu atunci..., zice Roosten.

Apoi, le povestește totul: cum a făcut o greșeală, a văzut lumina, s-a întors într-un suflet ca să îndrepte lucrurile.

Ce nebunie! spune Donfrey.

E nevoie de ceva tărie pentru așa ceva, spune soția lui Donfrey. Să te întorci așa cum ai făcut-o tu.

Aș spune că a fost nevoie de curaj moral, spune Donfrey.

Sinceritatea ta ne face de fapt să te admirăm cu atât mai mult, spune soția lui Donfrey.

Mag era și ea acolo. Ea ce cauta acolo? Ei bine, era în regulă, putea rămâne. Mag era o femeie cumsecade. O interlocutoare decentă. Familia Donfrey îi va aprecia calitățile. La fel cum îi apreciau lui calitățile. Și nu i-ar fi fost mamei drag să vadă asta, copiii ei apreciați într-un final de niște oameni sofisticați care trăiau într-un conac de vis.

Un ciudat sunet de plăcere emis involuntar îl smulse pe Roosten din reverie.

Ha.

Ce mama dracu'. Unde se afla?

Terrierul Yorkshire adulmeca puiul de găină. Puiului nu părea să-i pese. Sau să observe. Îl țintuise cu o privire ca de laser pe el, Al Roosten.

Da, sigur. De parcă ceva din toate astea s-ar fi putut întâmpla. De parcă s-ar fi dus înapoi într-un suflet. L-ar fi citit imediat. I-ar fi făcut zile fripte. Oamenii îl citeau întotdeauna și îi făceau zile fripte. Când îi furase casca lui Kirk Desner, copiii din echipă îl citiseră și îi făcuseră zile fripte. Atunci când o înșelase pe Syl, Syl îl citise, rupsese logodna și îl înșelase cu Charles, ceea ce îi făcuse probabil zile mai fripte decât orice alte zile fripte de care avusese vreodată parte, într-o viață care, părea în ultima vreme, nu era altceva decât un șir de zile din ce în ce mai fripte.

S-a dus cu gândul la mamă, ca întotdeauna, pentru un cuvânt de încurajare.

Ce, acel blegoman de Donfrey nu făcuse nicio greșeală în viața lui? i-a zis mama. Nu fusese niciodată implicat involuntar în ceva nefericit care, din nefericire, se întâmplase? Iar acum vrea să te eticheteze pe tine ca fiind un porc sau un mizerabil sau o persoană rea și imatură din cauza unei mici greșeli? Ți se pare corect? Nu crezi că probabil și el a avut nevoie de iertare la un moment dat în viața lui?

Probabil, a aprobat Roosten.

O, cu siguranță, a zis mama. Te cunosc de când te-ai născut, Al, și nu e strop de răutate în sângele tău. Tu ești Al Roosten. Să nu uiți asta. Câteodată, crezi că e ceva în neregulă cu tine, dar, de fiecare dată, se dovedește că nu e așa. De ce să-ți faci procese de conștiință și, făcându-ți-le, să pierzi din vedere frumusețea momentului prezent?

Susurul vocii mamei din capul lui l-a înveselit.

A scos mașina de pe aleea din fața casei. Mama avea dreptate. Lumea era minunată. Iată cimitirul pionierilor cu pietrele funerare înclinate și îngălbenite. Iată extrem de animatul service auto Jiffy Lube. Un stol compact de păsări a trecut razant, apoi s-au așezat pe crengile unui arbore trăsnit de fulger. Știa că, de fapt, nu mama vorbea în mintea lui. Doar își imagina ce ar fi spus ea. Cine știa ce ar fi spus mama în realitate? Spre finalul vieții, fusese uneori o bătrână tare nebună. Dar chiar îi lipsea.

S-a gândit iarăși la fata schiloadă. Pierduseră programarea și trebuiau să facă una nouă. Singura fereastră liberă era peste câteva luni. Noaptea, pe întuneric, se întindea să-și simtă piciorul deformat și lăsa să-i scape un geamăt. Fusese atât de aproape, atât de aproape să se facă...

Asta era un căcat. Erau gânduri negative. Trebuia să lași procesul de vindecare să înceapă. Toată lumea știa asta. Trebuia să te iubești pe tine însuți. Care ar fi fost pozitiv? Magazinul: să născocească feluri prin care să-i aducă îmbunătățiri, să-l facă o idee mai decent, să-l aducă din nou la viață. Va instala un bar pentru cafea. O să arunce de acolo covorul acela vechi și pătat. Gata, deja se simțea mai bine. Trebuie să ai parte de bucurii. Bucuriile îl fac pe om să meargă mai departe. Odată ce făcea magazinul frecventabil, urma să meargă mai departe, îl va face bestial. Oamenii vor aștepta la coadă atunci când va sosi în fiecare dimineață. În timp ce-și croia loc prin mulțimea din mintea lui, toată lumea părea să-l întrebe, zâmbind și bătându-l pe spate, dacă nu voia să ia în considerare să candideze la primărie? N-ar fi vrut să facă pentru oraș ceea ce făcuse și pentru *Zile Apuse*? Ha-ha, ce aventură amuzantă ar fi fost asta, să candideze la primărie. Ce culori ar fi ales pentru bannere? Care ar fi fost sloganul lui?

AL ROOSTEN, PRIETENUL TUTUROR.

Suna bine.

AL ROOSTEN, CEL MAI BUN DINTRE NOI.

Puțin cam înfumurat.

AL ROOSTEN: CA TINE, NUMAI CĂ MAI BUN.

Ha-ha.

Iată magazinul. Nimeni nu aștepta la intrare. O prelată înnoroită fusese zburată de vânt din cimitirul de mașini și rămăsese lipită de fereastră. Vizavi de cimitirul de mașini, era viaductul unde se adunau vagabonzii. Vagabonzii ăștia îi sabotau lui...

Avea impresia că preferau să fie numiți „oameni fără adăpost". Nu citise asta? „Vagabond" fiind insultător? Iisuse, îți trebuia un obraz gros. Tipul nu muncește nicio zi în viața lui, doar umblă brambura furând plăcinte de pe pervazul ferestrelor, apoi începe să se vaite în privința drepturilor lui? I-ar fi plăcut să se înfigă în fața unui om fără adăpost și să-l facă vagabond. Și ar fi făcut-o, chiar ar fi făcut-o, l-ar fi prins pe nenorocitul de vagabond de guler și i-ar fi spus: hei, vagabondule, îmi sabotezi afacerea. N-am reușit să plătesc chiria de două luni. Du-te înapoi în țara străină de unde probabil...

Pur și simplu, îi ura pe acei cerșetori care treceau prin fața magazinului cu pancartele lor necioplite. Nu puteau măcar să scrie corect? În ziua precedentă, unul trecuse pe acolo cu o pancartă pe care scria: *rog ajutați om fără adpost*. Îi venise să urle: *alo, îmi pare rău că ți-ai pierdut csa!* Tăiau destul frunză la câini sub viaductul ăla, nu puteau măcar să își verifice unul altuia...

În timp ce parca mașina, mintea i s-a golit în mod straniu. Unde se afla? La magazin. Bleah. Unde îi erau cheile? Pe același oribil și vechi șnur, imposibil de scos din buzunar.

Iisuse, nu putea suporta gândul de a intra.

Va sta acolo singur toată după-amiaza. De ce trebuia să o facă? Pentru ce? Pentru cine?

Mag. Mag și băieții își puneau bază în el.

A așteptat un minut, respirând adânc.

Un bătrân în haine murdare s-a împleticit în susul străzii, târând după el un carton pătrățos pe care, fără îndoială, dormea. Dinții îi erau oribili, ochii, umezi și roșii. Roosten și-a imaginat că sărea din mașină, îl dobora pe bărbat la pământ, îl lovea cu picioarele din nou și din nou, dându-i în felul acesta o lecție valoroasă despre cum să se comporte.

Bărbatul i-a zâmbit timid lui Roosten, iar Roosten i-a zâmbit și el timid.

Însemnări despre Fetele Semplica

(3 septembrie)

Împlinind de curând 40 de ani, am hotărât să pornesc mare proiect de a scrie în fiecare zi în această nouă agendă de curând cumpărată de la OfficeMax. Entuziasmant să mă gândesc cum, într-un an, cu o medie de o pagină/zi, voi fi scris 365 de pagini și ce tablou al vieții și timpurilor atunci disponibil copiilor & nepoților, chiar strănepoților, oricui, toată lumea e bine-venită (!), să vadă cum viața era/este acum cu adevărat. Întrucât, ce știm despre alte timpuri cu adevărat? Cum miroseau hainele și sunau trăsurile? Vor ști oamenii viitorului, de exemplu, despre sunetul avioanelor trecând pe deasupra noaptea, de vreme ce avioanele depășite deja? Vor ști oamenii viitorului că uneori pisicile se băteau noapte? Fiindcă până atunci vreo substanță chimică inventată să facă pisicile să nu se încaiere? Azi-noapte visat doi demoni făcând sex și descoperit că erau doar două pisici încăierându-se afară la geam. Vor fi oamenii viitorului conștienți de concept de „demoni"? Li se va părea nostimă credința noastră în „demoni"? „Ferestre" vor mai exista? Interesant pentru generații viitoare că până și un absolvent de facultate sofisticat ca mine uneori se trezea acoperit de transpirații reci, gândindu-se la demoni, crezând unul poate sub pat? În orice caz, ce naiba, nu am de gând să scriu enciclopedie, dacă vreo persoană din viitor citește asta, dacă vrei să știi ce era un „demon", du-te și caută în ceva numit o enciclopedie, dacă mai aveți așa ceva!

Mă îndepărtez de subiect, deoarece obosit, deoarece acele pisici care se bat.

Voi scrie douăzeci de minute pe noapte, indiferent cât de obosit.

Așa că, noapte bună tuturor generațiilor viitoare. Vă rog să știți că am fost o persoană ca voi, și eu respiram aer și îmi dezmorțeam picioarele când încercam să dorm și, când scriam cu creion, câteodată duceam creion la nas să miros. Deși, cine știe, poate voi, oamenii viitorului, scrieți cu stilouri cu laser? Dar probabil chiar și acelea au un anumit miros? Încă mai adulmecă oamenii viitorului stilourile lor (cu laser)? Ei, se face târziu, iar eu divaghez copios în aceste speculații filozofice. Dar mă leg de acum încolo să scriu în această agendă cel puțin douăzeci de minute pe noapte. (Dacă descurajat, doar gândește cât de multe vor fi înregistrate pentru posteritate chiar numai după și un an!)

(5 septembrie)

Uups. Ratat o zi. Haos. Voi rezuma ziua de ieri. Ieri puțin dificil. În timp ce luam copii de la școală, bară de protecție de la Park Avenue a căzut. Notă pentru generații viitoare: „Park Avenue" = model de mașină. A noastră nu nouă. A noastră vechiuță. Cam rablă. Eva a urcat. Întrebat ce înseamnă „junkorama". În acel moment bară căzut. Dl Renn, profesor de istorie, realmente săritor, recuperat bară de protecție (notă: trimite scrisoare encomiastică directorului), spunând că și el a avut odată mașină a cărei bară de protecție a căzut, când sărac, la facultate. Eva m-a asigurat că era în regulă că bară de protecție căzuse. Am răspuns că bineînțeles că era în regulă, de ce să nu fie în regulă, era doar ceva ce se întâmplase, cu siguranță nu fusesem vinovat. Imagine care rămâne întipărită este a trei copii adorabili pe banchetă din spate, expresii triste de copii certați pe chipuri mici, ținând stingheri bară de protecție în poală. Un capăt din bară de protecție a trebuit să atârne pe geamul Evei, iar astăzi își trage mucii, plus mică tăietură pe mână de la parte unde bară de protecție ascuțită. Dl Renn a pus batistuță la capăt bară de protecție care atârna pe fereastră. Când Eva s-a îngrijorat cu voce tare în legătură cu noi uitând să înapoiem batistuță („Ei bine, tati, noi suntem din tagma celor neglijenți"), am spus că nu ne văd nici pe departe ca din tagma celor neglijenți. Apoi, bineînțeles, pe drum spre casă, batistuță zburat.

Lilly, ca întotdeauna, a pus lucrurile în context mai larg, întrebând cui îi pasă de bară de protecție tâmpită, și-așa o să ne luăm o mașină nouă în curând, când bogați, nu-i așa? Odată ajunși acasă, pus bară de protecție în garaj. În garaj, găsit șoarece mare sau veveriță mică moartă, plină de viermi. Folosit lopată să transfer mare parte din veveriță/șoarece în sac de gunoi Hefty. Pe podea în garaj, murdărie sau pată de la rămășițe de veveriță/șoarece, ca o pată de ulei cu șomoioage de blană lipite.

Stat privit în sus la casă, trist. Gândit: de ce trist? Nu fi trist. Dacă trist, întristezi pe toată lumea. Intrat în casă fericit, fără să menționez bară de protecție, resturi de veveriță/șoarece, viermi, apoi dat Evei mai multă înghețată deoarece o repezisem înainte.

E cel mai adorabil copil. Cel mai mare suflet. Odată, când mică, găsit pasăre moartă în curte și așezat-o pe tobogan de lângă leagăne, să îl poată „ști acolo, parte din familion." Plâns când am aruncat vechi balansoar, pretinzând că îi spusese că își dorea să-și petreacă restul vieții în pivniță.

Trebuie să mă descurc mai bine! Fiu mai drăguț. Începe de acum. În curând, vor fi crescut, iar, atunci, cât de trist, dacă unică amintire cu tine este tip irascibil și stresat în mașină proastă.

Listă lucruri neapărat de făcut: Verifică extras de bancă. Ia talon de service pentru Park Ave. Înlocuiește bară de protecție. (Notă către sine: bară de protecție înlocuitoare necesară pentru talon de service?) Curăță resturi de veveriță/șoarece astfel încât copii să se poată juca vară în garaj.

Listă lucruri care ar trebui făcute: Curăță pivniță. (Ploi recente provocat mini-inundație, care a distrus cutii/materiale de expediat depozitate pentru Crăciun. De asemenea, cușcă pentru cobai oarecum plutea în derivă. Mutată deasupra uscător.

Acum, când spăl haine, cușca trebuie mutată temporar înapoi în apă.)

Când voi avea suficient timp liber/bani să stau pe claie de fân privind luna răsărind, în timp ce în conac luxos familia doarme? La acea vreme, voi avea șansă de a reflecta temeinic la sens al vieții etc., etc. Am un sentiment și avut întotdeauna un sentiment că asta și alte lucruri bune ni se vor întâmpla!

(6 sept.)

Petrecere de aniversare foarte deprimantă astăzi, acasă la prietena lui Lilly, Leslie Torrini.

Casa este conac unde a stat odată Lafayette. Familia Torrini ne-a arătat camera lui Lafayette: acum al lor „Bârlog de Nebunii". Televizor cu plasmă, masă de pinball, aparat de masat picioarele. Un milion trei sute de metri pătrați, șase dependințe (ei le spun „dependințe"): una pentru Ferrari-uri (trei), una pentru Porsche-uri (două, plus unul pe care îl reasamblează), una pentru carusel istoric pe care îl recondiționează ca familie (!). Traversând pârâu colcăind de păstrăv, pod oriental roșu adus cu avion din China. Arătat nouă urmă de copită din timpul unei dinastii. În camera din față, lângă Steinway, mulaj de gips de urmă de copită din timpul unei dinastii și mai înaintate, în lemn de alt pod. Autograf Picasso, autograf Disney, rochie purtată odată de Greta Garbo, toate etalate în vitrină de mahon masiv.

Grădină de zarzavaturi îngrijită de tip cu nume Karl.

Lilly: Uau, grădina asta e, gen, de zece ori mai mare decât toată curtea noastră.

Grădină de flori, îngrijită de alt tip, în mod ciudat tot cu nume Karl.

Lilly: Nu ți-ar plăcea la nebunie să locuiești aici?

Eu: Lilly, ha-ha, nu, aa...

Pam (soția mea, încântătoare, iubire a vieții!): Ce... ce spune greșit, nu ți-ar plăcea? Nu ți-ar plăcea la nebunie să locuiești aici? Mie știu că da.

În fața casă, pe peluză întinsă, cel mai mare aranjament FS văzut vreodată, toate în alb, capoate albe umflate de vânt, iar Lilly spune: Putem să ne apropiem?

Leslie, prietena ei: Putem, dar noi n-o facem de obicei.

Mama lui Leslie, îmbrăcată în sarong indonezian: Noi n-o facem, fiindcă am făcut-o deja, de multe ori, draga mea, dar ție poate ți-ar plăcea? Poate toate astea sunt foarte inedite și incitante pentru tine?

Lilly, cu timiditate: Da, sunt.

Mama lui Leslie: Te rog, du-te, distrează-te.

Lilly pleacă în goană.

Mama lui Leslie, către Eva: Iar tu, draga mea?

Eva se sprijină timid de piciorul meu, clatină din cap că nu.

Chiar atunci, tatăl (Emmett) apare, ținând picior proaspăt vopsit de la cal din carusel, spune timpul să cinăm, speră că ne place marlin proaspăt adus cu avionul din Guatemala, gătit cu un condiment rar găsit numai într-o mică regiune din Birmania, care a putut fi obținut doar prin mită, dar a fost nevoie și să proiecteze și construiască un recipient special pentru a menține proaspăt marlinul.

Copiii pot să mănânce mai târziu, în casa din copac, spune mama lui Leslie. Am cumpărat tacâmuri speciale. Cele pe care le aveam înainte în casa din copac erau rusești, de pe vremea când locuiam acolo. Foarte frumoase, dar oarecum uzate. Pe lângă asta, sfeșnicele erau antice. Prin antice vreau să spun adică de pe vremea Romanovilor.

Iar săptămâna trecută, am reușit în sfârșit s-o cablăm, spune Emmett.

Arată spre casă din copac, care este vopsită în stil victorian și are acoperiș cu fronton, un telescop care iese în afară și ceea ce pare a fi un mic panou solar.

Thomas: Uau, casa din copac e, gen, de două ori mai mare decât casa în care stăm noi.

Pam (în șoaptă): Nu spune „gen".

Eu: A, ha-ha, lasă-l să spună ce vrea, să nu fim...

Thomas: Casa din copac e de două ori mai mare decât casa în care stăm noi.

(Thomas, ca de obicei, exagerând: casă din copac nu de două ori mai mare decât casa noastră. Mai degrabă cât o treime din casa noastră. Totuși, da: casă din copac mare).

Cadoul nostru nu cel mai groaznic. Deși posibil cel mai puțin scump (cineva a adus un mini-aparat DVD, altcineva a adus o șuviță chiar din părul unei mumii (!)), a fost, în opinia mea, cel mai din suflet. Pentru că Leslie (care părea dezamăgită de șuvița din părul mumiei și a spus-o, fiindcă deja avea una (!)) era mișcată de simplitatea setului nostru de păpuși din hârtie, îmi făcea impresia. Și deși nu îl privisem drept kitsch la vremea când îl cumpărasem, când mama lui Leslie a zis, Les, ia uită-te, kitsch ori ba, nu îți place la nebunie?, eu m-am gândit: Da, ei bine, poate e kitsch, poate că realmente am intenționat. În orice caz, asta a mai atenuat lovitură pentru noi când următorul cadou a fost un bilet la Preakness (!), din moment ce Leslie devenise de curând interesată de cai și începuse să se trezească devreme pentru a hrăni cei nouă cai, în timp ce, înainte de asta, refuzase categoric să hrănească cele șase lame.

Mama lui Leslie: Deci, ghiciți cine a ajuns să hrănească lamele.

Leslie (tăindu-i-o): Mama, nu îți amintești că pe vremea aceea aveam mereu yoga?

Mama lui Leslie: Deși, de fapt, sincer vorbind? A fost o binecuvântare, o șansă pentru mine să redescopăr ce animale splendide sunt, după școală, în zilele în care Les avea yoga.

Leslie: Adică, în fiecare zi? Yoga.

Mama lui Leslie: Bănuiesc că trebuie doar să ai încredere în copiii tăi, să ai încredere că interesul lor nativ în ceea ce privește viața va ieși într-un final câștigător, nu credeți? Ceea ce se întâmplă acum, cu Les și caii. Doamne, cât îi adoră.

Leslie: Sunt minunați.

Pam: Copiii noștri, nu-i putem obișnui nici măcar să strângă ce face Ferber în curtea din față.

Mama lui Leslie: Iar Ferber este...?

Eu: Câine.

Mama lui Leslie: Ha-ha, da, ei bine, toate fac caca, nu tocmai *ăsta* e schepsisul?

Deși e adevărat că nu putem ține curtea curată, chiar și cu recentă încercare de orar, nu plăcut Pam împărtășind asta cu lumea, ca și cum copiii noștri, pe lângă că mai puțin drăguț îmbrăcați ca Leslie, și mai puțin responsabili, ca și cum câine nu animal de companie la fel de perfect potrivit ca lamă, cal, papagal (papagal pe hol la etaj spus „Bonne nuit!" când mers să urinez) etc., etc.

După cină, plimbat pe domeniu cu Emmett, care chirurg, face ceva două zile pe săptămână cu inserții în creier, mici dispozitive electronice? Sau posibil biotronice? Sunt foarte mici. Sute pot încăpea pe vârf de ac? Sau monedă? Nu am urmărit pe de-a întregul. Întrebat despre muncă, am spus. El a zis, heh, incredibil lucrurile bizare de nepătruns pe care cultura noastră obligă pe unii dintre noi să le facem, lucruri degradante, lucruri care nu oferă un beneficiu tangibil nimănui, cum se așteaptă de la oameni până și să-și țină capul sus în continuare?

Nu am putut gândi ce să răspund. Notă către sine: găsește răspuns, trimite pe bilețel, astfel legând prietenie cu Emmett?

Întorși în casă, stat pe platformă specială de privit stele când stele apăreau. Copiii noștri stăteau uitându-se la stele fascinați, ca și cum nema stele în cartierul nostru. Ce, am spus, nema stele în cartierul nostru? Niciun răspuns. De la nimeni. De fapt, stele acolo păreau într-adevăr mai strălucitoare. Pe platformă de stele, băut prea mult, și brusc tot ce gândit părea stupid. Așa că, pur și simplu tăcut, ca în stupoare.

Pam condus acasă, eu stat ursuz și beat pe loc din dreapta al Park Ave. Copii bălmăjind despre ce petrecere minunată a fost, Lilly în special. Thomas turuind toate aceste informații plicticoase despre lame, via Emmett.

Lilly: De-abia aștept să vină petrecerea mea. E peste două săptămâni petrecerea mea, corect?

Pam: Ce vrei să faci de petrecerea ta, iubito?

Tăcere lungă în mașină.

Lilly, într-un sfârșit, amărâtă: Of, nu știu. Nimic, bănuiesc.

Parcat lângă casă. Altă tăcere în timp ce priveam curte complet pustie. Adică, în mare parte pălămidă și fără pod oriental roșu și copită antice, și fără dependințe, și nici măcar o FS, ci doar Ferber, de care oarecum uitasem și care, ca de obicei, se învârtise și se tot învârtise în jurul copacului până ce aproape se strangulase mortal cu lesă din ce în ce mai scurtă, practic priponindu-se singur la pământ cu burtă în sus, acum implorându-ne din ochi în care disperarea se combina cu un fel de furie mocnită.

Dat drumul din lesă, el mi-a aruncat privire agresivă, a făcut caca extrem de aproape de verandă.

Privit dacă vor lua inițiativă copiii și curățat. Dar nu. Copii doar trecut cu umerii lăsați pe lângă și așteptat epuizați lângă ușă din față. Atunci, am știut că ar fi trebuit să iau eu inițiativa și curățat. Dar eram obosit și știam că trebuie să intru și să scriu în această agendă idioată.

Nu prea plac oamenii bogați, deoarece ne fac pe noi, oamenii săraci, să ne simțim prostănaci și inadecvați. Nu că noi suntem săraci. Aș spune că suntem la mijloc. Suntem foarte, foarte norocoși. Știu asta. Dar totuși, nu este corect ca oamenii bogați să ne facă pe noi, oamenii de mijloc, să ne simțim prostănaci și inadecvați.

Scriu asta încă beat și se face târziu, iar mâine este luni, ceea ce înseamnă muncă.

Muncă, muncă, muncă. Munca idioată. Atât de sătul de muncă.

Noapte bună.

(7 sept.)

Tocmai recitit ultimă însemnare și ar trebui clarific. Nu sunt sătul de muncă. Este un privilegiu să muncești. Nu îi urăsc pe bogați. Aspir să fiu bogat eu însumi. Și când în cele din urmă vom avea propriul nostru pod, păstrăv, casă în copac, FS etc., cel puțin vom ști că le-am meritat, spre deosebire, să zicem, de familia Torrini, care, simt că trebuie să fi moștenit.

Astăzi la muncă, la prânz, ținut Ziua Recoltei. Jos cu noi toți, poate o mie de oameni revărsându-se afară. Mic trio cantant. Cineva distribuise stegulețe portocalii și galbene imprimate cu „ZR", care în curând aproape au acoperit pământ. Râu artificial trece prin curte interioară, mulți nesimțiți își aruncaseră stegulețe în râu artificial. În curând, dispozitiv de filtrare de la un capăt înfundat cu stegulețe, instalator cu mai multe stegulețe ieșind din buzunar de la spate fâțâindu-se nervos încercând să desprindă stegulețe din filtru cu șubler.

Ca întotdeauna, s-au servit aceste mici sendvișuri uscate fără gust. Până ce grupul nostru a coborât, multe sendvișuri deja pe jos, în jurul mesei de servire, cu urme de tocuri.

Așezat repede pe bermă, mâncat în grabă.

Stat gândindu-mă la Eva. Așa fată dulce. Azi-noapte, după petrecere, găsit tristă în camera ei. Întrebat de ce. A zis că fără motiv. Dar, în caiet de desen: schiță în creion cu șir de FS triste. Putut spune că intenționat triste deoarece încruntături desenate pe chip ca Fu Manchu și lacrimi țâșnind șiroaie, flori răsărind acolo unde lacrimi cădeau pe pământ. Notă pentru sine: vorbește cu ea, explică-i că nu doare, nu sunt triste, ci de fapt bucuroase, dat fiind care erau condițiile lor anterioare: ele au ales, sunt mulțumite etc.

Bucată foarte emoționantă pe NPR referitor la FS din Bangladesh trimițând bani acasă: ca atare, părinții ei capabili să construiască cocioabă mică. (Notă pentru sine: găsește online, descarcă, rulează pentru Eva. Întâi repară calculator. Calculator super-încet. Deoarece memorie puțină? Eventual șters „Ratatul Circului"? Acrobați se mișcă sacadat de tot deoarece memorie puțină + elefanți care nu sar = nicio distracție.)

În curând, se făcuse aproape unu, ne-am întors la muncă. În lift, câțiva încă ținând micile noastre sendvișuri fără gust, stat toți bărbați cu cravate, roșii la față, făcând glume despre de-ajuns Ziua Recoltei, Ziua Recoltei ne-a secerat etc., etc. Apoi, tăcerea stingheră în timp ce, în mintea noastră, repetam lucrurile pe care tocmai le spuseserăm entuziasmați și încinși, ca și cum concurând pentru vreun fel de Premiu pentru Rostire Cretină.

Apoi, scurt moment în timpul căruia am tras fiecare o rapidă privire pe furiș către tavan de sticlă de la lift pentru a verifica zone unde se rărește păr etc., etc., vedem cum arătăm „de sus".

Andres a spus: Trebuie că le par destul de ciudat păsărilor.

Nimeni n-a râs, toți am făcut doar sunetul acela precum substitut de râs, ca Andres să nu se simtă prost, de vreme ce mama lui murise recent.

(8 sept.)

Tocmai întors după lungă plimbare în Woodcliffe.

Peste tot acolo, bărbați de vârsta mea citind în fotolii încăpătoare, sub lumini oranj abundente. Unde este fotoliul meu încăpător? Lumina oranj? Nici fotolii încăpătoare, nici lumini abundente, nici încăpere tapetată cu rafturi de cărți. De ce este pictură de pe pereții noștri atât de proastă? Avem numai una cu mașini de modă veche cumpărată de la Target și una cu plajă generică și roată Ferris, de la un târg de vechituri. Ce facem greșit? Unde pictura noastră înrămată orginală și scumpă, semnată de artist? (Notă către sine: Împrietenește cu tânăr artist? Tânăr artist vine acasă, este atât de impresionat de familie, pictează portret al familiei gratis? Totuși, scump să înrămezi. Poate artist atât de impresionat de familie, înrămează el însuși, recte, ramă = parte din cadou?) În Woodcliffe, totul somptuos. Minunate straturi de flori, miros de mulci de cedru pe timp de noapte, bărci de mare viteză pe peluze sub clar de lună. În spate casă mare cu bovindouri de la colț Longfellow cu Purdy Way, curte coboară până la 200 de metri de gazon perfect. Acolo în întuneric, cincisprezece (am numărat) FS atârnând tăcute, capoate albe sub clar de lună. Îți tăia răsuflarea. Vânt întețit, ele se înclină ușor, rochii și păr (lung, unduitor, negru) înclinându-se identic. Flori incredibile (lalele, trandafiri, ceva oranj intens, chestii cu tulpină lungă în pâlcuri albe) tremurând în vânt cu sunet de hârtie-pe-hârtie. Dinăuntru, muzică de flaut. Te face să te gândești la vremuri din Antichitate și bărbați înstăriți ale acelor timpuri construind mari grădini, hoinărind prin ele în timp ce perorau despre filozofie, prea-plinul pământului fiind adunat pentru plăcerea acestor etc,. etc.

Vântul se oprește, totul revine la verticală. De dincolo de peluză: suspine molatice, spoială de fraze îngăimate într-o altă limbă. Poate spunând noapte-bună? Poate spunând, în propriu jargon, vai, ce mai vânt?

Aproape mers pentru aruncat privire mai aproape, posibil conversație, dar, în ultimul moment, oprit, gândit: stai, nu, încălcare a proprietății, idee proastă.

Stat un timp privind, gândind, rugând: Doamne, dă-ne mai mult. Dă-ne suficient. Ajută-ne să nu rămânem în urma semenilor. Ajută-ne, vreau să spun, să nu rămânem și mai mult în urma semenilor. De dragul copiilor. Nu vreau rămână marcați de cât de în urmă suntem.

Asta e tot ce cer.

A început să latre câine, repezit dintre două FS, dintre care uneia scăpat un mic țipăt. Dar câine în lanț. Smucit înapoi.

Din casă: Liniștește-te, Brownie! Brownie, liniștește-te!

Auzit asta din umbra copacului, luat tălpășița.

(12 sept.)

Nouă zile până la aniversarea lui Lilly. Într-un fel, mi-e groază. Prea multă presiune. Nu vreau să avem petrecere nereușită. De ce asta problemă? Posibil proprie petrecere de aniversare la treisprezece ani? Călărit și Ken Dryzniak aproape paralizat după cădere? Plus tort fost tare. Șarpe amenințat Kate Fresslen. Tata omorât șarpe cu sapă, bucăți de șarpe zburat în aer, murdărind rochia lui Kate? Sau poate acest stres cu aniversare perfect normal, toți părinții simt?

Cerut lui Lilly listă de idei pentru cadou aniversare. Azi, găsit acasă plic intitulat LISTĂ POSIBILE CADOURI. Înăuntru, tăieturi din vreun catalog: *„Ferocitate în repaos." O pereche de feline feroce din porțelan sunt îmblânzite (cel puțin pentru moment!) pe perne decorative bogat decorate, însă nu le subestimați sălbăticia. Ghepardul din stânga:* 350$. *Tigrul din dreapta:* 325$. Apoi, pe bilețel lipit: TATA, A DOUA ALEGERE: *Figurină „Fată citindu-i surorii mai mici": Acest studiu al copilăriei realizat de artistul Dani din Nevada evocă în porțelan bucuriile „timpului pentru povești" și momentele gingașe petrecute împreună. Fată și fetiță citind pe un piedestal din piatră șlefuită:* 280$.

Descurajant, am simțit. Pentru că 1) De ce vrea fată de doisprezece ani așa cadou de doamnă în vârstă, și 2) De unde și până unde crede fată de doisprezece ani că 300$ = sumă adecvată pentru cadou aniversare? Pentru noi, era o singură cămașă, o cămașă pe care nu o voiam, de obicei cusută în casă. Odată, primit minge de baschet, dar era de tip ABA, prea săltăreață, roșu-alb-albastră, cu un clovn desenat pe ea, din nu știu ce motiv. Când bătută de pământ, sărea peste jumătate de metru mai sus decât minge normală. Prietenii îi spuneau „mingea săltăreață". Nu trebuie să mai adaug, nu costa trei sute. Cred că mama luat pe cupoane de la săpun. Dăruit-o învelită în cămașă cusută în casă, cu o mânecă lungă atârnând în jos. Apoi, îndemnat să îmbrac imediat cămașă cu mânecă lungă, ies afară, „arăt băieților". Făcut fotografie cu mine încercând să driblez minge săltăreață în timp ce prieten Al ținea întinsă mânecă lungă, ca și când spunând: Uau, ce mânecă lungă. În fotografie, minge sărind în sus, în afară cadru. Fund semicircular al mingii de-abia vizibil, ca luna, Chris M. privind în sus la minge/ lună, uimit/ ferindu-se.

Cu toate astea, nu vreau să întristez tare pe Lilly sau amintesc brutal de limitările noastre. Dumnezeu știe că i se reamintesc destul de des limitările noastre și suficient de brutal. Pentru proiect școală „Curtea casei mele", Leslie Torrini adus fotografii cu pod oriental, plus info despre trecut al FS (loc de proveniență, vârstă etc.), la fel ca „toți ceilalți copii din clasă", în timp ce Lilly adus o cutie de prezervative din 1940, găsită anul trecut în timpul încercării abandonate de a porni grădină de zarzavaturi. Poate alegere greșită ref. a-i permite să meargă cu o cutie de prezervative? Am gândit, fiind obiect istoric, va fi bine, plus posibil mulți nu vor observa că era cutie de prezervative. Dar profesor observat, făcut remarcă, toți copii vuit, profesor folosit oportunitate pentru discuție despre Sex Protejat, ceea ce bine pentru clasă, dar poate nu atât de bine pentru Lilly.

Cât despre petrecere, Lilly spus că mai degrabă nu vrea una. Am întrebat, de ce nu, iubito? A spus că a, fără motiv. Am spus, e din cauza curții noastre, casei noastre? Este din cauză că ți-e frică, date fiind casa noastră mică și curtea pustie, că petrecere ar putea fi plictisitoare sau penibilă?

La care a izbucnit în lacrimi și a spus, Of, tati.

De fapt, o figurină ar putea să nu fie excesivă. Sau, mai degrabă, ar putea fi exces pe care merită să-l asumăm, din cauza expresiei triste de pe chip când venit acasă în ziua „Curtea casei mele" și lăsat să cadă cu un suspin cutie de prezervative pe masă.

Poate „Fată citind surorii mai mici", de vreme ce este cea mai ieftină? Deși, poate dăruind cel mai ieftin trimite semnal greșit? Semnifică frugalitate chiar în moment când încerci să fii generos? Poate cel mai bine să merg pe ce e mai scump. Să merg pe „Ferocitate în repaos"?

Trec ghepard pe Visa, sper că va fi plăcut surprinsă?

(14 sept.)

Supravegheat Mel Redden azi. S-a descurcat bine. M-am descurcat bine. A comis erori minore, le-am surprins pe toate. A făcut eroare de Reciclare: a aruncat cutie de Tab în găleată greșită. Când a aruncat Tab în găleată greșită, făcut eroare Ergonomică aruncând de foarte departe, ratând, trebuind să se ridice și să arunce din nou. Apoi, făcut a doua eroare Ergonomică: nu aplecat pe vine când ridicat cutia de Tab pentru a arunca din nou, ci îndoit de mijloc, sporind astfel risc de accidentare la spate. Mel luat notă de Observațiile mele, apoi rugat să re-Supraveghez. Foarte isteț. Apoi, făcut zero erori. Aruncat zero cutii în găleată. Făcut zero erori Ergonomice, doar stat foarte nemișcat la birou. Astfel că, fost posibil să adauge asta la Dosarul lui. Despărțit prieteni etc., etc.

O săptămână până la aniversarea lui L.

Notă către sine: comandă ghepard.

Totuși, nu așa simplu. Câteva recente probleme cu Visa. Epuizat. Depășit. Dat seama la BucătăriaTaItaliană, când Visa refuzat. Lăsat Pam și copii acolo, ieșit repede afară cu zâmbet larg fals, condus cu mașina la bancomat. Apoi, moment de panică atunci când bancomat refuzat. Bețiv din apropiere spus bancomat stricat, îndreptat către alt bancomat. Mulțumit bețiv făcând prietenos cu mână în timp ce treceam cu mașină pe lângă. Bețiv arătat deget mijlociu. Al doilea bancomat, slavă cerului, funcționând, nerefuzat.

Sosit fără suflu înapoi la BucătăriaTaItaliană găsind-o pe Pam la a treia ceașcă de cafea și copii prelingându-se de pe scaune și ciocănind în acvariu cu monezi, chelnerii arătând iritați. Plătit peșin, cu bacșiș gras de scuze. Reflectat dacă să adun mărunțiș de la copii (!). Totuși, noapte frumoasă per total. Chiar distractivă. Copii arătat maniere bune, până la chestiune cu acvariu. Dar problemă rămâne: Visa epuizat. Și AmEx epuizat și Discover aproape epuizat. Sunat la Discover: 200$ dispon. Dacă transferăm 200$ după încasare (după ce sosește dispoziție de salariu), atunci am avea 400$ dispon. pe Discover, aș putea cumpăra ghepard. Deși, potrivire problematică. În prezent, încasare zero. Dispoziție de salariu trebuie să vină, trebuie imediat depusă dispoziție spre încasat, sperat salariu intră repede. Iar apoi, când voi achita facturi, aleg să nu plătesc facturi totalizând 200$. Amân plată.

Puțin strâmtorat zilele astea.

Notă către generații viitoare: în vremurile noastre, există asemenea lucruri precum carduri de credit. Companie împrumută bani, tu plătești înapoi cu dobândă ridicată. E frumos pentru când nu ai efectiv bani să faci lucru pe care vrei să faci (de exemplu, cumperi ghepard extravagant). Ai putea spune, din siguranța viitorului tău: n-ar fi mai bine pur și simplu să nu faci lucru pe care nu-ți permiți? Ușor de spus! Nu ești aici, în lumea noastră, cu copii, copii pe care îi iubești, în timp ce alți oameni fac lucruri bune pentru copiii lor, cum ar fi Călătorie pe Urmele Străbunilor în Nisa dacă ești familia Mancini sau trei săptămâni de scufundări în preajmă epave din Bahamas dacă ești Gary Gold și fiul Byron, cu bronzul său uniform.

Limitări așa frustrante.

Sunt atât de multe pe care vreau să le fac, să le experimentez și să le ofer copiilor. Timp trecând așa de iute, copii crescând așa de repede. Dacă nu acum, când? Când le vom oferi abundență și simț al generozității? Niciodată mers în Hawaii sau făcut parasailing sau servit prânz la cafenea lângă ocean, purtând pălării teșite din paie, cumpărate chiar atunci din capriciu. Așa că, mă îngrijorez: crescând în privațiune, nu vor deveni prea prudenți? Nu că ar crește în privațiune. Totuși, unele lucruri pe care le vrem, nu le putem avea. Dacă ei cresc prea prudenți, pentru că privațiune, nu îi va călca lume largă în picioare și spulbera? Ar plăcea să cumpăr cutie mare, împodobesc precum comoară îngropată, îngrop, fac hartă, ascund hartă, îi conduc la hartă fără să dau impresia. Apoi, când ei arată hartă, spun: ridicol, nu fiți mari visători, fiți prudenți, fiți frugali, lume crudă. Iar când ei insistă și descoperă efectiv comoară, nu ar fi excelentă lecție de a nu renunța? Dar cum să fac? De unde să găsesc asemenea cutie? Ce să pun în cutie să nu coste prea mult? Cum să sap groapă atât de mare, și când? Mereu ocupat în weekend. Dacă aveam mai mulți bani, putut angaja menajeră, angaja grădinar, făcându-mi timp să găsesc cutie, umplu cutie, îngrop cutie. Sau pun pe grădinar îngroape cutie, după ce o umplu. Sau pun pe menajeră umple. Dar nu am bani pentru grădinar sau menajeră, nici bani pentru cutie-comoară sau comoară să pun înăuntru, de fapt nu am nici măcar bani cumpăr trusă pentru a face hartă să pară veche.

Totuși, trebuie luptat pentru cauză bună! Gândește la tata. Când mama părăsit pe tata, tata continuat să meargă la muncă.

Când dat afară de la muncă, angajat curier de ziare. Când dat afară de acolo, angajat curier de ziare mai prost plătit. În timp, reangajat curier de ziare mai bine plătit. Până ce tata murit, avea slujbă aproape la fel de bună ca slujbă de unde fusese inițial dat afară. Și achitase majoritate datorie acumulată după retrogradare la slujbă de curier mai prost plătit.

Notă către sine: vizită mormânt tata. Adu flori. Poartă discuție cu tata ref. anumite lucruri spuse de mine când el curier de ziare, deoarece nu putusem permite costum de închiriat pentru bal de absolvire, ci trebuise port costum vechi al tatei, care nu-mi venea. Totuși, nu nevoie să fiu obraznic. Nu vina tatei că era cu mai bine de treizeci de centimetri mai înalt ca mine, iar, ca atare, târâiam cracii pantalonilor, ascunzând pantofii împrumutați de la tata care mă strângeau, fiindcă tata, deși înalt, avea picioare mici.

Tata tip de treabă. Întotdeauna muncit din greu pentru noi, niciodată părăsit și mereu adus acasă dulciuri, chiar și în prime zile de curier mai prost plătit.

(15 sept.)

La naiba. Plan nu va funcționa. Nu pot încasa salariu pe Discover la timp. Timp necesar pentru verificare.

Deci, fără ghepard.

Trebuie gândesc la altceva de luat pentru Lilly, ca să putem dărui la mică petrecere doar cu familia în bucătărie. Sau va trebui să fac ce făcea uneori mama, adică atunci când lucru imposibil de luat, împachetat poză cu lucru, cu bilețel promițând lucrul. Totuși, notă către sine: nu face celălalt lucru pe care îl făcea mama, și anume, când copil încearcă să capete lucru, dă ochii peste cap, comportă-te exasperat, întreabă copil dacă el crede că banii cresc în copaci.

Nu. Când Lilly îmi va aduce cupon, surprinde prin generozitate ducând-o la prânz fastuos în cel mai bun local din oraș, îmbrăcat la patru ace, proprietar se apropie de noi și spune cu accent franțuzesc, Ah, *văd că este acea zi specială a cuiva*, iar Lilly roșește (notă către sine: învață expresie în franceză pentru *Da, da, este aniversarea ei*), după care mergem la cumpărături de figurine, iar ca să o surprind, cumpăr nu una, ci două figurine, ba și mai bine, unele mai scumpe decât porcării ieftine din catalog.

Notă către sine: găsește anunț cu foto de ghepard, pentru cupon de cadou. Era pe birou mic, dar nu găsit. Posibil folosit pentru a nota mesaj telefonic? Posibil folosit pentru a culege ghem de păr scuipat de pisică?

Notă către sine: află care cel mai bun restaurant din oraș.

Biata Lilly. Chipul ei drăgălaș și plin de speranță când mică, purtând coroniță Burger King, iar acum asta? Nu știa că destinul era să fie, nu prințesă, ci fată săracă. Fată sărăcuță. Nu cea mai bogată fată.

Nici petrecere, nici cadou. Posibil fără poză cu ghepard pe cupon de cadou. Puteam desena ghepard, dar poate ar înțelege greșit că primea cămilă. Sau că nu primea cămilă, mai degrabă. Desenator nu prea bun. Ha-ha! Trebuie rămâi vesel. Râs cel mai bun leac etc., etc.

Într-o zi, sunt convins, visurile se vor îndeplini. Dar când? De ce nu acum? De ce nu?

Durere de cap groaznică trei zile încontinuu.

(20 sept.)

Scuze pentru tăcere, dar uau!

Prea bucuros/ ocupat să scriu!

Vineri cea mai incredibilă zi vreodată! Nici nu trebuie notez ce s-a întâmplat, de vreme ce nu voi uita niciodată această magnifică zi! Dar voi înregistra pentru generații viitoare. Minunat pentru ei să știe că noroc și fericire reale și posibile! În America timpului meu, vreau ca ei să știe, orice posibil!

Ciudat când uit la însemnare prealabilă și văd scris „De ce nu acum?" pentru că *exact*! Exact asta s-a întâmplat!

Uau, uau, uau e tot ce pot spune! Amintiți cum, spus mai sus, mereu cumpăr Loz în Plic la prânz? Am menționat? Poate n-am menționat? Ei bine, vineri, câștigat ZECE MII!! În fiecare vineri, ca să recompensez pe sine, opresc la magazin lângă casă, răsfăț pe sine cu baton Butterfinger, plus Loz în Plic. Câteodată, dacă săptămână grea, două batoane Butterfinger. Câteodată, dacă săptămână foarte grea, trei batoane Butterfinger. Dar dacă trei batoane Butterfinger, fără Loz în Plic. Dar vineri, câștigat ZECE MII!! Cu Loz în Plic! Căzut ambele batoane Butterfinger, stat acolo în mână cu monedă folosită la răzuit, gură larg căscată. Oarecum prăbușit peste raft de reviste. Tip luat bilet, citit bilet, zis: Câștigător! Tip ieșit din spate tejghea, aranjat raft cu reviste, strâns mie mâna.

Apoi spus că vom primi cec, cec pentru ZECE MII, în decurs de săptămână.

Alergat acasă pe jos, uitând mașină. Alergat înapoi după mașină. La jumătate de drum înapoi, gândit ce mai contează, alergat acasă pe jos. Pam ieșit în goană afară, întrebat unde e mașină? Arătat Loz în Plic, rămas trăsnită în curte.

Suntem bogați acum? a întrebat Thomas, ieșind în goană afară, trăgându-l pe Ferber de zgardă.

Nu bogați, a zis Pam.

Mai bogați, am zis eu.

Mai bogați, a zis Pam. La naiba.

Apoi, am dansat cu toții în jurul curții, Ferber privindu-ne nepricepând de ce dansăm din senin, apoi executând dans propriu, fugărind propria coadă.

Apoi, bineînțeles, trebuit să decidem cum folosim. Seara, în pat, Pam spus parțial achităm debit carduri de credit? Senzația mea, da, în regulă, puteam. Dar nu părea incitant pentru mine și nu părea atât de incitant nici pentru ea.

Pam: Ar fi drăguț să facem ceva special pentru aniversarea lui Lilly.

Eu: Și eu, exact, da!

Pam: I-ar prinde bine ceva, a fost realmente abătută.

Eu: Știi ce, hai s-o facem.

Pentru că Lilly cea mai mare, avem slăbiciune pentru ea, slăbiciune care aduce și îngrijorare.

Așa că, am pus la cale plan, apoi executat.

Care a fost: mers la peisagiștii Greenway, angajat să reproiecteze complet curte, incl. zece tufe de trandafiri + potecă din mulci de cedru + iaz + mic bazin încălzit + aranjament cu patru FS! Parte foarte distractivă a fost, cât de repede putea fi totul făcut? Plus, putea fi făcut în secret? Greenway a spus, pentru bani, putem face într-o zi, cât timp copii la școală. (Notă către sine: trimite scrisoare lăudând pe Melanie, tipă de la Greenway: super-mediatoare.)

Pas doi a fost trimitem invitații în secret la petrecere-surpriză care se va ține în seara zilei când curte va fi gata, recte, mâine, recte, acesta e motivul pentru care atât de tăcut în ultima săptămână în ceea ce privește această agendă, scuze, scuze, doar că fost superocupat!

Pam și cu mine colaborat atât de bine, ca pe vremuri, așa de frumos și apropiat, înțelegere totală, acea noapte când totul era pus la punct, mers devreme la culcare (!!). (Scenariu maseuză, nu întrebați!)

Scuze dacă de prost gust.

Doar fericit.

Câteodată, așa de ocupat încât nu o văd/ nu mă vede. Dar când chiar ne vedem unul pe altul, e ca la început, de exemplu, prima întâlnire la Lacul Melodia când, intrând în Caverna Spelunker, ne-am sărutat lângă grup de animatroni cu barbă sură, în ceață mirosind a clor de la cascadă din apropiere, de un albastru-deschis.

Începutul frumoasei noastre povești.

Sunt așa de fericit.

Notă către generații viitoare: fericire posibilă. Iar când fericit, atât de mult mai bine decât invers, recte trist. Sper să știți! Eu știam, dar uitasem. Obișnuisem să fiu puțin trist! Puțin trist, pentru că stres, pentru că griji vizavi limitări. Dar acum, uau, nu: fericit!

Mâine, mare petrecere pentru Lilly.

(21 septembrie! Aniversare Lilly (!))

Sunt zile atât de perfecte încât simți: despre asta e viața. Când bătrân, voi simți toată viața meritat, pentru că am putut să trăiesc această zi perfectă.

Astăzi, genul acela de zi.

Poate prea agitat să povestesc în ordine cum decurs, plus obosit după zi lungă superbă. Dar voi încerca.

Dimineața, copii pleacă la școală ca de obicei. Greenway vin la zece. Simpatici tipi. Ditamai tipii! Unul cu creastă Mohawk. Curte gata până la două (!). Trandafiri, da, fântână, da, cărare, da. Camion cu FS ajunge la trei. FS ies din camion, stau timide lângă gard în timp ce suport instalat. Suport drăguț. Optat pentru „Lexington" (gamă de mijloc în termeni de preț): piloni de bronz și capiteluri coloniale, manete Ezy.

FS deja în capoate albe. Micro-sârmă deja trasă între piloni. FS ținând micro-sârmă netensionată în mâini, ca alpiniști montani ținând coarda. Doar că fără munte (!). Una lăsată pe vine, celelalte stând politicoase/ agitate, una mirosind noii trandafiri. Face timid cu mâna, alta îi spune ceva, ca și cum ar zice: Hei, nu ar trebui să faci cu mâna. Dar eu îi fac și eu cu mâna, ca și cum aș zice: În gospodăria asta, e în regulă să faci cu mâna.

Doctor monitorizează instalarea prin lege. Atât de tânăr! Arată ca și cum ar trebui să lucreze la Wendy's. Spune că putem urmări înălțarea sau nu. Îmi aruncă privire cu subînțeles, îndreaptă apoi privire oblică spre Pam, ca și cum: soția sensibilă? Pam oarecum sensibilă. Câteodată nu place să manevreze pui tranșați. Spun, hai să intrăm în casă, punem lumânări pe tort.

Curând, ciocănit la ușă: doctor spune înălțare gata.

Eu: Deci putem să aruncăm o privire?

El: Absolut.

Ieșim în curte. FS acum sus, aprox. un metru deasupra pământului, zâmbind, unduindu-se sub ușoară briză. Ordine, stânga la dreapta: Tami (Laos), Gwen (Moldova), Lisa (Somalia), Betty (Filipine). Efect nemaipomenit. Văzând atât de frecvent configurații similare în curți ale altora mai înstăriți, face propria curte pară brusc înstărită, simți diferit despre sine, ca și cum în sfârșit în pas cu semeni și vremuri în care trăiești.

Iaz minunat. Trandafiri minunați. Potecă, bazin încălzit minunate.

Totul pregătit.

Nu pot crede că am izbutit.

Luat pe Lilly devreme de la școală. Toate corăbii înecate pentru Lilly pentru că e aniversarea ei și nimeni n-a spus La Mulți Ani! la mic-dejun și fără petrecere și fără cadouri până în prezent, plus acum trebuie să meargă la doctor, pentru injecție?

Fiindcă asta a fost farsă.

În mașină, prefăcut că rătăcit. Lilly (descurajată): Tati, cum te poți rătăci când Hunneke doctorul nostru dintotdeauna? (Pam aranjat asta dinainte cu asistentă, care, când într-un final am „găsit" cabinetul, a ieșit, spus că doctor bolnav, prea bolnav să facă injecție: prima din serie de supersurprize pentru Lilly!)

Între timp, acasă: Pam, Thomas, Eva decorează într-un suflet. Mâncare livrată (grătar de la Snakey's). Prieteni sosesc. Așa că, atunci când Lilly coboară din mașină, ce să vezi?! Toată curte nouă plină cu toți prieteni de la școală așezați la nouă masă de picnic lângă nou bazin încălzit (notă către sine: trimite notă lăudând copii pentru admirabilă stăpânire/ținut secret) și nou șir de patru FS-uri, iar Lilly efectiv izbucnește în lacrimi de fericire!

Apoi, alte lacrimi pe măsură ce pachete roz strălucitoare desfăcute, „Ferocitate în repaos" plus „Fată citindu-i surorii mai mici" scoase la iveală. Plus „Năuceală văratică" (clovn-derbedeu pescuind (380$)), pe care nici măcar nu ceruse (doar pentru a dovedi abundență). Alte câteva valuri de lacrimi de bucurie, îmbrățișări, chiar de față cu prieteni, ca și cum recunoștință/ afecțiune pentru noi mai mare decât teamă de batjocură a prietenilor.

Oaspeți la petrecere jucat jocuri obișnuite, „Ține-te de mine dacă poți" etc., etc. Cumva, jucându-se în frumoasă curte nouă energizat jocurile. Copii veseli, adresat mulțumiri pentru invitație, câțiva spus că plăcut la nebunie curte. Câțiva părinți rămas în urmă, spunând că plăcut la nebunie curte.

Și, Dumnezeule, ce expresie pe fața lui Lilly când toți plecat! Știu că își va aminti azi pentru totdeauna.

Un singur mic minus: după petrecere, în timp ce strângeam, Eva pleacă pășind apăsat, ia în brațe pisică prea smucit, așa cum face uneori când furioasă. Pisică o zgârie, fuge la Ferber, gherănește pe Ferber. Ferber zbughește, lovește masă, trandafiri cumpărați pentru Lilly se prăbușesc, peste Ferber.

Găsim pe Eva în debara.

Pam: Iubito, iubito, ce s-a întâmplat?

Eva: Nu-mi place. Nu e frumos.

Thomas (venind în goană cu pisică pentru a arăta că îl ascultă): Vor să facă asta, Eva. Gen, s-au înscris pentru asta.

Pam: Nu spune „gen".

Thomas: S-au înscris pentru asta.

Pam: Acolo de unde sunt ele, oportunitățile nu sunt așa grozave.

Eu: Le ajută să aibă grijă de oamenii pe care îi iubesc.

Eva cu față la perete, buză de jos atârnând așa cum atârnă înainte să plângă.

Atunci, îmi vine idee: merg în bucătărie, răsfoiesc Declarații Personale. Aoleu. Mai rău decât am crezut: laoțiană (Tami) s-a înscris deoarece două surori deja lucrează în bordeluri. Moldoveancă (Gwen) are vară care crezut că va spăla geamuri în Germania, dar nu: sclavă sexuală în Kuweit (!). Somaleză (Lisa) privit tată + soră mai mică murit de SIDA, aceeași colibă de stuf, același an. Filipineză (Betty) are frate mai mic „foarte priceput la calculator", părinții nu-și pot permite liceu, trăind în minusculă coșmelie cu trei alte familii de când propria lor coșmelie dus la vale când cutremur.

Merg pe mâna lui „Betty", întorc la debara, citesc „Betty" cu voce tare.

Eu: Ajută? Înțelegi acum? Poți oarecum să ți-l închipui pe fratele ei mai mic, la o școală bună, datorită ei, datorită nouă?

Eva: Dacă vrem să-i ajutăm, de ce nu putem pur și simplu să le dăm banii?

Eu: Of, iubito.

Pam: Hai să aruncăm o privire. Să vedem dacă par triste.

(Nu par triste. De fapt, pălăvrăgesc liniștite sub clar de lună.)

La fereastră, Eva tăcută. Abis inscrutabil. Așa de sensibilă. Chiar și când foarte mică, Eva sensibilă. Când fostă pisică Squiggy murit, Eva dormit lângă pătuț de pisică, dat lui Squiggy apă via pipetă. Inimă bună. Dar îmi fac griji, Pam își face griji: dacă ea prea sensibilă, iese în lume, lume smulge măruntaiele, recte niște duritate *ncsr*?

Lilly, pe de altă parte, scris toate bilete de mulțumire astă-seară dintr-un foc, șters pe jos în bucătărie fără să fie rugată, apoi era afară în curte cu lanternă, curățând loc al lui Ferber cu nouă lopățica pentru răhățel după care, aparent, mersese cu bicicletă pentru a cumpăra cu bani proprii de la FasMart (!).

(22 sep.)

Perioadă fericită continuă.

Toată lumea la serviciu curioasă ref. câștig Loz în Plic. Adus foto a curții la muncă, afișat în spațiu de birou, oamenii s-au perindat, admirat. Steve Z. întrebat dacă ar putea să treacă pe acasă cândva, vadă curtea pe viu. O premieră: Steve Z. nu acordat mie până acum atenție. Ba chiar cerut ajutorul meu: de unde am cumpărat Loz în Plic, câte Lozuri în Plic cumpăr în mod obișnuit, Greenway = companie de încredere?

Jenat să recunosc cât de bucuros m-a făcut asta.

La prânz, mers la mall, cumpărat patru noi cămăși. Glumă curentă în departament de vizavi: că am doar două cămăși. Nu e așa. Dar am trei cămăși albastre similare și două cămăși galbene identice. Prin urmare, confuzie. De obicei, nu cumpăr haine noi pentru sine. Mereu considerat mai important copii să aibă haine noi, recte nu vrut alți copii spunând despre copiii mei că au doar două cămăși etc., etc. Cât despre Pam, Pam foarte frumoasă, crescută cu bani. Nu vreau fostă frumusețe bogată purtând aceleași haine din nou și din nou, gândind: când eram tânără, aveam atât de multe haine, iar acum, deoarece cu el (recte, eu), nu, prost-îmbrăcată.

Corecție: Pam nu crescută în bogăție. Tatăl lui Pam = fermier în orășel. Cea mai mare fermă de la margine de orășel. Deci, comparativ cu fete de la ferme mai mici, mai sărace, Pam = fată bogată. Dacă aceeași fermă lângă oraș mai mare, fermă doar medie, dar nu: oraș atât de mic, fermă modestă = conac.

Oricum, Pam merită ce e mai bun.

Pe drum spre casă, oprit la magazin unde cumpărat Loz în Plic câștigător. Cumpărat Loz în Plic, plus patru batoane Butterfinger. Reflectat la zile proaste de demult, când, în cămașă veche caraghioasă, simțeam prost/vinovat și pentru că luam un singur baton.

Tip din spate casă de marcat amintit de mine, spus: Hei, Dl Loz în Plic, Dl Mare Câștigător!

Toată lumea din magazin uitat spre mine. Fluturat batoane Butterfinger, două per mână, ca sceptre, mini-sceptre, ieșind de acolo simțind fericire.

De ce fericire?

Frumos să câștigi, să fii câștigător, să fii cunoscut drept câștigător.

Ajuns acasă, făcut ocol în jurul unei laturi a casei ca să trag cu ochi la curte. Curte nemaipomenită: pești aținându-se lângă frunze de nuferi, albine bâzâind pe lângă trandafiri, FS în capoate albe noi, snop de raze căzând de-a curmeziș pe gazon, fire de praf ridicându-se și senzație de toropeală de vară târzie, echipă LifeStyleServices (adică personal Greenway care vine de 3x/zi să dea FS mâncare/apă, ducă FS la Toalețică din spate dubă, ocupe de probleme feminine etc., etc.) în curte muncă în toi.

Tipă de la Greenway: Cam magic aici.

Înăuntru, găsit pe Leslie Torrini în vizită (!). Lucru = major. Leslie niciodată singură în vizită înainte. Spune că îi place fel în care FS noastre sunt întinse aproape de iaz, se reflectă astfel în iaz. Sună acasă, cere iaz. Mama lui Leslie o face pe Leslie copil râzgâiat, spune că fără iaz. Chestie = mare victorie pentru Lilly. Nu că am fi bucuroși când altcineva nu bucuros. Dar Leslie atât de frecvent bucuroasă când Lilly nu bucuroasă, poate e în regulă dacă, doar o dată, Leslie = puțin tristă, în timp ce Lilly = pe cai mari?

Fete ies în curte, stau în curte pentru mult timp. Pam și cu mine tragem cu ochiul. Se înțeleg bine? Fete stau, capete apropiate, în umbră copaci, făcând schimb de intimități ca între fete, cimentând statut Lilly ca prietenă a lui Leslie? Nu putem spune. Fete cu spate la noi.

Mama lui Leslie sosește (în BMW). Leslie, mama lui Leslie se ciondănesc scurt ref. iaz.

Mama lui Leslie: Les, iubito, deja ai trei pârâiașe.

Leslie (caustică): Este un pârâiaș un iaz, Maman?

Leslie și mama pleacă.

Lilly îmi dă pupic recunoscător pe obraz, fuge sus fredonând melodie veselă.

Așa de fericit. Simt așa de norocos. Ce am făcut să merităm? În parte, da: noroc. Câștig Loz în Plic = noroc. Dar cum spune zicală, noroc = nouăzeci la sută pricepere. Sau antrenament? Antrenament = nouăzeci la sută pricepere? Pricepere = nouăzeci la sută noroc? Nu pot exact aminti zicală. În orice caz, spre lauda noastră, gestionat bine noroc ce dat peste noi. Nu înnebunit, cumpărat barcă, cumpărat droguri (!), pierdut hățurile, devenit nemulțumiți, căutat amanți, ridicat nasul pe sus. Doar analizat temeinic familia, discernând ce avea nevoie membru al familiei (Lilly), în liniște/cu modestie asigurat că ea primit.

Notă către sine: încearcă extindere de sentimente pozitive asociate cu Loz în Plic câștigător în toate domeniile vieții. Fii prezență mai activă la muncă. Urcă repede pe scară ierarhică (cu plăcere, cu zâmbet pe chip), primește mărire. Intră în cea mai bună formă din viață, începe să porți haine mai bune. Învață să cânți la chitară? Propune să observi frumusețea lumii? De ce nu învățat pe sine ref. păsări, flori, pomi, constelații, devino adevărat cetățean al lumii naturale, plimbând prin cartier alături de copii, răbdător învățând copii nume de păsări, flori etc., etc.? De ce nu dus copii în Europa? Copii niciodată acolo. Niciodată, în Alpi, nu servit ciocolată caldă în cafenea din stațiune montană, adusă de hangiu amabil cu păr alb, care îi consideră așa de sofisticați/prietenoși comparativ cu obișnuiți copii americani aroganți/bogătani (care întotdeauna ignoră pe fiica lui frumușică, dar infirmă și cu păr în codițe împletite) încât le arată potecă secretă de drumeție către luminiș incredibil, copii se zbenguie în dumbravă, stau cu fată frumușică și infirmă pe iarbă, mai târziu spun că a fost cea mai frumoasă zi a vieților

lor, rămân în contact cu fată infirmă via email, noi aranjăm operație pentru ea aici, chirurg atât de impresionat încât acceptă să facă operație gratis, ea apare pe prima pagină a ziarului nostru, noi apărem pe prima pagină a ziarului lor din Alpi?

Ha-ha.

Doar fericit.

Prin urmare, aceste speculații fantastice.

(De fapt, niciodată călătorit în Europa însumi. Tata de părere că porții acolo prea mici. Apoi tata pierdut slujbă, angajat curier de ziare, dimensiune porție = punct irelevant.)

Trecut prin viață ca gâsca prin apă, cititor din viitor. Pot înțelege asta acum. Loz în Plic câștigat fost ca apel de trezire. În goană să absolv facultate, câștig Pam, găsesc slujbă, aduc pe lume copii, avansez la slujbă, uitat veche senzație de destin special pe care obișnuiam să am când mic, stând în debara din dormitor care mirosea a cedru, uitându-mă în sus la copaci în vânt prin ferestre înalte, simțind că într-o zi voi face ceva măreț.

De aici înainte, hotărât să trăiesc viața în alt fel și mai intens, începând cu ACEST MOMENT (!)

(23 sept.)

Eva dificilă.

După cum poate am menționat mai sus, Eva = sensibilă. Asta bine, Pam și cu mine de părere: asta = semn de inteligență. Dar Eva pare să fi deprins cumva idee că sensibilitate = fel eficient de a atrage atenție, recte, dezvoltat tendință de a distinge sine de ceilalți, posibil ca modalitate de a ieși în evidență ea însăși, recte, consideră sine mai bun, mai rafinat decât alții? În trecut, refuzat să mănânce carne, așeze pe scaune de piele, folosească furculițe de plastic fabricate în China. Suficient de înduioșător când face copil mic. Dar Eva crescut acum, această tendință de a obiecta din principiu începe să pară puțin pretențioasă + fundamentală în fel în care se vede pe sine?

Viață de familie a timpurilor noastre pare uneori joc de Whac-a-Mole, cititor din viitor. Generații viitoare încă știu joc? Cârtiță de plastic apare, o pocnești cu ciocan, moare, cade, alta apare, o pocnești, omori? Poate părea joc ciudat/violent, cititor din viitor? Care nici nu mai ai nevoie să mănânci ca să trăiești? Doar levitând toată ziua, zâmbind călduros unul altuia? Câteodată pare că, imediat ce un copil fericit, alt copil „răsare," adică formulează plângere, necesitând părinte să „pocnească" pe copil, recte, soluționeze plângere.

Aparent, acum Eva la rând.

Astăzi, profesoara Evei, dra. Ross, trimis acasă bilet: Eva purtat urât. Eva morocănoasă, Eva bătut cu piciorul de pământ, Eva aruncat recipient mâncare de pești înspre John M. când John M. rugat-o rândul lui să hrănească pești. Atipic pentru Eva, spune dra. Ross: Eva cel mai drăguț, bun copil din clasă.

În plus, desenele lui Eva devenit recent bizare.

Mostră de desen bizar inclusă:

Casă obișnuită. (Pot spune că ar trebui să fie casa noastră după simulacru de cireș = mâzgălitură roz.) În curte, FS încruntate. Una („Betty") exprimând gând în bulă de dialog: AU! CE MĂ MAI DUARE. A doua („Gwen") îndreptând lung deget osos către casă: MULȚUMESC O GROZĂ. A treia („Lisa"), lacrimi curgându-i pe obraji: DACĂ EU FIICA VOASTRĂ?

Pam: Ei bine. Chestia nu pare să dispară de la sine.

EU: Nu, nu pare.

Luat-o pe Eva la plimbare cu mașina. Condus prin Eastridge, Lemon Hills. Remarcat case cu FS. Pus Eva țină numărătoare. La final, din aprox. 50 de case, 39 aveau.

Eva: Deci, doar pentru că toată lumea o face, asta înseamnă că e în regulă.

Drăguț. Eva imitându-ne pe mine, pe Pam.

La Trecerea Waddle Duck, aranjament FS de opt: FS ținându-se de mâini, efect (de păpuși de hârtie) frumos. Toate par să cânte împreună. Trei ţânci fugind pe lângă suport, doi căţeluşi fugind după ţânci.

Eu: Uau. Ce priveliște a nefericirii.

(Eva brici, Eva isteață. Ca atare, glumesc deseori cu Eva.)

Eva mâlc.

Oprit la Fritz' Chillhouse, comandat desert cu banane și frișcă, Eva luat DezgheDulce, stat pe crocodil mare de lemn, privit soare care apunea.

Eva: Nici măcar... nici măcar nu pricep cum de nu mor.

Brusc, trecut prin minte, cu mic fior de ușurare: Eva opunându-se parțial pentru că nu înțelege aspect științific elementar al chestiunii. Întrebat Eva dacă știa măcar ce era Traseul Semplica. Nu știa. Desenat cap de om pe șervețel, explicat: Lawrence Semplica = doctor + tip deștept. Găsit modalitate direcționeze micro-sârmă prin creier care nu cauzează nicio leziune, nu produce nicio durere. Tehnică folosește lasere ca să facă traseu conducător. Micro-sârmă apoi introdusă înăuntru prin capăt de mătase. Micro-sârmă intră aici (atins tâmplă Eva), iese aici (atinsă cealaltă). Foarte delicat, nu doare, FS adormite pe tot timpul operațiunii.

Apoi, decis să vorbesc pe șleau cu Eva.

Explicat: Lilly la răscruce decisivă. Anul următor, Lilly va începe liceu. Mami și tati vor Lilly să intre la liceu capabilă să țină capul sus, ca tânără femeie încrezătoare, simțind că familia ei la fel de bună/ înstărită ca oricare altă familie, curtea ei aprox. în aceeași ligă cu celelalte curți ale colegilor, recte, nu la atât de mulți ani-lumină ca înainte, recte, nu sursă evidentă de jenă pentru Lilly.

Prea mult de cerut?

Eva tăcută.

Puteam vedea rotițele învârtindu-se.

Eva înnebunită după Lilly, ar sări în fața tren pentru Lilly.

Apoi, împărtășit poveste Evei ref. slujbă de vară avut în liceu, la Señor Tasty's (restaurant de taco). Cald, unsuros, șef răutăcios, șef ne împungea mereu cu cleștele în fund. Când ajungeam acasă, păr mereu complet unsuros + cămașă mirosind a grăsime. Nici în ruptul capului n-aș putea lucra acolo acum. Dar atunci? De fapt, plăcea: flirtam cu casierițe, jucăm feste cu ceilalți angajați (ascundeam clește de șef răutăcios, strecuram revistă în pantaloni ca, atunci când șef răutăcios mă împungea în fund cu clește, să nu mă doară, șef răutăcios = perplex).

Idee este, am spus, că tot relativ. FS trăit vieți foarte diferite de noi. Vieți violente, dure, fără viitor. Ce nouă ne pare înfricoșător/ neplăcut ar putea să nu fie înfricoșător/neplăcut pentru ele, recte, au văzut mai rău.

Eva: Flirtai cu fete?

Eu: Flirtam. Nu-i spune mamei.

Asta a smuls mic zâmbet.

Cred că am împăcat Eva. Sper că da. În orice caz, bucuros că am încercat. Când mama și tata divorțat, tata m-a scos la un milkshake, mi-a dat vești ref. divorț. Întotdeauna fost recunoscător tatei pentru asta. Simțit bine să știu că se gândea la mine chiar și în perioadă tristă + întunecată pentru el.

Mama avea aventură cu Ted DeWitt, tip de la muncă. DeWitt mereu complimenta mama, spunând că arată drăguț, spunând că e unic motiv pentru trezit dimineața. Mama neobișnuită cu asta. Tata iubea pe mama. Dar tata laconic. Tata nu om care să flecărească despre dragoste lui. Tata iubea în fel liniștit, constant. Pentru a zecea aniversare, tata cumpărat mama mașină de polisat electrică (!). Nume de alint al tatei pentru mama = Lungana. (Mama înaltă.) Tata obișnuia să glumească că mama arată ca un băiat înalt. Uneori intra în bucătărie, prefăcea speriat de prezență a băiat înalt la chiuvetă. Mama, prinsă în mreje de DeWitt, început să întâlnească pe furiș la hotel cu DeWitt, îndrăgostit de DeWitt. (Nu știut nimic din asta atunci. Aflat doar ani mai târziu, când tata, la sfârșit viață, spus tot.)

Când Sora Dolores prins veste de divorț, Soră ținut clasă în pauză și susținut mare discurs clasei vizavi divorț = păcat de moarte, viață de apoi nu floare la ureche pentru oameni divorțați, obligat întreaga clasă să spună rugăciuni pentru suflete mama și tata. Toată lumea aruncându-mi săgeți, ca și când: din cauza ta, nu avem pauză.

Întreagă chestiune dureroasă.

Încă dureroasă.

Prin urmare, concentrat să fiu tată/ soț bun, furnizând temelie stabilă pentru copii.

Discutat situația Evei cu Pam astă-seară. Pam, ca de obicei, oferit sfat temeinic: ia-o încet, fii răbdător, Eva deșteaptă, Eva pragmatică. Încă o lună, Eva se va fi adaptat, uitând totul despre asta, va fi din nou același copil fericit.

Iubesc pe Pam.

Pam stâlpul meu.

(30 sept.)

Scuze pentru tăcere.

Chestie nebunească întâmplat săptămână asta.

Luni, Todd Grassberger murit (!).

Cititori din viitor știu pe Todd? Am menționat? Probabil că nu menționat. Todd nu prieten apropiat. Doar coleg de muncă. Todd și cu mine aveam glumă obișnuită ref. eu nu înapoiasem niciodată cablu pentru conexiune de mare viteză împrumutat. De fapt, era cablu de conexiune de mare viteză al companiei, nu al lui. El știa, eu știam că el știa. Era doar glumă între noi.

Ziua debutat în regulă. Zi de vară indiană superbă. Dimineața, exercițiu de incendiu. Întreg complex evacuat în curte în aer liber. Zi atât de frumoasă, nimeni nu obiectat. Toată lumea trândăvind pe berme, propovăduind precauție. Distractiv să văd oameni de la alte companii. Ca și cum întâlnit membri din triburi diferite. NabroMax = tocilari, calculând temperatură necesară pentru ca incendiu să distrugă întreg complex. Oorjd = firmă de design. Mulți hipioți, cele mai drăguțe fete. Mulți angajați de la Oorjd întinși pe spate pe berme, uitându-se în sus la nori. Un tip cântând la mic fluier de lemn.

Când exercițiu terminat, toată lumea huiduit, toți încolonat triști înapoi înăuntru.

Apoi, la două, vestea căzut ca bombă în birou: Todd mort. Infarct la curățătorie (!), chiar acum, în timpul prânzului.

Toată după-amiază, nimeni nu lucrat. Toată lume șocată, umblând încoace și încolo, încercând să internalizeze fapt că Todd = mort. Sub birou Todd: pereche de bocanci de munte. Sprijinit de un perete: baston de mers pe care Todd obișnuia să ia la prânz în plimbări prin pădure.

Stranie ploaie cu soare în jur de trei.

Linda Hertney: E ca un fel de adio din partea lui Todd. (Linda = țicnită. Odată, pretins că cioară de pe pervaz era reîncarnare soț mort. Spunea că își putea da seama după cum cioară ațintea cap dezaprobator către prânz copios pe care ea mânca.)

Apoi, furtună încheiat, parcare strălucind.

Toată seara, surprins privind cu alți ochi pe Pam, pe copii. Dintr-odată, totul prețios. Spus rugăciune înainte cină. Nu spunem de obicei rugăciune înainte cină. Dar astă-seară, ținut de mâini, rugat. Rugat să fim recunoscători pentru norocul nostru, recunoscători unul pentru celălalt. Rugat să nu pierdem din vedere că diverse urcușuri/coborâșuri pe care putem experimenta ca famile = mici obstacole în cale, în comparație cu asta.

Rugat pentru Todd, rugat pentru familia lui Todd.

Cu doar câteva nopți în urmă, Todd în propria casă, făcând orice făcea Todd seara: scotea mărunțiș din buzunare, râdea cu copii, mângâia câine, gândea la viitor, arunca haine murdare în coș de rufe.

Unde este Todd astă-seară (?!).

(1 oct.)

Astăzi, înmormântare Todd Grassberger la biserică ucraineană din centru.

Aparent, Todd de origini modeste.

Preot = tip cu păr lung, în sutană. Cântă/psalmodiază întreagă slujbă, în ucraineană, din memorie. În timp ce cântă/psalmodiază, cordon de la sutană se bălăngăne. Înfricoșător tip. Foarte intens. Predică: De ce asta surprinzător? Credeați că veți trăi veșnic? Singură diferență între voi, stând acolo gândindu-vă la restul zilei voastre, și Todd, în coșciug, țintuit în casă veșnică în țărână rece? Bătaia inimii. Simțiți asta, oameni buni? În piepturile voastre? Asta e linie subțire între voi și mormânt. Așa că de ce trăiți ca și cum sunteți eterni? Asta prostie, voi proști. Asta înspăimântător? Asta nu înspăimântător! Asta adevăr, asta realitate!

Urlete: Ne vom trezi oare? Oare?

Toată lumea holbându-se cu ochi mari la preot. În afară de congregaționiști obișnuiți, care par să fi auzit deja toată placă.

Preot îi dă înainte: Care dintre noi va muri în noaptea asta? Credem că face pe deșteptul? Asta arată că suntem neghiobi. Oricare dintre noi ar putea muri în noaptea asta, muri chiar acum, să rămânem brusc fără suflare, dăm ortul popii în strană, fim cu Todd în țărână cât ai clipi.

Deodată, din bucătărie de la subsol: miros de vită prăjită. Sporovăială veselă între doamne de la biserică, jos în bucătărie. Miros de vită prăjită + zgomot de oale, farfurii aranjate pe masă = ademenitor.

Oameni foindu-se în strane deoarece nemaipomenit miros de vită.

Cei doi frați ai lui Todd vin la pupitru, aduc omagiu.

Frate mai mare: Todd drăguț, Todd amuzant, Todd o adevărată forță în viața lui. Nu va uita niciodată minune care a fost Todd. Frate mai mic: Da, Todd persoană superputernică, Todd = taur. Deși Todd putea fi uneori ferm, Todd i-a făcut fratelui mai mic mult bine, pe termen lung, învățându-l cum să se apere singur. Adică vrea să spună că, fiind brutalizat de Todd de-a lungul întregii copilării, nimic nu îl poate zgudui acum pe frate mai tânăr, recte, nicio brută din lume largă nu pe măsură Todd. Dar Todd așa de grozav, Todd cel mai bun. Todd așa de inteligent, așa de arătos, nu e de mirare că mama + tata lui Todd mereu tratat pe el (frate mai mic) drept copil făcut din greșeală. Dar Todd așa de atent, așa de receptiv, Todd înțeles asta, câteodată consolat pe frate mai mic spunându-i că el (frate mai mic perfect în regulă în felul său, deseori chiar înainte de a încălca pact pe care aveau ref. noapte de miercuri, noapte în care frate mai mic împrumuta mașină tata, prin urmare spulberând frate mai mic șansă de a se întâlni cu fată pe care chiar o plăcea, posibil iubire a vieții, fată pe care în cele din urmă pierdut-o în fața unui tântălău din Selden, tântălău al cărui propriu frate mai mare aparent mai înclinat decât Todd să ofere posibilitate rezonabilă de folosință a mașinii familiei.

Frate mai mic al lui Todd, cu răsuflare tăiată, face pauză la pupitru. Pare să nu poată opri pe sine.

Se avântă cu capul înainte.

Dar Todd minunat, Todd așa de minunat, lui Todd cu siguranță i se va simți lipsă. Todd învățat pe toată lume din familie lecție importantă: deși persoană ar putea fi puternică, agresivă, ambițioasă, oarecum indiferentă la nevoile celorlalți, totuși, asta nu înseamnă că nu cea mai minunată persoană, cel mai grozav frate dintre toți, care, ocazional, ca și cum în ciudă a sine, putea brusc, luând prin surprindere pe toți, să facă un lucru rezonabil de atent.

Frate mai mic, aparent dezorientat de propriu omagiu, apoi înlăturat de la pupitru de frate mai mare, șuierând ceva în barbă.

Văduva lui Todd se apropie de pupitru. Nu pare să poată vorbi. Trei fetițe se agață de fusta ei. Văduvă întinde microfon celei mai mici dintre ele.

Cea mai mică fetiță: Pa, tati.

Masă bună. Masă delicioasă. Înmormântare atât de tristă, masă = paradis. Mâncat trei sendvișuri cu vită friptă la rând de pe farfurie de hârtie. Afară, copac galben bătut de vânt. Singură frunză galbenă zboară înăuntru prin fereastră deschisă de la subsol. O privesc cum se lasă la pământ, aterizează lângă pantof.

Gândesc: Viață minunată.

Așa de bucuros că nu mort.

Dacă/atunci când mor, nu vreau Pam singură. Vreau recăsătorească, ducă viață plină. Cât timp nou soț tip de treabă. Tip blând. Tip religios. Foarte grijuliu + bun cu copii. Dar copii nu cad în plasă. Copii preferă tată mort (recte, pe mine) tipului religios. Tip religios palid și plicticos, fără acel ceva, purtând pulovăre ciudate și mereu puțin trist, deoarece nu i se scoală, deoarece infirmitate fizică.

Ha-ha.

Moarte foarte mult în gândurile mele astă-seară, cititor din viitor. Poate fi adevărat? Că voi muri? Că Pam, copii vor muri? Groaznic. De ce am fost puși aici, atât de înclinați către iubire, când sfârșit al poveștii noastre = moarte? Aspru. Crud. Nu place.

Notă către sine: încearcă mai abitir, sub toate aspecte, să fii persoană mai bună.

Acasă, adunat copii în jur. Cerut copii să mi se alăture în nouă hotărâre. Spus copiilor că viață scurtă, trebuie să facem fiecare moment să conteze, trăim fiecare zi ca și cum ultima. Dacă vis, trebuie să urmeze. Dacă au pornire să facă lucru, trebuie să încerce. Promit ei? Dacă am făcut o greșeală în viață, este aceea că am fost prea pasiv. Nu vreau ca ei să repete greșeală. Trebuie să îndrăznească, să se lupte, să fie curajoși. Ce se poate întâmpla cel mai rău? Vor fi cunoscuți ca inovator, erou, profet (!). Era Paul Revere timid, Edison precaut, Iisus superpoliticos? La sfârșit de viață, nu vor regreta ce au făcut, vor regreta doar ce nu au reușit să facă.

Apoi, oră de culcare. Oră de culcare câteodată dificilă: Pam, obosită după zi lungă cu copii, câteodată devine aspră cu copii la cel mai mic semn de rezistență. Copii, obosiți după școală, câteodată devin obraznici cu Pam la prim semn că Pam devine aspră. Câteodată, somn ușor = copii în capul scărilor țipând, Pam la baza scărilor țipând. Câteodată, carte sau pantof trece razant pe lângă Pam.

Astă-seară, însă, oră de culcare lejeră. Copii, simțind adevăr al cuvintelor mele ref. moarte, se încolonează în tăcere către etaj. Thomas coboară iar să-mi dea o îmbrățișare. Eva îmi aruncă privire lungă (admirativă?) de pe palier.

Dragii de ei.

Una dintre plăcerile de a fi părinte, cititor din viitor: părinte poate influența pozitiv copil, crea moment de care copil va aminti pentru rest viață, moment care schimbă traiectoria lui/ei, deschide inima + mintea lui/ ei.

(2 oct.)

Căcat.

Futu-i.

Familie lovită direct în plex, cititor din viitor.

Voi explica.

Azi-dimineață, Thomas și Lilly așezați adormiți la masă, Eva încă în pat, Pam făcând ouă, Ferber la picioarele ei, sperând bucățică de mâncare căzută. Thomas, mâncând covrigel, se abate la fereastră.

Thomas: Uau. Ce naiba. Tată? Ai face bine să vii încoace.

Merg la fereastră.

FS dispărute.

Dispărute complet (!).

Ies în goană. Suport gol. Micro-sârmă dispărută. Poartă deschisă. Trag fugă oarecum frenetică până pe stradă următoare, să văd dacă se zăresc undeva.

Nu.

Fuga înapoi. Sun Greenway, sun poliție. Polițai sosesc, mătură curte. Un polițai îmi arată dâră de micro-sârmă târâtă în noroi de lângă poartă. Spune că asta, de fapt, veste bună: cu micro-sârmă încă instalată, va fi mai ușor de găsit FS, din moment ce micro-sârmă limitează cât de repede pot merge, de vreme ce, fugind în grup, legate la cap de micro-sârmă, sunt astfel forțate să facă pași foarte mici, ca una să nu o ia prea în față/ rămână prea în spate față de celelalte, ca atare cauzând smucitură a micro-sârmei, smucitură care ar putea leza creier al celei afectate de smucitură.

Celălalt polițai spune da, așa ar sta lucrurile dacă FS pe jos. Dar hai să fim serioși, spune el, FS nu pe jos, FS undeva în camionetă activiști, prăpădindu-se de râs.

Eu: Activiști.

Primul polițai: Mda, știți: F3m3iP3ntruF3m3i, Inițiativa Cetățenească pentru Echitate Economică, Veșnică Osândă, Semplica.

Al doilea polițai: Al patrulea incident luna aceasta.

Primul polițai: Fetele astea nu s-au dat singure jos.

Eu: De ce ar face așa ceva? Au ales să fie aici. De ce ar fugi cu un complet...

Polițaii râd.

Primul polițai: Au dat cu nasul de visul american, domne.

Copii speriați din cale-afară. Copii strânși unul în altul la gard.

Autobuz de școală vine și pleacă.

Reprez. Greenway de pe teren (Rob) sosește. Rob = înalt, slab, gârbovit. Arată ca un arc cu săgeți, dacă arc cu săgeți ar avea cercel în ureche + păr lung ca de pirat, ar purta vestă scurtă de piele.

Rob aruncă bombă neîntârziat: spune că îi pare rău să fie mai mult sau mai puțin un nemernic când noi trecem prin moment de încercare, dar legea obligă să ne informeze că, dacă FS nu sunt găsite în decurs de trei săptămâni, conform contract cu Greenway, vom deveni, la acel moment, responsabili pentru plata completă a Debitului pentru Înlocuire prevăzut.

Pam: Stai, care debit?

Conform lui Rob, Debit pentru Înlocuire = 100$/lună, per exemplar, pentru fiecare lună scadentă din contract al FS cu Greenway la moment dispariție (!). Betty (21 luni rămase) = 2100$; Tami (13 luni) = 1300$; Gwen (18 luni) = 1800$; Lisa (34 luni (!)) = 3400$.

Total = 2100$ + 1300$ + 1800$ + 3400$ = 8600$.

Pam: Mama mă-sii.

Rob: Credeți-mă, știu, sunt foarte mulți bani, meseria mea de bază e compozitor, da? Dar abordarea noastră este, ăăă, sau, știți, abordarea lor, abordarea Greenway, este că noi, ăăă, sau ei, ăăă, au făcut o investiție inițială și, vreau să spun, evident, asta n-a fost ieftin, numai și în termeni de vize, bilete de avion și tot restul.

Pam: Nimeni nu ne-a spus nimic despre asta.

Eu: Niciun cuvânt.

Rob: Hmm. Cine s-a ocupat de contul dvs., din nou?

Eu: Melanie?

Rob: Bun, aha, presimțeam eu. Cu Melanie, Melanie grăbea uneori lucrurile ca să încheie afacerea. Mai ales cu persoanele care cumpărau Pachetul A, care se zgârceau de la început? Fără supărare. Oricum, din cauza asta nu mai e cu noi. Dacă vreți să țipați la ea, mergeți la Home Depot, e adjunctul lor pe

Vopseluri, probabil mințind de îngheață apele despre care culoare e care.

Furios, atacat: cineva a intrat în curtea noastră în toi noapte, în timp ce copii dormeau lângă, a furat? Furat de la noi? Furat 8600$, plus cost inițial al FS (aprox. 7400$)?

Pam (polițaiului): Cât de des le găsiți?

Primul polițai: Pe cine?

Pam aruncă uitătură către polițai. (Pam = feroce când apără familie.)

Al doilea polițai: Sincer? Va trebui să spun că rar.

Primul polițai: Mai degrabă niciodată.

Al doilea polițai: Ei bine, niciodată până acum.

Primul polițai: Corect. Întotdeauna există o primă dată.

Polițaii pleacă.

Pam (către Rob): Deci, ce se întâmplă dacă nu plătim?

Eu: Nu putem plăti.

Rob nu în largul lui, Rob îmbujorându-se.

Rob: Păi, asta ar fi mai degrabă o problemă pentru Juridic.

Pam: Ne-ați da în judecată?

Rob: Eu nu v-aș da. Ei v-ar da. Vreau să spun, așa procedează. Ei, ăăă, care e cuvântul acela? Ei vă priponesc...

Pam (aspru): Popresc.

Rob: Scuze. Scuze pentru toate astea. Melanie, uau, o să-ți smulg capul de pe umeri trăgându-te de tâmpita aia de codiță împletită a ta. Glumeam doar, nici n-am schimbat vreo vorbă cu ea vreodată. Dar ideea este: toate astea sunt în contractul vostru. Oameni buni, ați citit contractul, nu-i așa?

Tăcere.

Eu: Păi, eram oarecum în grabă. Dădeam o petrecere.

Rob: Ah, bineînțeles, îmi amintesc de acea petrecere. Și ce mai petrecere. Cât am mai vorbit cu toții despre ea.

Rob pleacă.

Pam albă ca varul.

Pam: Știi ce? Dă-i dracului. Lasă-i să ne dea în judecată. Eu nu plătesc. E indecent. Pot să ia nenorocita de casă.

Lilly: Pierdem casa?

Eu: Nu pierdem nicio...

Pam: Nu crezi? Ce crezi că se întâmplă dacă datorezi cuiva nouă miare și nu plătești? Eu cred că pierdem casa.

Eu: Uite ce e, să ne liniștim, nu e nevoie să ne...

Buză de jos a Evei atârnând în acel fel pre-plâns. Gândesc: ah, ce bine, frumos comportament părintesc, certând + înjurând + invocând spectru pierdere casă în prezență copil surmenat deja de evenimente tulburătoare ale zilei.

Apoi, Eva izbucnește în lacrimi, începe să bălmăjească scuze, scuze, scuze.

Pam: Of, iubito, vorbeam doar aiurea, nu o să pierdem casa. Mami și tati n-ar lăsa niciodată asta să se...

În minte, mi se aprinde beculeț.

Eu: Eva. Doar n-ai făcut asta.

Privire în ochi Eva spune: Am făcut-o.

Pam: Ce să facă?

Thomas: Eva a făcut asta?

Lilly: Cum putea Eva s-o fi făcut? Are doar opt ani. Eu n-aș putea nici măcar...

Eva ne conduce afară, ne arată cum a făcut: târât afară scară dublă, urcat pe scară dublă la un capăt de micro-sârmă, acționat manetă EzyReleese de parte stângă, micro-sârmă atârnând destinsă. Eva apoi târât scară dublă la celălalt capăt, acționat manetă EzyReleese de parte dreaptă. În acel moment, micro-sârmă complet liberă, FS stând pe pământ.

FS se sfătuiesc scurt.

Și pe-aici le e drumul.

Așa de înfuriat. Eva făcut o încurcătură de pomină. Încurcătură de pomină pentru noi, da, dar și pentru FS. Unde sunt FS acum? În loc bun? E bine când fugari frauduloși în țară necunoscută, fără bani, fără mâncare, fără apă, sunt forțați să se ascundă în păduri, mlaștină etc., conectați via micro-sârmă precum prizonieri în lanțuri? Cât despre Thomas și Lilly, ei cred că e glumă bună să înșeli proprii părinți? Îmi amintesc cum Thomas s-a dus la fereastră, comportându-se din cale afară de mirat că FS dispărute. Thomas = secătură. Cât despre Lilly: noi facem atât de multe pentru aniversare a lui Lilly, asta e mulțumire pe care o căpătăm?

Razna de nervi. Fără să vreau, spun toate de mai sus cu voce tare.

Copii stane de piatră. Copii niciodată văzut atât de nervos.

Thomas: Tati, noi n-am știut!

Lilly: Nu mințim, n-am știut!

Thomas, trăgându-se, fuge afară. Lilly izbucnește în lacrimi, iese cu pas apăsat din cameră, trăgând Eva (stană de piatră) de mână.

Eva (descurajată, mie): Dar ai spus, ai spus chestia aceea, chestia aceea despre cum trebuie să fim curajoși...

Notă către generații viitoare: câteodată, în timpurile noastre, familii ajung în zonă întunecată. Familie simte: suntem ratați, tot ce facem este greșit. Părinți se ceartă urlând din rărunchi, învinovățind unul pe altul pentru situație dezastruoasă. Tată dă picior perete, face gaură în perete lângă frigider, familie sare prânz. Tensiune prea mare pentru toți ca să stea la aceeași masă. Lucru de nesuportat. Lucru face persoană (tată) pună la îndoială valoare a întregii întreprinderi, recte, face pe tată (eu) să se întrebe dacă nu cumva oamenii mai fericiți trăind singuri, individual, în păduri, văzându-și de propriile socoteli, neiubind pe nimeni.

Astăzi așa pentru noi.

Plecat furtunos în garaj. Pată idioată de la veveriță/șoarece încă acolo după atâtea săptămâni. Hotărât să scap de pată odată pentru totdeauna. Folosit înălbitor + furtun ca să eradichez.

În calm ce urmat, așezat pe roabă, trebuit să râd de situație. Câștigat Loz în Plic, cel mai mare noroc în viață, rapid preschimbat cel mai mare noroc în viață, în cel mai mare fiasco al vieții.

Râs devenit plâns.

Simțit așa de prost pentru lucruri aspre pe care tocmai le spusesem copiilor.

Pam a ieșit din casă, întrebat dacă plânsesem? Am spus că nu, mi-a intrat praf în ochi de la curățenie în garaj. Pam nu lăsat păcălită. Pam luat încet de umeri + înghiontit în glumă cu șold, ca să zică: plângeai, e în regulă, este moment dificil, știu.

Pam: Haide înăuntru. Să facem lucrurile să reintre în normal. O să ieșim cu bine din asta. Copiii se perpelesc înăuntru, se simt atât de prost.

Intrat în casă.

Copii la masă în bucătărie.

Puteam vedea în ochii lor că de-abia așteptau să ierte, să fie iertați. Lilly și Thomas nu știau. Am spus că știam că ei nu știau, nu știu de ce am spus că eu credeam că ei știau.

Deschis brațe, Thomas și Lilly repezit în îmbrățișare.

Eva rămasă pe scaun.

Când Eva micuță, avea păr mare carlionțat și negru. Stătea în picioare pe canapea, mâncând cereale din cană de cafea, dansând pe muzică imaginară, lovind mereu cordon de la transperante.

Acum asta: Eva stând jos, cap în mâini, ca o bătrână cu suflet sfâșiat, deplângând pierdere floare viguroasă a tinereții etc., etc.

Mers la ea, luat Eva în brațe.

Sărăcuța tremura.

Eva (șoptit): Nu știam că vom pierde casa.

Eu: Nu o pierdem... nu o să pierdem casa. Eu și mami dăm de cap la asta.

Trimis copii să se uite la televizor.

Pam: Deci. Vrei să-l sun pe tata?

Nu voiam ca Pam să sune pe tatăl lui Pam.

Prenume al tatălui lui Pam = Rich (Bogat). Chiar își spune „Fermier Bogat." E amuzant, pentru că e un fermier bogat. Fermier Bogat = foarte bogat + foarte strict. În ceea ce mă privește, nu mă place. A spus în diferite rânduri că 1) nu muncesc din greu și 2) aș face bine să fiu atent în ceea ce privește greutatea și 3) aș face bine să fiu atent în ceea ce privește cardurile de credit.

Fermier Bogat în formă atletică foarte bună, fără carduri de credit.

Fermier Bogat nu fan FS. Ținut mare predică tuturor la ultim Crăciun: e de părere că a avea FS = „a face pe boierul." Crede că orice amuzant = „a face pe boierul." Chiar și mers la film = a face pe boierul. Mers la spălătorie de mașini, adică să nu faci treabă singur în fața casei = a face pe boierul. Odată, când în vizită, aruncat uitătură dubioasă când am spus că fusesem la dentist pentru obturație de canal. Ce, m-am gândit, obturație de canal = a face pe boierul? Dar nu: doar dezaprobat dentist ales, deoarece văzuse reclamă dentist la televizor, de părere că dentist cu reclamă la televizor = a face pe boierul.

Așa că nu voiam Pam să sune Fermier Bogat.

Spus lui Pam că trebuie să încercăm tot ce putem pentru a ne descurca singuri.

Scos facturi, făcut simulare de plată: dacă plătim ipotecă, factură de încălzire, AmEx, plus 200$ în facturi amânate data trecută, aproape de zero (12,78$ rămași). Dacă amânăm AmEx + Visa, eliberăm 880$. Dacă, în plus, sărim plată ipotecă, factură NiMo, asigurare de viață premium, tot eliberăm total nesemnificativ 3100$.

Pam: Poate că o să-i trimit un email. Știi tu. Doar să văd ce spune.

Pam la etaj trimițând email lui Fermier Bogat în timp ce scriu.

(6 oct.)

Voi sări peste descriere serviciu. Serviciu neimportant în acest moment. Când am ajuns acasă, Pam în prag cu email de la Fermier Bogat.

Fermier Bogat = nenorocit.

Voi cita parțial:

Să vorbim acum de ceea ce intenționați să faceți cu banii ceruți. Îi veți pune deoparte pentru un fond care să-i sprijine pe copii la facultate? Nu veți face asta. Veți investi în imobiliare? Nu. Acordându-vi-se șansa de a planta câteva semințe bune, veți arunca pe apa sâmbetei acele valoroase semințe (dolari). Și pentru ce? O priveliște pe care unii o consideră drăguță. Ei bine, eu nu o consider drăguță. Îi văd pe tinerii de aici făcând același lucru. Oamenii în vârstă, de asemenea. Și nu are mai mult sens aici decât are acolo. De când sunt oamenii etalați pe o sârmă o priveliște plăcută? Alții de pe aici, înfăptuitori de bine din parohia noastră, invocă unele condiții de sărăcie. În regulă, asta e acceptabil. Dar se pare că, în curând, veți avea o situație de sărăcie chiar între propriii pereți. Și doctorul care se vindecă singur este un motto pe care mi l-am amintit adesea când am fost tentat să-mi alătur obolul cu referire la vreo cauză socială ori alta. Deși nu sunt împotriva miluirii căminului vreunei femei oropsite din când în când. Așa că, voi zice nu. Voi, oameni buni, v-ați pus singuri într-o situație delicată, iar acum trebuie să ieșiți singuri din ea, învățându-vă copiii (și pe voi înșivă) o valoroasă lecție de pe urma căreia, pe termen lung, voi și ai voștri veți trage învățăminte.

Eu: Au.

Pam sunat Fermier Bogat, implorat Fermier Bogat. Fermier Bogat cartat-o la telefon ref. bani, ref. întreagă noastră istorie cu bani, recte, întreagă noastră abordare de viață = risipitoare. Fermier Bogat spus să nu mai cerem iar. Am scăzut în ochii lui prin manevră inițială de tâmpiți + ulterioară demonstrație disperată de hybris în încercare de a repara într-o manieră cretină manevră inițială de tâmpiți.

Deci, asta = tot.

Tăcere prelungă.

Pam: Iisuse. Nu e tipic pentru noi?

Nu știu ce vrea să spună. Sau, mai degrabă, știu, dar nu sunt de acord. Sau, mai degrabă, sunt de acord, dar mi-ar plăcea să nu spună. De ce să spui? Spusul e negativ, ne face să ne simțim prost despre noi.

Propun pur și simplu să mărturisim ce a făcut Eva, să sperăm milă de la Greenway.

Pam spune, nu, nu: am intrat online astăzi: eliberare FS = infracțiune (!). Nu crede că ar judeca un copil în vârstă de opt ani, și totuși. Dacă mărturisim, rămâne asta în dosar Eva? Eva obligată să meargă la terapie? Asta rămâne în dosarul ei? Eva gândește: sunt copil rău? Începe să alunece pe pantă rea, umblând cu gașcă nepotrivită, privind cu îndoială întreagă noțiune de realizare personală, eșuează să valorifice întreg potențial, toate astea din cauză o greșeală făcută când era mică?

Nu.

Nu putem asuma riscuri.

Pam și cu mine discutăm, cădem de acord: trebuie să fim precum mâncători de păcate care, în vremuri de demult, mâncau păcate. Sau trupuri de păcătoși? Luau masă de pe trupuri de păcătoși care muriseră? Nu pot aminti exact ce făceau mâncători de păcate. Dar Pam și cu mine de acord: vom fi precum mâncători de păcate în sens în care: vom păcătui puțin ca să protejăm Eva, ținem ascuns tărășenie de polițai cu orice preț, încălcăm lege după cum *ncsr*.

Pam întreabă: mai scriu încă în agendă? Agendă = document juridic? Notat în agendă despre Eva, despre rol Eva în tărășenie? Nu ar fi agendă dovadă că suntem vinovați de obstrucționare a justiției? Nu ar putea cita agendă la judecată? Nu ar trebui să încetez să scriu în agendă, obliterez pagini suspecte? Ascund agendă? Arunc agendă în gaură pe care am făcut-o cu picior în perete ieri? Și mai bine, distrug agendă?

Spun lui Pam că ador să scriu în agendă, nu vreau să încetez să scriu în agendă, să distrug agendă.

Pam: Ei bine, e alegerea ta. Dar pentru mine? Nu merită.

Pam isteață. Pam evaluează excelent situații. Reflectez bine la asta. (Dacă agendă rămâne albă, cititor din viitor va ști că eu (din nou!) hotărât că Pam = dreptate.)

Bănuiala mea, speranța mea: polițaii au multe cazuri asemănătoare, noi suntem plevușcă, caz al nostru = prioritate scăzută, toate astea vor dispărea de la sine curând.

(8 oct.)

Greșit. Greșit din nou. Chestie nu dispare de la sine.

Voi explica.

Muncit toată ziua.

Fost zi plictisitoare normală.

Poate cititor din viitor imagina cât de imposibil a fost să mă târăsc până la sfârșit de zi plictisitoare normală când tot ce voiam era să ajung într-un suflet acasă, urzesc strategie alături de Pam ref. situația Evei, ridic Eva de la școală, îmbrățișez Eva, spun Eva că tot va fi bine, asigur pe Eva că, deși nu suntem de acord cu ce a făcut, întotdeauna va fi fata noastră, întotdeauna va fi lumina ochilor noștri?

Dar în viața asta, un tată trebuie să facă ce trebuie să facă un tată.

Rezistat toată zi.

Apoi, drum obișnuit cu mașină acasă: zonă de dealeri de mașini la mâna a doua, zonă de carieră de piatră, porțiune lungă de autostradă trecând peste apartamente sărăcăcioase cu rufe întinse pe sârmă, porțiune relativ pastorală cu cimitir al pionierilor, vechi mall intrat în faliment.

Apoi, micuță casă a noastră + curte goală tristă.

Tip stând la poarta din spate.

Mers la tip, avut discuție cu el.

Tip = Jerry. Este polițai-detectiv (!) repartizat cazului nostru. Activiști = mare prioritate pentru oraș, spune el, primar hotărât să transmită semnal puternic (!). Spune că știe că familie pe sponci în ceea ce privește bani, crede că mârșavii de la Greenway merită să fie fierți în ulei. Este om cu mijloace limitate la rându-i, spune, este familist, știe cât de supărat ar fi dacă ar datora 8600$ unei mari corporații fără chip. Dar nicio grijă, e pe urme activiști. Nu va avea odihnă până ce nu găsește activiști. Are puțină prețuire pentru activiști. Activiști cred că fac lucru nobil? Nu fac. FS devin imigranți ilegali, iau slujbe de „americani legitimi." Jerry foarte împotrivă. Tatăl lui Jerry venit din Irlanda pe barcă, vomitând tot drumul, apoi completat formulare necesare. Asta = modalitate corectă, Jerry de părere.

Ha-ha, spune el.

Zâmbește, șterge la gură.

Jerry un guraliv. Înainte să devină polițai, profesor. Așa de bucuros că nu mai predă. Elevii lui pușlamale. Mai pușlamale cu fiecare an. În ultimii câțiva ani, doar aștepta să vadă ce se mai întâmplă, să fie tăiat sau împușcat de vreo pușlama. Lucruri înrăutățite pe măsură ce puștii devenit mai închiși la piele. Dacă știu ce vrea să zică. Nu are nimic cu oameni de culoare, dar are ceva împotrivă oameni de culoare care refuză să muncească și să învețe limba, iar apoi insistă joace renghiuri profesorilor. Când el era puști, nici prin gând nu i-ar fi trecut să pună brotăcel în cutie de Diet Coke a profesor devotat din corp profesoral. Aproape sigur puști de culoare care o făcuse, de vreme ce aproape toți elevii lui puști de culoare. N-a fost niciodată înjunghiat personal, dar e sigur că ar fi fost, în cele din urmă, de vreun puști de culoare sau altul. Pentru că orice puști îndeajuns de înfipt să pună brotăcel în băutură profesor, nu există limite, recte, înjunghiere = următor pas logic.

Copii pur și simplu copii, spun eu.

Da și nu, spune Jerry. Copii = viitori adulți. Ce se naște din pisică, șoareci mănâncă. Odată văzut film ref. pui de leu lăsat de capul lui: leu crescut, mâncat proprietar. Așadar, mână de fier echivalent corect pentru copii.

Jerry singur în ultima vreme, spune el. Soția lui murit recent. Nu plănuit ea murit prima. Întotdeauna fusese femeie sănătoasă. Acum, e puțin pierdut. Soție era doar umbră de om și în cea mai bună formă. Spre sfârșit, aproape că nu mai era acolo. Niciodată în mare grabă să ajungă acasă. Acasă așa de liniște de când soție murit. Fără nepoți, de vreme ce n-a avut niciodată copii, de vreme ce soție avut ovule îndoielnice.

Prin urmare, timp din belșug să aloce cazului nostru.

Ceva putred aici, spune Jerry. Nu arată ca mână tipică de activiști. Activiști vor lăsa în mod normal carte de vizită: Veșnică Osândă, Semplica lasă unic steag roșu. F3m3iP3ntruF3m3i lasă manifest + înregistrare audio cu FS enumerând lucruri pe care familia făcut ca să jignească/tracaseze FS cât timp petrecut în grădină. Deseori, activiști cooptat doctor în echipă, care îndepărtează micro-sârmă înainte ca FS urce în microbuz. Totuși, polițai găsit dâră lăsată de micro-sârmă lângă poartă, indicând că FS scăpat pe jos, micro-sârmă încă înăuntru?

Nu se potrivește.

Jerry miroase lucrătură.

Dar nicio grijă, spune Jerry: el este „aici și nu plec nicăieri."

Pentru moment, va petrece o vreme în curte. Așa procedează uneori: va intra „direct în minte făptaș."

Jerry tușește cu horcăituri, se îndepărtează șchiopătând.

Intru în casă. Spun tot lui Pam.

Pam și cu mine stăm la fereastră urmărind Jerry.

Thomas: El cine e?

Eu: Doar un tip.

Pam: Nu ieșiți din casă. Nu vorbiți cu el sau ceva.

Lilly: El e în curtea noastră, dar noi n-avem voie să vorbim cu el?

Eu: Da. Corect.

E aproape miez de noapte când scriu. Jerry încă în curte (!). Jerry fumează, Jerry fredonează aceeași bucată din patru note din nou și din nou. Pot auzi din cameră liberă + mirosi fumul lui. Ar plăcea să cobor, ordon lui Jerry să plece din curte. De exemplu: Jerry, asta = curtea noastră. Copiii noștri dorm, mâine au școală, dacă trezești cu fredonat, vor avea zi grea/somnoroasă la școală. De asemenea, Jerry, nu permitem fumat în sau pe lângă casă.

Totuși, nu pot.

Nu trebuie alienez Jerry nici în cel mai mic fel.

Doamne.

Cămin în cădere liberă, cititor din viitor. Totul un haos. Copii, simțind tensiune, certat toată ziua. După cină, Pam prins copii urmărind „Eu, Pipăitus" (interzis) = emisiune unde tip decide cu care fată să se întâlnească pipăind sâni ai fetelor prin panou cu două găuri. (Nu arată sâni ca atare. Doar ce expresii face băiat în timp ce îi pipăie și ce expresie fac fetele când băiat anunță scor pentru sâni. Totuși: emisiune proastă.) Pam izbucnit la copii: suntem în cea mai dificilă perioadă, iar ei așa se comportă?

Când copii născut, Pam și cu mine lăsat tot baltă (visuri tinerești de călătorie, de aventură etc., etc.) ca să fim părinți buni. Nu fost viață incitantă. Fost mare corvoadă. Multe nopți, treburile nefăcute, rămas treji până târziu, epuizați, făcând treburi. Cu multe ocazii, răvășiți + obosiți, caca și/ sau vomă de copil pe cămașă sau bluză, unul dintre noi stat zâmbind obosit/furios la aparat foto ținut de celălalt, păr ciumpăvit fiindcă tuns scump, ochelari demodați alunecând de pe nasuri fiindcă niciodată nu avut timp mergem strângem șuruburi de la ochelari.

Iar după toate acestea, uite unde suntem.

E ghinion.

Chiar acum mers pe culoar să verific copii. Thomas dormind cu Ferber. Asta nepermis. Eva în pat cu Lilly. Asta nepermis. Eva, sursă a toată nebunia, dormind ca un prunc.

Simt că vreau trezit Eva, spunând că totul va fi bine, că are inimă bună, doar tânără + confuză.

Nu făcut.

Eva are nevoie de odihnă.

Pe birou la Lilly: poster la care Lilly lucra pentru „Ziua Lucrurilor Favorite" la școală. Poster = foto a fiecărei FS, plus hartă a țării de baștină, plus povești pe care Lilly aparent cules când luat interviu (!) fiecăreia: Gwen (Moldova) = foarte dură, deoarece tinerețe moldovenească: folosit cearșafuri însângerate găsite în gunoi + bandă adezivă pentru confecționare minge de fotbal, apoi, după mult antrenament cu minge din cearșaf însângerat, aproape intrat în echipă olimpică (!). Betty (Filipine) are fiică, iar când fiică înoată, se suie uneori și călătorește pe carapace de țestoasă de mare. Lisa (Somalia) văzut odată leu pe acoperiș de „dubiță" a unchiului ei. Tami (Laos) avea bivol de apă ca animal de companie, bivol de apă călcat-o pe picior, acum Tami obligată să poarte pantof special. „Fapt divers": numele lor (Betty, Tami et al.) nu nume reale. Acestea = nume de FS, date de Greenway la data sosirii. „Tami" = Januka = „rază veselă de soare." „Betty" = Nenita = „binecuvântată-adorată." „Gwen" = Evgenia. (Nu știe ce înseamnă numele ei.) „Lisa" = Ayan = „călător vesel."

FS foarte mult în gândurile mele astă-seară, cititor din viitor.

Unde sunt ele acum? De ce au plecat?

Nu înțeleg, pur și simplu.

Sosește scrisoare, familie sărbătorește, fată izbucnește în plâns, face bagaj cu stoicism, gândește: trebuie să mă duc, sunt unică speranță pentru familie. Își ia expresie curajoasă, promite că se va întoarce de îndată ce expiră contract. Mama gândește, tata gândește: nu o putem lăsa să se ducă.

Dar o lasă. Trebuie.

Întreg oraș conduce fată la gară/autogară/feribot? Grup călătorește în camionetă viu colorată la minuscul aeroport regional? Alte lacrimi, alte jurăminte. Pe măsură ce tren/feribot/avion se îndepărtează, ea aruncă ultimă privire cu drag la dealuri/râu/carieră de piatră/șandramale, orice o fi, recte, tot ce ea a cunoscut vreodată pe lume, spunându-și: nu te teme, te vei întoarce & întoarce victorioasă, cu mare pungă de cadouri etc., etc.

Iar acum?

Fără bani, fără acte. Cine va dezinstala micro-sârmă? Cine-i va da de lucru? Când va cauta de lucru, va trebui aranjeze păr să ascundă cicatrici de la Punctele de Inserție. Când va vedea vreodată casă + familie din nou? De ce ar face? De ce ar distruge tot, pleca din curte de la noi? Ar fi putut avea ședere lungă și bună la noi. Ce urmărea, pentru numele lui Dumnezeu? Ce ar fi putut să-și dorească atât de mult, încât să o facă să recurgă la o asemenea scamatorie disperată?

Jerry tocmai terminat pe seara asta.

Suport gol în curte, arătând ciudat sub clar de lună.

Notă către sine: sună la Greenway, pune-i să vină și să ridice chestie oribilă.

Acasă

1.

Ca pe vremuri, am ieșit din albia secată a pârâului din spatele casei și am bătut ușor, ca de obicei, în geamul de la bucătărie.

Treci încoace, a spus mami.

Înăuntru erau mormane de ziare pe aragaz și mormane de reviste pe treptele scărilor și un ditamai maldărul de umerașe ițindu-se din cuptorul stricat. Toate astea erau cum le știam. Noi erau: o pată de umezeală care semăna cu un cap de pisică deasupra frigiderului și vechiul covoraș portocaliu rulat pe jumătate.

Tot nu sunt o *biiiip* de femeie de serviciu, a spus mami.

M-am uitat la ea ciudat.

Biiiip? am întrebat.

Să te *biiiip*, mi-a spus. Mă tot freacă ăștia la muncă.

Adevărul era că mami avea o gură destul de spurcată. Iar acum era angajată la o biserică, așa că...

Am stat acolo, uitându-ne unul la altul.

Apoi, un tip a coborât tropăind scările: chiar mai în vârstă ca mami, doar în boxeri, bocanci de munte și o căciulă de iarnă, cu părul atârnându-i într-o coadă lungă la spate.

Cine e? a întrebat.

– Fiul meu, a răspuns mami timid. Mikey, el e Harris.

– Care-i cel mai nasol lucru pe care l-ai făcut vreodată acolo? m-a întrebat Harris.

– Ce s-a întâmplat cu Alberto? am întrebat.

– Alberto a șters putina, a spus mami.

– Alberto și-a arătat adevărata față, a zis Harris.

– Nu-i port pică *biiiip*-ului ăluia, a spus mami.

– Eu îi port mare pică căcatului ăluia, a zis Harris. Unde mai pui că-mi datora zece parai.

– Lui Harris nu-i prea pasă că are o gură spurcată, a spus mami.

– Iar ei nu-i pasă decât din cauza slujbei, a explicat Harris.

– Harris nu muncește, a spus mami.

– Ei bine, dacă aș munci, n-aș face-o într-un loc în care mi se impune cum să vorbesc, a spus Harris. Ar fi într-un loc în care mi se permite să vorbesc cum îmi place. Un loc în care sunt acceptat așa cum sunt. Ăsta e genul de loc în care aș munci cu dragă inimă.

– Nu prea sunt multe astfel de locuri, a spus mami.

– Locuri în care mi se permite să vorbesc așa cum vreau? a întrebat Harris. Sau locuri în care sunt acceptat așa cum sunt?

– Locuri în care ai munci cu dragă inimă, a răspuns mami.

– Cât stă? a întrebat Harris.

– Cât vrea, a răspuns mami.

– Casa mea e casa ta, mi s-a adresat Harris.

– Nu-i casa ta, a spus mami.

– Măcar dă-i puștiului ceva de mâncare, a zis Harris.

– O să-i dau, dar nu că-mi spui tu, a spus mami și ne-a făcut vânt din bucătărie.

– O femeie de milioane, a zis Harris. Pusesem ochii pe ea de ani de zile. Apoi, Alberto s-a cărat. Asta nu înțeleg. Ai o femeie de milioane în viața ta, doamna se îmbolnăvește și tu te cari?

– Mami e bolnavă? am întrebat.

– Nu ți-a spus? a zis.

S-a strâmbat, și-a strâns pumnul și l-a așezat deasupra capului.

– O umflătură, a zis. Dar n-ai auzit-o de la mine.

Mami fredona acum în bucătărie.

– Sper că măcar prăjești niște șuncă, i-a strigat Harris. Puștiul vine acasă, merită și el niște nenorocită de șuncă.

– De ce nu-ți vezi de treabă? a strigat mami. De-abia l-ai cunoscut.

– Îl iubesc ca pe propriul meu fiu, a zis Harris.

– Ce afirmație ridicolă, a spus mami. Îți urăști fiul.

– Îmi urăsc ambii fii, a zis Harris.

– Și ți-ai urî și fiica dacă ai fi cunoscut-o vreodată, a spus mami.

Fața lui Harris s-a luminat, ca și cum era flatat că mami îl cunoștea suficient de bine încât să știe că era de la sine înțeles că ar fi urât orice copil căruia i-ar fi fost tată.

Mami a intrat în cameră aducând niște șuncă și ouă pe o farfuriuță.

– S-ar putea să găsești un fir de păr în ele, a spus ea. În ultima vreme, e ca și cum aș năpârli ca *biiiip*.

– Cu multă plăcere, a zis Harry.

– N-ai făcut niciun *biiiip*! a răbufnit mami. Nu-ți asuma meritele. Du-te în bucătărie și spală vasele. Cu asta m-ai putea ajuta.

– Nu pot să spăl vasele și tu știi lucrul ăsta, a zis Harris. Din cauza urticariei.

– Face urticarie la apă, a spus mami. Întreabă-l de ce nu le poate șterge.

– Din cauza spatelui, a zis Harris.

– E Regele Dacăului, a spus mami. Ce nu e, nu e Regele Chiar Și Făcutului.

– Stai să plece și-ți arăt eu la ce sunt rege, a zis Harris.

– Ah, Harris, întinzi coarda, asta e chiar scârbos, a spus mami.

Harris și-a ridicat ambele brațe deasupra capului ca și cum: victorie, încă îmi păstrez titlul!

– O să stai în vechea ta cameră, a spus mami.

2.

Pe patul meu erau un arc de vânătoare și o pelerină mov de Halloween, cu fața unei fantome încorporată.

– Astea-s *biiiip*-urile lui Harris, a spus mami.

– Mami, am zis. Mi-a spus Harris.

Mi-am strâns pumnul, l-am așezat deasupra capului.

M-a privit cu ochi goi.

– Sau poate nu l-am înțeles eu cum trebuie, am zis. Umflătura? A spus că ai o...

– Sau poate că e un *biiiip* de mincinos, a spus. Inventează mereu *biiiip*-uri țicnite despre mine. E ca un fel de hobby. I-a spus postașului că am un picior de lemn. I-a spus lui Eileen la aprozar că am un ochi de sticlă. I-a spus tipului de la magazinul de unelte și scule că am accese de leșin și fac spume la gură de fiecare dată când mă enervez. Acum, tipul mă grăbește tot timpul de mai că mă scoate afară.

Ca să-mi arate cât de bine se simte, mami a făcut o săritură cu forfecare.

Harris tropăia la etaj.

– N-o să-i spun că mi-ai zis despre umflătură, a spus mami. Iar tu nu-i spune că ți-am zis că e un mincinos.

Lucrurile începeau să pară ca pe vremuri.

– Mami, am zis, unde locuiesc Renee și Ryan?

– Ăăă, a făcut mami.

– Au un locșor nemaipomenit, a zis Harris. Se scaldă în bani.

– Nu sunt sigură că e cea mai bună idee, a spus mami.

– Mama ta crede că Ryan o articulează, a zis Harris.

– Păi, Ryan chiar o articulează, a spus mami. Îi citesc mereu p-ăia care articulează.

– O lovește? am întrebat. O lovește pe Renee?

– N-ai auzit de la mine, a spus mami.

– Ar face bine să nu înceapă să articuleze și copilul, a zis Harris. Martney, așa mic și simpatic. Puștiul e superdrăguț.

– Deși, ce *biiiip* de nume mai e și ăsta? a întrebat mami. Asta i-am spus-o lui Renee. I-am spus-o chiar așa.

– E nume de fată sau de băiat? a întrebat Harris.

– Despre ce *biiiip* vorbești? a spus mami. Doar ai văzut bebelușul. L-ai ținut în brațe.

– Arată ca un elf, a zis Harris.

– Dar e un elf băiețel sau fetiță? a întrebat mami. Fii atent. Habar n-are, de fapt.

– Păi, era îmbrăcat în verde, a zis Harris. Așa că asta nu-mi spune nimic.

– Gândește-te, a spus mămica. Ce i-am cumpărat?

– Ai zice că aș ști dacă e băiat sau fată, a zis Harris. Fiind nepoțelul meu naibii.

– Nu e nepoțelul tău, a spus mami. I-am cumpărat o barcă.

– O barcă ar putea fi și pentru băieței și pentru fetițe, a zis Harris. Asta e o prejudecată. O fetiță poate să fie înnebunită după o barcă. La fel cum un băiat poate să fie după o păpușă. Sau după un sutien.

– Ei bine, nu i-am cumpărat nici păpușă, nici sutien, a spus mami. I-am cumpărat o barcă.

Am coborât la parter și m-am uitat în cartea de telefon. Renee și Ryan locuiau pe Lincoln. La numărul 27, pe Lincoln.

3.

Numărul 27 de pe Lincoln era în partea bună a centrului orașului.

Nu-mi venea să cred cum arăta casa. Nu-mi venea să cred cum arătau bovindourile. Poarta din spate era din lemn de sequoia și se deschidea atât de lin ca și cum balamaua ar fi fost acționată hidraulic.

Nu-mi venea să cred cum arăta curtea.

M-am ghemuit în niște tufișuri de lângă veranda închisă. Înăuntru, se-auzeau oameni vorbind: Renee, Ryan, părinții lui Ryan, după câte se părea. Părinții lui Ryan aveau voci sonore/pline de încredere, care lăsau impresia că fuseseră fabricate din voci anterioare, mai puțin sonore/pline de încredere, cu ajutorul banilor obținuți subit.

– Puteți să ziceți ce vreți despre Lon Brewster, spunea tatăl lui Ryan. Dar Lon s-a pus la drum și m-a recuperat din Feldspar atunci când am făcut pană.

– Pe acea zăpușeală teribilă, a zis mama lui Ryan.

– Și n-a spus nici pâs, a adăugat tatăl lui Ryan. O persoană întru totul fermecătoare.

– Aproape la fel de fermecătoare, sau cel puțin așa mi-ai spus tu, ca familia Fleming, a zis ea.

– Iar familia Fleming sunt incredibil de fermecători, a spus el.

– Și tot binele pe care-l fac! a zis. Au adus aici un avion plin de bebeluși.

– Bebeluși ruși, a spus el. Cu buză de iepure.

– De îndată ce bebelușii au aterizat, au fost trimiși în săli de operație de pe tot cuprinsul țării, a zis ea. Și cine a plătit?

– Familia Fleming.

– Nu au pus deoparte și niște bani pentru facultate? a zis ea. Pentru bebelușii ruși?

– Copiii aceia au făcut saltul de la a fi handicapați într-o națiune în colaps, la a avea o viață asigurată în cea mai grozavă țară din lume, a spus el. Și cine a făcut asta? O corporație? Guvernul?

– Un cuplu privat, a zis ea.

– Un cuplu de oameni cu adevărat vizionari, a spus el.

A urmat o lungă pauză admirativă.

– Deși n-ai spune niciodată după cum o bruftuluiește el pe ea, a zis mama lui Ryan.

– Ei bine, și ea îl poate bruftului zdravăn, a spus tatăl lui Ryan.

– Câteodată, pur și simplu el o bruftuluiește, iar ea îl bruftuluiește ca răspuns, a zis ea.

– E ca oul sau găina, a spus el.

– Doar că despre duritate, a zis ea.

– Totuși, nu poți să nu-i îndrăgești pe cei doi Fleming, a spus el.

– Ar trebui să ne purtăm minunat cu ei, a zis ea. Când am salvat noi ultima oară vreun bebeluș rus?

– Lasă, că suntem bine și noi, a spus el. Nu ne putem permite să aducem aici cu avionul o mulțime de bebeluși din Rusia, dar, cred eu, în felul nostru limitat, facem exact cât trebuie.

– Nu putem aduce cu avionul nici măcar un copil din Rusia, a zis ea. Chiar și un bebeluș cu buză de iepure din Canada ar fi peste mijloacele noastre.

– Probabil că am putea să mergem și să luăm unul cu mașina, a spus el. Dar apoi, ce-am face? Nu ne putem permite să-i plătim operația și nu ne putem permite să-i plătim studiile. Așa că bebelușul n-ar face decât să stea degeaba, în America în loc de Canada, cu aceeași problemă la buză.

– V-am spus, copii? i-a întrebat ea. Mai deschidem cinci magazine. Cinci magazine în zona tri-statală. Fiecare cu fântâna lui.

– Ce veste bună, mama, a spus Ryan.

– E de-a dreptul minunat, a zis Renee.

– Și, poate, dacă aceste cinci magazine merg bine, putem să ne mai deschidem încă trei sau patru și, în acel moment, să punem din nou pe masă toată chestiunea asta cu bebelușii ruși cu buză de iepure, a spus tatăl lui Ryan.

– Nu încetați să ne surprindeți, ambii! a spus Ryan.

Renee a ieșit cu copilul afară.

– Ies puțin afară cu bebelușul, a zis ea.

4.

Sarcina lăsase urme. Renee părea mai lată în șolduri, mai puțin vioaie. De asemenea, mai palidă, ca și cum cineva i-ar fi trecut o rază decolorantă peste față și păr.

Bebelușul chiar arăta ca un elf.

Bebelușul-elf s-a uitat către o pasăre, a arătat-o cu degetul.

– Pasăre, a zis Renee.

Bebelușul-elf s-a uitat la piscina lor senzațională.

– Pentru înot, a zis Renee. Dar nu încă. Nu încă, da?

Bebelușul-elf s-a uitat către cer.

– Nori, a zis Renee. Norii aduc ploaie.

Era ca și cum bebelușul punea întrebări din priviri: grăbește-te, spune-mi ce sunt toate căcaturile astea din jur, să le pot lua în stăpânire, să-mi deschid câteva magazine.

Bebelușul s-a uitat către mine.

Renee aproape că l-a scăpat din brațe.

– Mike, Mikey, ei, căcat, a zis.

Apoi a părut să-și aducă aminte ceva și s-a grăbit înapoi la ușa verandei.

– Rye? a strigat. Rye-Rege? Poți veni să-l ții pe Mart-Inimioară?

Ryan a luat bebelușul.

– ...iubesc, l-am auzit spunând.

– Eu și mai mult, a zis ea.

Apoi s-a întors, fără copil.

– Îi spun Rye-Rege, a zis, roșind.

– Am auzit, am spus eu.

– Mikey, a zis. Ai făcut-o?

– Pot să intru în casă? am spus.

– Nu astăzi, a zis ea. Mâine. Nu, joi. Ai lui pleacă miercuri. Vino joi, o să mă lămuresc cu el.

– Cu ce să vă lămuriți? am întrebat.

– Dacă poți intra în casă, a zis ea.

– Nu mi-am dat seama că se punea problema, am spus.

– Ai..., a zis ea, făcut-o?

– Ryan pare drăguț, am spus.

– O, Doamne, a zis ea. Este efectiv cel mai drăguț om pe care l-am cunoscut vreodată.

– În afară de când te articulează, am spus.

– Când ce? a zis ea.

– Mi-a spus mami, i-am zis și eu.

– Ți-a spus ce? a întrebat. Că Ryan mă articulează? Că mă lovește? A spus mami asta?

– Nu-i zice că ți-am spus, m-am panicat eu puțin, ca pe vremuri.

– Mami e nebună de legat, a zis ea. Mami și-a pierdut dracului mințile. Mami ar *spune* așa ceva. Știi cine o să fie articulat? Mami. De către mine.

– De ce nu mi-ai scris despre ea? am întrebat-o.

– În legătură cu ce? a zis ea, suspicioasă.

– Că e bolnavă? am spus.

– Ți-a zis ea? m-a întrebat.

Am strâns pumnul și mi l-am ținut deasupra capului.

– Ce-i asta? m-a întrebat.

– O umflătură? am răspuns.

– Mami n-are nicio umflătură, a zis ea. Are o inimă fututǎ de tot. Cine ți-a spus că are o umflătură?

– Harris, am spus.

– Ah, Harris, perfect, a zis ea.

În casă, bebelușul a început să plângă.

– Du-te, a zis Renee. O să vorbim joi. Dar, mai întâi.

Mi-a luat fața în mâini și mi-a întors capul în așa fel încât să-l văd prin fereastră pe Ryan, care încălzea un biberon la chiuveta din bucătărie.

Pare genul de om care m-ar articula? m-a întrebat.

– Nu, am răspuns.

Și nu arăta. Nici pe departe.

Iisuse, am spus. E cineva aici care nu minte?

– Eu, a zis ea. Tu.

M-am uitat la ea și, pentru un moment, avea opt ani, iar eu zece, și ne ascundeam în cotețul câinelui în timp ce mami, tati și mătușa Toni, pe ciuperci, distrugeau curtea.

– Mikey, a zis ea. Trebuie să știu. Ai făcut-o?

Mi-am smuls fața din mâinile ei, m-am întors, am plecat.

– Du-te să-ți vezi soția, tontule! a strigat ea după mine. Du-te să-ți vezi copiii.

5.

Mami era în curtea din față, țipând la acest tip scurt și îndesat. Harris se întrezărea pe fundal, lovind din când în când cu pumnii sau cu picioarele câte ceva pentru a arăta cât de înfricoșător putea deveni când era scos din sărite.

– Acesta e fiul meu! a spus mami. Care a fost în armată. Care tocmai s-a întors acasă. Iar dumneata așa te porți cu noi?

– Vă sunt recunoscător că ați luptat pentru țară, mi s-a adresat bărbatul.

Harris a lovit cu piciorul tomberonul de metal.

Puteți să-i spuneți, vă rog, să nu mai facă asta? m-a întrebat bărbatul.

– N-are niciun control asupra mea când sunt nervos, a vociferat Harris. Nimeni n-are.

– Credeți că mie îmi place? a întrebat bărbatul. Doamna n-a plătit chiria de patru luni.

– Trei, a zis mami.

– Așa tratați familia unui erou? a sărit Harry. El e acolo luptând pe front, iar voi aici îi abuzați mama?

– Prietene, mă scuzi, nu abuzez pe nimeni, a spus bărbatul. Aici e vorba despre o evacuare. Dacă ea și-ar fi plătit chiria, iar eu aș fi evacuat-o, atunci ar fi fost un abuz.

– Iar eu care lucrez pentru un *biiiip* de biserică! a urlat mami.

Bărbatul, deși scurt și îndesat, avea o îndrăzneală de invidiat. A intrat înăuntru și a ieșit din casă ținând în brațe televizorul cu o expresie plictisită pe chip, ca și cum acela ar fi fost televizorul lui și ar fi preferat să-l știe în curte.

– Nu, am spus.

– Mulțumesc că ați luptat pentru țară, mi-a spus.

L-am înșfăcat de cămașă. Mă pricepeam, în acest punct, să înșfac oamenii de cămașă, să îi privesc drept în ochi, să le vorbesc direct.

– A cui este casa asta? am întrebat.

– A mea, a spus.

I-am pus piedică, l-am doborât în iarbă.

– Ia-o ușor, a zis Harris.

– Am luat-o ușor, am spus și am dus televizorul înapoi înăuntru.

6.

În noaptea aceea, a sosit șeriful însoțit de câțiva muncitori care să ajute cu mutatul, care au golit casa și au umplut peluza.

I-am văzut venind și am ieșit pe ușa din spate, urmărind totul de pe High Street, așezat în foișorul de vânătoare din spatele casei familiei Neston.

Mami era afară, cu mâinile la cap, perindându-se printre nimicurile ei puse-n grămezi. Era și nu era melodramatic. Vreau să spun, când pe mami o afectează ceva puternic, la asta recurge: la melodramă. Ceea ce o transformă, bănuiesc, în non-melodramă?

În ultima vreme, mi se întâmpla lucrul acesta când un plan începea să-mi curgă prin trup direct către mâini și picioare. Când se întâmpla asta, știam să mă las în voia lui. Fața îmi lua foc, iar eu mă simțeam ca și cum mi se dădea comanda de Atac, Atac, Atac.

În mare parte, mă slujise bine.

Acum, planul care-mi curgea către mâini și picioare era: ia-o pe sus pe mami, împinge-o înăuntru, fă-o să se așeze, culege-l pe Harris, fă-l să se așeze, incendiază casa sau măcar fă primele manevre de incendiere a casei pentru a le atrage atenția, fă-i să se comporte conform vârstei.

Am luat-o la goană la vale, am împins-o înăuntru pe mami, am așezat-o pe scări, l-am înșfăcat pe Harris de gulerul cămășii, i-am pus piedică, l-am doborât la pământ. Apoi am dat foc covorului de pe scări cu un chibrit, am ridicat un deget ca și cum: liniște, prin mine curge puterea recentei experiențe întunecate.

Erau atât de speriați amândoi încât nu scoteau niciun cuvânt, ceea ce m-a făcut să simt acea rușine pe care știi că n-o vei spăla spunând pur și simplu că-ți pare rău, iar singurul lucru de făcut este să pleci, să abați asupra ta și mai multă rușine.

Am înăbușit cu piciorul focul care cuprinsese covorul și m-am îndreptat către Gleason Street, unde Joy și copiii locuiau cu Nemernicul.

7.

Ce lovitură în moalele capului: locuința lor era chiar mai drăguță decât cea a lui Renee.

În casă era întuneric. Pe alee erau trei mașini. Ceea ce însemna că erau cu toții acasă și deja în pat.

Am stat și m-am gândit puțin la asta.

Apoi am mers înapoi în centru și am intrat într-un magazin. Bănuiesc că era un magazin. Deși nu-mi puteam da seama ce vindeau. Pe niște rafturi galbene luminate dinăuntru erau aceste etichete grele din plastic albastru. Am luat una în mână. Pe ea scria un singur cuvânt: „MiivOxmax."

– Ce e asta? am întrebat.

– Mai degrabă la ce folosește, așa aș pune eu întrebarea, a zis puștiul ăsta.

– La ce folosește? am întrebat.

– De fapt, a zis, probabil că asta ți se potrivește mai bine ție.

Mi-a întins o etichetă identică, dar pe care era scris cuvântul „MiivOxmin".

Un alt puști ni s-a alăturat, cu espresso și fursecuri.

Am pus jos eticheta cu MiivOxmin și am luat-o din nou pe cea cu MiivOxmax.

– Cât costă? am întrebat.

– Vrei să spui în bani? a zis.

– Ce face? am întrebat.

– Păi, dacă mă întrebi dacă e stocare de date sau domeniu de ierarhie a informațiilor? a zis el. Răspunsul ar fi: da și nu.

Erau simpatici. Niciun rid pe fața lor. Când spun că erau puști, vreau să zic că erau cam de vârsta mea.

– Am fost plecat multă vreme, am spus.

– Bine ai revenit, mi-a zis primul puști.

– Unde ai fost? m-a întrebat al doilea.

– La război? le-am spus, cu cea mai insultătoare voce de care eram în stare. Poate ați auzit de asta?

– Eu am auzit, a zis primul, pe un ton respectuos. Mulțumim că ai luptat pentru țară.

– Care din ele? m-a întrebat al doilea. Nu sunt două?

– Nu tocmai a încetat unul din ele? a zis primul.

– Vărul meu e acolo, a zis al doilea. Într-unul dintre războaie. Cel puțin, cred că e. Știu că trebuia să meargă. N-am fost niciodată prea apropiați.

– În orice caz, mulțumim, a zis primul și mi-a întins mâna, și eu i-am strâns-o.

– Eu n-am fost pentru, a zis al doilea. Dar știu că n-a fost alegerea ta.

– Ba, am spus, a cam fost.

– Nu *ai fost* pentru sau nu *ești* pentru? l-a întrebat primul pe al doilea.

– Ambele, a zis al doilea. Deși, mai e încă în desfășurare?

– Care dintre ele? a întrebat primul.

– Cel în care ai fost tu este încă în desfășurare? m-a întrebat al doilea puști.

– Da, am spus.

– E mai bine sau mai rău, ce crezi? m-a întrebat primul. Gen, în viziunea ta, câștigăm? Of, ce m-a apucat? De fapt, nici nu-mi pasă, asta e cel mai amuzant!

– În orice caz, a zis al doilea puști și mi-a întins mâna, și eu i-am strâns-o.

Erau atât de simpatici, deschiși și deloc bănuitori – erau atât de *captivați* de mine – că am ieșit din magazin zâmbind și, când mi-am dat seama că încă țineam în mână eticheta cu Miivoxmax, eram deja la o stradă distanță. M-am dus sub un stâlp de iluminat și am examinat-o. Părea pur și simplu o etichetă de plastic. Ca și cum, dacă voiai Miivoxmax, înmânai eticheta și cineva mergea și îți aducea Miivoxmax, orice ar fi fost asta.

8.

La ușă a răspuns Nemernicul.

Numele lui real era Evan. Merseserăm la școală împreună. Aveam o vagă amintire cu el purtând un turban indian și alergând pe coridor.

– Mike, a spus.

– Pot să intru? am întrebat.

– Cred că trebuie să te refuz, a spus.

– Aș vrea să-i văd pe copii, am zis.

– E trecut de miezul nopții, a spus.

Eram aproape sigur că mințea. Erau magazinele deschise după miezul nopții? Totuși, luna era sus pe cer, iar în aer plutea o umezeală tristă care părea să spună: ei bine, *devreme* nu e.

– Mâine? am întrebat.

– Ar fi OK pentru tine? a spus el. După ce mă întorc de la muncă?

Îmi dădeam seama că ambii căzuserăm de acord să ne comportăm rezonabil. Unul dintre felurile în care ne comportam rezonabil era să formulăm totul ca pe o întrebare.

– În jur de șase? am spus.

– E OK la șase pentru tine? a zis.

Partea ciudată era că nu îi văzusem niciodată propriu-zis împreună. Soția din patul său putea fi cu totul altcineva.

– Știu că nu e ușor, a zis.

– Mi-ai tras-o, am spus.

– Cu respect, te-aș contrazice, a zis.

– Nici nu mă îndoiam.

– Nu ți-am tras-o și nici ea n-a făcut asta, a zis. A fost o conjunctură complicată pentru toți cei implicați.

– Mai complicată pentru unii decât pentru alții, am spus. Măcar atât poți recunoaște?

– Vorbim sincer? a zis el. Sau o luăm pe ocolite?

– Sincer, am spus, iar fața lui s-a schimbat în așa fel încât, pentru un moment, m-a făcut să-l plac din nou.

– A fost greu pentru mine fiindcă mă simțeam ca un căcat, a spus. A fost greu pentru ea fiindcă se simțea ca un căcat. A fost greu pentru noi fiindcă, în timp ce ne simțeam ca niște căcați, simțeam și toate celelalte lucruri pe care le simțeam, care, te asigur, erau și sunt la fel de adevărate ca orice altceva, o adevărată binecuvântare, dacă pot spune așa.

În acel punct, am început să mă simt ca un papițoi, ca și cum eram țintuit la pământ de o ceată de indivizi ca un alt individ să poată veni la mine și să-și bage pumnul lui New Age în curul meu în timp ce-mi explica pe îndelete că pumnul lui în curul meu era departe de a fi prima lui alegere, iar asta îl făcea de fapt să aibă sentimente contradictorii.

– La ora șase, am spus.

– La șase e perfect, a zis el. Din fericire, am program flexibil.

– Nu e nevoie să fii prezent, am spus.

– Dacă ai fi în locul meu, iar eu în locul tău, n-ai simți că poate e nevoie să fii aici? m-a întrebat.

Una dintre mașini era un Saab, alta un Escalade, iar a treia un Saab mai nou, cu două scaune pentru copii înăuntru și un clovn de pluș pe care nu-l recunoșteam.

Trei mașini pentru doi adulți, m-am gândit. Ce țară. Ce cuplu de căcați egoiști erau soția mea și noul ei soț. Îmi dădeam seama că, odată cu anii, bebelușii mei se vor transforma încet în bebeluși egoiști de căcat, apoi copii mici, puști, adolescenți și adulți, iar eu, în tot acest timp, voi mișuna în jurul lor ca un fel de unchi slinos și suspect.

Partea aceea a orașului era plină de castele. Într-unul din ele, un cuplu se îmbrățișa. În altul, o femeie avea gen nouă milioane de căsuțe de Crăciun întinse pe o masă, ca și cum le inventaria. De cealaltă parte a râului, castelele se micșorau. Până în partea noastră a orașului, casele erau ca niște colibe. Într-una dintre colibe, erau cinci puști care stăteau perfect nemișcați pe canapea. Apoi, au sărit toți în același timp, și câinii lor au luat-o razna.

9.

Casa lui mami era goală. Mami și Harris stăteau pe podeaua din sufragerie, dând telefoane, încercând să găsească un loc unde să meargă.

– Cât e ceasul? am întrebat.

Mami și-a ridicat ochii către locul unde fusese ceasul.

– E pe trotuar, a zis.

Am ieșit din casă. Ceasul era sub un palton. Era zece. Evan mi-o trăsese. M-am gândit să mă întorc, să insist să-i văd pe copii, dar până ajungeam acolo s-ar fi făcut unsprezece și tot ar cam fi avut dreptate referitor la ora târzie.

A intrat șeriful.

– Nu vă ridicați, i-a spus lui mami.

Mami s-a ridicat.

– Ridică-te, mi-a spus.

Am rămas așezat.

– Tu ești cel care l-a pus la pământ pe dl Klees? a întrebat șeriful.

– De-abia s-a întors din război, a zis mami.

– Îți mulțumesc că ai luptat pentru țară, a spus șeriful. Te pot ruga să te abții să mai pui oamenii la pământ pe viitor?

– Și pe mine m-a pus la pământ, a zis Harris.

– Chestia e că nu vreau să mă apuc să arestez veterani, a spus șeriful. Sunt veteran eu însumi. Așa că, dacă mă ajuți nemaipunând pe nimeni altcineva la pământ, și eu o să te ajut pe tine. Nearestându-te. Ne-am înțeles?

– A vrut și să dea foc la casă, a zis mami.

– Nu ți-aș recomanda să dai foc la nimic, a spus șeriful.

– Nu-i în toate apele lui, a zis mami. Adică, uitați-vă la el.

Șeriful nu mă văzuse în viața lui până atunci, dar era ca și cum a admite că nu avea niciun reper pentru a mă evalua ar fi însemnat o scăpare profesională.

– Arată, într-adevăr, obosit, a spus șeriful.

– Nu-i lipsește forța, totuși, a zis Harris. M-a pus imediat la pământ.

– Unde vă duceți mâine, oameni buni? a întrebat șeriful.

– Sugestii? a întrebat mami.

– Un prieten, cineva din familie? a spus șeriful.

– La Renee acasă, am răspuns.

– În lipsă de alte variante, la adăpostul de pe Fristen? a spus șeriful.

– La Renee sigur nu mă duc, a zis mami. Nu-i poți ajunge niciunuia la nas în casa aia. Deja ne consideră de joasă speță.

– Păi, suntem de joasă speță, a zis Harris. În comparație cu ei.

– Și sigur nu mă duc nici la un *biiiip* de adăpost, a zis mami. La adăposturi au lățe i.

– Când am început prima oară să ne vedem, eu aveam lățe i de la adăpostul ăla, a precizat Harris aprobator.

– Îmi pare rău că se întâmplă asta, a spus șeriful. Totul e întors cu susul în jos.

– Chiar așa, a zis mami. Uite-mă pe mine lucrând pentru o biserică, iar fiul meu, un erou. Cu o Stea de Argint. A salvat un soldat, scoțându-l de *biiiip*-ul lui de picior. Am primit scrisoarea. Și eu unde mă aflu? Afară, în stradă.

Șeriful se decuplase și aștepta să-și facă ieșirea să se întoarcă la orice altceva însemna realitatea lui.

– Găsiți un loc unde să stați, oameni buni, ne-a sfătuit plin de candoare în timp ce pleca.

Harris și cu mine am târât înapoi înăuntru două saltele. Încă mai aveau cearșafurile și păturile întinse pe ele. Dar cearșaful de pe salteaua lor avea pete de iarbă pe una din margini, iar pernele miroseau a noroi.

Apoi, am petrecut o noapte lungă în casa goală.

10.

Dimineață, mami a sunat niște doamne pe care le știa de când era o tânără mamă, dar una dintre ele se operase de hernic, alta avea cancer, iar a treia avea gemeni care tocmai fuseseră diagnosticați amândoi ca maniaco-depresivi.

La lumina zilei, lui Harris i-a revenit curajul.

– Deci, chestia asta legată de curtea marțială, a spus. Ăsta a fost cel mai nasol lucru pe care l-ai făcut vreodată? Sau au fost lucruri mai nasoale pe care le-ai făcut, dar cu care nu te-au prins?

– L-au achitat, i-a tăiat-o mami.

– Ei bine, și pe mine m-au achitat de furt prin efracție atunci, a spus Harris.

– În orice caz, de unde și până unde e asta treaba ta? l-a întrebat mami.

– Probabil că vrea să vorbească, a spus Harris. Să se aerisească. Face bine la suflet.

– Uită-te la fața lui, Har, a zis mami.

Harris s-a uitat la fața mea.

– Îmi pare rău că am adus vorba, mi-a zis.

Apoi, s-a întors șeriful. Ne-a obligat pe mine și pe Harris să târâm afară saltelele. Pe verandă, l-am privit cum încuia ușa cu un lacăt.

– Optsprezece ani ai fost casa mea dragă, a zis mami, imitând pesemne vreun indian sioux dintr-un film.

– O să aveți nevoie să vină un camion aici, a spus șeriful.

– Fiul meu a luptat în război, a zis mami. Și uite ce-mi faceți.

– Sunt același tip care a fost aici și ieri, a spus șeriful și, dintr-un motiv sau altul, și-a încadrat fața cu mâinile. Vă amintiți de mine? Mi-ați spus deja asta. I-am mulțumit că a luptat pentru țară. Sunați după un camion. Sau căcaturile voastre merg la groapa de gunoi.

– Uite cum se poartă cu o femeie care lucrează la o biserică, a zis mami.

Mami și Harris au cotrobăit prin nimicurile lor, au găsit o valiză, au umplut valiza cu haine.

Apoi, am mers cu mașina la Renee acasă.

Sentimentul meu era: o, asta o să fie amuzant.

11.

Deși, da și nu. Era doar unul dintre sentimentele mele.

Un altul era: of, mami, îmi amintesc când erai tânără și îți purtai părul împletit, iar eu aș fi murit să te văd atât de dărâmată.

Un altul era: hoașcă nebună, m-ai turnat aseară. Ce a fost în capul tău?

Un altul era: mamă, mami, lasă-mă să îngenunchez la picioarele tale și să-ți spun ce am făcut eu cu Smelton și Ricky G. în Al-Raz, iar apoi tu mângâie-mă pe păr și spune-mi că oricine ar fi făcut exact același lucru.

Pe măsură ce traversam podul peste Roll, o vedeam pe mami gândindu-se: numai să mă refuze Renee și-o voi da *biiip* de *biiip* ce e astăzi și mâine.

Dar apoi, zbang, până să ajungem la capătul îndepărtat al podului, iar aerul să revină la normal după răcoarea adusă de râu, chipul ei se schimbase în: O, Doamne, dacă Renee mă refuză în fața părinților lui Ryan, iar ei mă vor considera din nou o scursură, o să mor, o să mor pe loc.

12.

Renee chiar a refuzat-o în fața părinților lui Ryan, care chiar au considerat-o o scursură.

Dar de murit, n-a murit.

Ar fi trebuit să le vedeți fețele când am intrat în casă.

Renee părea uluită. Ryan părea uluit. Mama și tatăl lui Ryan încercau atât de tare să nu pară uluiți, încât răsturnau continuu lucruri. O vază a căzut pe podea în momentul în care tatăl lui Ryan s-a repezit încercând să arate vioi/ primitor. Mama lui Ryan s-a smucit, a lovit un tablou și s-a trezit strângându-l în brațele ei îmbrăcate de un pulovăr roșu.

– Acesta e bebelușul? am întrebat.

Mami s-a năpustit din nou asupra mea.

– Ce crezi că e? a zis. Un pitic care nu poate vorbi?

– Acesta este Martney, da, a zis Renee, punându-mi bebelușul în brațe.

Ryan și-a dres glasul, i-a aruncat lui Renee o privire care spunea: credeam că am discutat asta, Gogoșică Iubită.

Renee a schimbat traiectoria bebelușului, l-a ridicat în aer, ca și cum, dacă l-ar fi ținut suficient de sus, asta ar fi anulat nevoia ca eu să-l țin, el fiind atât de aproape de lumina din tavan și așa mai departe.

Ceea ce m-a durut.

– Ce mama dracului? am spus. Ce crezi că o să fac?

– Te rog nu spune „dracului” în casa noastră, a spus Ryan.

– Te rog nu-i spune fiului meu ce *biiiip* poate și ce *biiiip* nu poate să spună, a zis mami. El venind din război și așa mai departe.

– Mulțumesc că ai luptat pentru țară, a spus tatăl lui Ryan.

– Putem foarte bine să mergem la un hotel, a zis mama lui Ryan.

– Nu mergeți la niciun hotel, mamă, a spus Ryan. Pot ei să meargă la un hotel.

– Nu mergem la niciun hotel, a zis mami.

– Puteți foarte bine să mergeți la un hotel, mamă. Adori să stai într-un hotel bun, a spus Renee. Mai ales când plătim noi.

Chiar și Harris era stresat.

– Un hotel sună minunat, a zis el. De câtă vreme nu m-am mai relaxat într-un loc drăguț de o atare natură ca a unui hotel!

– Ți-ai trimite propria mamă, care lucrează la biserică, împreună cu fratele tău, erou decorat cu Steaua de Argint care tocmai s-a întors din război, într-o șandrama oarecare? a întrebat-o mami.

– Da, a răspuns Renee.

– Pot măcar să țin copilul în brațe? am întrebat.

– Nu cât sunt eu în preajmă, a spus Ryan.

– Jane și cu mine am vrea să știi cât de mult am sprijinit și încă sprijinim misiunea voastră, a spus tatăl lui Ryan.

– Mulți oameni nu au habar de câte școli ați construit acolo, băieți, a zis mama lui Ryan.

– Oamenii tind să se concentreze asupra părților negative, a spus tatăl lui Ryan.

– Cum e proverbul acela? a zis mama lui Ryan. Pentru a face omletă, trebuie să spargi ouăle?

– Cred c-ar putea ține copilul în brațe, a zis Renee. Adică, suntem chiar aici.

Ryan a tresărit, a clătinat din cap.

Bebelușul s-a zvârcolit, ca și cum și el era de părere că soarta i se decidea în acel moment.

Toți acești oameni care credeau că aveam de gând să-i fac rău bebelușului m-au făcut să-mi imaginez că-i fac rău bebelușului. Faptul că îmi imaginam că-i fac rău bebelușului însemna că îi voi și face rău bebelușului? *Voiam* să-i fac rău bebelușului? Dumnezeule, nu. Dar: faptul că nu aveam nicio intenție să-i fac rău bebelușului însemna că, atunci când lucrurile se precipită, nu-i voi face niciun rău bebelușului? Oare nu mi se întâmplase, de curând, să nu am nicio intenție să fac Activitatea A, ca apoi să mă trezesc brusc în mijlocul Activității A?

– Nu vreau să-l țin în brațe, am spus.

– Apreciez asta, a zis Ryan. Foarte frumos din partea ta.

– Vreau să țin în brațe această carafă, am spus și am ridicat o carafă pe care am ținut-o ca și cum era un bebeluș, cu limonada vărsându-se pe jos, și, odată ce limonada băltea frumos pe pardoseala din lemn de sequoia, am făcut-o țăndări de podea.

– M-ați rănit rău de tot! am spus.

Apoi eram afară pe trotuar, mergând repede.

13.

Apoi, eram înapoi în magazin.

Acolo, erau alți doi tipi, mai tineri decât cei care fuseseră înainte. Ar fi putut fi liceeni. Le-am înmânat eticheta cu Miivoxmax.

– Ei căcat, fir-ar să fie! a zis unul dintre ei. Ne întrebam unde e.

– Ne pregăteam să o retragem, a zis celălalt tip, aducând espresso și fursecuri.

– E valoroasă? am întrebat.

– Ha, și-ncă cum, a zis primul și a luat un fel de cârpă specială de sub tejghea, ștergând cu ea de praf eticheta și așezând-o înapoi pe raft.

– Ce e? am întrebat.

– Mai degrabă la ce folosește, așa aș pune eu întrebarea, a răspuns primul tip.

– La ce folosește?

– S-ar putea ca asta să ți se potrivească mai bine ție, a zis și mi-a întins eticheta cu Miivoxmin.

– Am fost plecat multă vreme, am spus.

– Și noi, a zis al doilea puști.

– Tocmai ce-am ieșit din armată, a zis primul puști.

Apoi, fiecare a spus pe rând unde fusese.

S-a dovedit că eu și primul tip fuseserăm practic în același loc.

– Stai, deci tu ai fost în Al-Raz? l-am întrebat.

– Sigur că am fost în Al-Raz, a spus primul tip.

– Eu n-am fost niciodată în căcat, recunosc, a zis al doilea tip. Deși am călcat o dată un câine cu un motostivuitor.

L-am întrebat pe primul tip dacă-și amintea iedutul, peretele ciuruit, copilul mic care plângea, intrarea boltită întunecată, porumbițele care au explodat brusc de sub acea streașină cenușie de pe care se decojea varul.

– Eu n-am fost în partea aceea, a spus. Am fost mai aproape de râu și de barca întoarsă cu fundul în sus și de acea mică familie îmbrăcată toată în roșu care tot apăreau de pretutindeni?

Știam exact unde fusese. Era de necrezut de câte ori, pre- și post-porumbițele care explodaseră, prinsesem cu coada ochiului la orizont, jos lângă râu, vreo siluetă în roșu implorând, ghemuindu-se sau dând bir cu fugiții.

– S-a sfârșit cu bine pentru câine, totuși, a zis cel de-al doilea tip. A supraviețuit și așa mai departe. Până să plec eu, se urca chiar lângă mine, acolo sus, și mergea cu motostivuitorul.

O familie de nouă amerindieni a intrat în magazin, iar cel de-al doilea tip i-a întâmpinat cu espresso și fursecuri.

– Al-Raz, uau, am spus, tatonând.

– Pentru mine? a zis primul tip. Al-Raz a fost cea mai nasoală zi din toată chestia.

– Da, exact, și pentru mine, am spus.

– Am futut-o grav la Al-Raz, a zis.

Brusc, am simțit că nu pot respira.

– Amicului meu, Melvin? a spus el. I-a intrat o bucată de șrapnel fix în vintre. Din cauza mea. Am așteptat prea mult să dau semnalul. Era, gen, petrecerea asta de femei în toi chiar lângă noi? În jur de cincisprezece fete în magazinul ăsta de la colț. Și erau și copii. Așa că am așteptat. Ghinion pentru Melvin. Pentru vintrele lui Melvin.

Acum aștepta să spun cum o futusem eu.

Am așezat la loc eticheta cu MiiVOXmin, am luat-o din nou, am așezat-o la loc.

– Melvin e în regulă, oricum, a spus el și s-a bătut ușor cu două degete pe propriile vintre. E acasă, știi, a intrat la master. Fute, aparent.

– Mă bucur să aud aud, am zis. Probabil că uneori se și urcă în motostivuitor și merge lângă tine.

– Scuze? a spus el.

M-am uitat la ceasul de pe perete. Nu părea să aibă nicio limbă. Era pur și simplu un model galben-alb în mișcare.

– Știi cât e ora? l-am întrebat.

Tipul s-a uitat în sus la ceas.

– Șase, a spus.

14.

Pe stradă, am găsit un telefon cu fise și am sunat-o pe Renee.

– Îmi pare rău, i-am zis. Îmi pare rău pentru carafă.

– Mda, ei, a zis cu vocea ei non-pretențioasă. O să-mi cumperi alta nouă.

Îmi dădeam seama că încerca să ne împăcăm.

– Nu, am spus. Nu o să fac asta.

– Unde ești, Mikey? m-a întrebat.

– Nicăieri, i-am răspuns.

– Unde te duci? m-a întrebat.

– Acasă, i-am spus și am închis.

15.

Cotind pe Gleason, am avut acea senzație. Mâinile și picioarele mele nu știau exact ce voiau, dar tindeau către: dă la o parte pe oricine/orice îți stă în cale, intră în casă, fă praf lucrurile aruncându-le peste tot, urlă orice îți trece prin cap, vezi ce se întâmplă.

Intrasem pe un tobogan al rușinii, gen. Știți la ce mă refer, nu? Odată, când eram în liceu, un tip m-a plătit să-i curăț piscina de niște mâzgă. O adunai cu o greblă, iar apoi smuceai grebla din apă și o aruncai cât colo. La un moment dat, capul greblei a zburat în grămada de mâzgă. Când m-am dus să îl recuperez, erau, gen, un milion de mormoloci, morți și muribunzi, la vârsta aceea la care au burta umflată ca niște mici femei însărcinate. Ce aveau în comun mormolocii morți și cei muribunzi: partea de jos a abdomenului, delicată și albă, le fusese despicată de mâzga care se prăvălea asupra lor de la înălțime. Diferența: cei muribunzi se zbăteau frenetic, animați de o frică nebună.

Am încercat să salvez câțiva, dar erau atât de plăpânzi toți, încât nu am reușit decât să-i torturez și mai tare atingându-i.

Poate un altul i-ar fi putut spune tipului care mă angajase:

– Ăă, trebuie să mă opresc acum, mă simt prost pentru că am omorât atât de mulți mormoloci.

Dar eu n-am putut. Așa că am continuat să arunc mâzga cu grebla.

Cu fiecare aruncare de greblă, mă gândeam că spintec și mai multe abdomene însângerate.

Faptul că am continuat să arunc mâzga cu grebla m-a făcut să mă înfurii pe broaște.

Era ca și cum: (A) eram un tip îngrozitor care făcea conștient acest lucru ticălos din nou și din nou ori (B) nu era un lucru atât de ticălos, de fapt, ci doar firesc, iar felul în care-mi puteam confirma că era firesc era să continuu să-l fac, din nou și din nou.

Ani mai târziu, la Al-Raz, am avut o senzație asemănătoare.

Iată casa.

Iată casa unde găteau, râdeau, și-o trăgeau. Iată casa unde, pe viitor, când numele meu va fi rostit, vorbitorul va fi redus la tăcere, iar Joy va spune cam așa: „Deși Evan nu, nu este tatăl vostru adevărat, eu și tata Evan credem că nu e cazul ca tata Mike să se afle în preajma voastră prea mult, deoarece tot ce eu și tata Evan vrem cu adevărat este ca voi doi să creșteți puternici și sănătoși, iar uneori mămicile și tăticii trebuie să construiască o atmosferă specială în care lucrul acesta să se poată întâmpla."

M-am uitat după cele trei mașini din parcare. Trei mașini însemna: toată lumea acasă. Voiam să fie toți acasă? Da, asta voiam. Îi voiam pe toți, chiar și pe copii, să vadă, să participe și să le pară rău pentru ceea ce mi se întâmplase.

Dar în loc de trei mașini, pe alee erau cinci.

Evan era pe verandă, după cum era de așteptat. Tot pe verandă mai erau: Joy, plus două cărucioare. Plus mami.

Plus Harris.

Plus Ryan.

Renee se grăbea stângace pe alee, urmată de mama lui Ryan care îi apăsa o batistă pe frunte, în timp ce tatăl lui Ryan forma ariergarda, din cauza unui șchiopătat pe care nu-l observasem până atunci.

Voi? m-am gândit. Voi, paiațelor? Voi, țăcăniții dracului, sunteți tot ce a trimis Dumnezeu să-mi stea în cale? Ce batjocură. Al dracului de amuzant. Cu ce mă veți opri? Cu burțile? Cu bunele intenții? Cu blugii Target? Cu anii pe care i-ați petrecut îmbuibându-vă? Cu credința voastră că totul și orice poate fi reparat cu vorbe, vorbe, trăncăneală nesfârșită, vorbe optimiste?

Contururile apropiatului dezastru s-au extins pentru a include moartea tuturor celor prezenți.

Fața mi-a luat foc și m-am gândit: Atac, Atac, Atac.

Mami a încercat fără succes să se ridice din leagănul de pe verandă. Ryan a ajutat-o, sprijinind-o de braț cu multă politețe.

Apoi, ceva s-a înmuiat brusc în mine, poate că am văzut-o pe mami atât de slăbită și am lăsat capul în jos și mi-am croit drum, supus acum, prin gloata aceea de habarniști, gândindu-mă: în regulă, în regulă, voi m-ați trimis, acum aduceți-mă înapoi. Găsiți o cale, oricare ar fi ea, să mă aduceți înapoi, nenorociților, sau sunteți cea mai vrednică de milă adunătură de nemernici pe care a cunoscut-o vreodată lumea.

Cavalerescul meu fiasco

Era din nou NoapteaTorțelorAprinse.

În jurul orei nouă, am ieșit să fac pipi. Acolo, în pădure, era rezervorul mare care alimenta râul nostru artificial, plus un morman de armură veche.

Don Murray a țâșnit pe lângă mine, arătând răvășit. Apoi, am auzit un plânset înăbușit. Lângă mormanul de armură, am găsit-o pe Martha de la Cămară întinsă pe spate, cu fusta de țărancă ridicată la brâu.

Martha: Tipul ăsta e șeful meu. O, Doamne, o, Doamne.

Știam că Don Murray e șeful ei, pentru că Don Murray era și șeful meu.

Dintr-odată, m-a recunoscut.

Ted, să nu spui, mi-a zis. Te rog. Nu e mare lucru. Nate nu poate să afle. L-ar ucide.

Apoi, a fugit ca din pușcă spre Parcare, cu ochii mânjiți de rimel de la plâns.

Bucătăria întinsese un adevărat festin pe o masă grosolană din TurnulCastelului IV: veritabile căpățâni de porc, pui întregi și sângerete.

Don Murray stătea acolo, ciugulind distrat din salata de crudități.

Și m-a salutat dând din cap în cel mai prietenos mod în care o făcuse vreodată.

Femeile, a zis.

Vino să mă vezi, scria pe un bilețel lipit pe vestiarul meu a doua zi dimineață.

În biroul lui Don Murray, se afla Martha.

Deci, Ted, a spus Don Murray. Aseară ai fost martorul unei întâmplări care, privită din unghiul nepotrivit, ar putea părea ușor deplasată. Mie și Marthei ni se pare ciudat. Nu-i așa, Mar? Tocmai ce i-am dat Marthei o mie de dolari. În cazul în care ar exista vreo neînțelegere. Martha crede acum că am avut o aventură. Ceea ce, amândoi fiind căsătoriți, regretăm atât de tare. Dar, cu toată băutura consumată, plus romantismul NopțiiTorțelorAprinse, ce s-a întâmplat, Martha?

Martha: Ne-a luat valul. Am avut o aventură.

Don: O aventură voluntară.

Martha: O aventură voluntară.

Don: Și nu numai asta, Ted. Martha este promovată. De la Cămară. La Adeptă Plutitoare a lui Thespis. Dar, să subliniem: nu ești promovată, Martha, datorită aventurii tale voluntare. E o coincidență. De ce ești promovată?

Martha: E o coincidență.

Don: Coincidență, plus că întotdeauna ai avut o etică a muncii ireproșabilă. Ted, și tu ești promovat. Gata cu Omul de Serviciu. Devii Străjer care Patrulează.

Ceea ce era nemaipomenit. Fusesem Om de Serviciu șase ani. Cineva de calibrul meu. Asta era o glumă pe care eu și MQ o făceam uneori între noi.

Erin suna jos și începea: Haide, MQ, cineva a vomitat în Dumbrava Nemângâierii.

Iar MQ răspundea ceva în genul: Cine, un om de calibrul meu?

Sau Erin începea așa: Ted, o doamnă și-a scăpat lănțișorul în cocina de porci și face un căcat de criză de nervi.

Iar eu răspundeam ceva de genul: Cine, un om de calibrul meu?

Erin continua ceva de genul: Pune-te în mișcare. Nu e amuzant. Îmi țipă chiar în mufarină.

Porcii noștri erau artificiali, mocirla era artificială și căcărezele erau artificiale, dar tot nu era distractiv să încalți cizmele mari de cauciuc și să tragi după tine o SităCernereDeLux în cocina porcilor, de exemplu, pentru a găsi lănțișorul doamnei. Pentru cele mai bune rezultate cu SitaCernereDeLux, trebuia întâi să dai toți porcii artificiali la o parte. Deoarece funcționau automat, porcii continuau să guițe în timp ce tu îi cărai în brațe. Ceea ce putea arăta ciudat dacă se întâmpla să îl fi apucat într-un fel ciudat pe respectivul porc.

Un individ oarecare ar fi putut începe: ia uite, gagiul alăptează la sân porcul ăla.

Și toată lumea ar fi putut izbucni în râs.

Prin urmare, o promovare ca Străjer care Patrulează era mai mult decât binevenită.

Momentan, eram singura persoană care muncea din familia noastră. Mama era bolnavă, Beth, timidă, iar tata, din păcate, își fisurase recent coloana atunci când o mașină pe care o repara căzuse peste el. Aveam și câteva geamuri care trebuiau înlocuite. Toată iarna, Beth mergea prin casă aspirând timidă zăpada. Dacă intrai în timp ce aspira, se dovedea prea intimidată ca să mai continue.

În seara aceea, tata a calculat că îi puteam în curând cumpăra mamei un pat electric de spital.

Tata: Dacă vei continua să urci pe scara ierarhică, poate cu timpul ne vom putea permite o proteză pentru spatele meu.

Eu: Absolut. Asta voi face.

După cină, mergând cu mașina în oraș să iau rețetele de medicamente pentru boala mamei, timiditatea lui Beth și durerile tatălui, am trecut pe lângă casa Marthei și a lui Nate.

Am claxonat, am scos capul pe geam și am făcut cu mâna, am parcat mașina, m-am dat jos.

Salut, Ted, a zis Nate.

Ce faci? am întrebat.

Ei bine, casa noastră e jalnică, a zis Nate. Uită-te la ea. E jalnică, nu? Se pare că pur și simplu nu pot să-mi adun energia necesară.

Într-adevăr, casa arăta destul de rău. Acoperișul era peticit cu table albastre, copiii lor făceau salturi stinghere dintr-o roabă într-o băltoacă de noroi, un ponei slăbănog de sub rândul de leagăne se lingea până la sânge, ca și cum ar fi vrut să fie curat atunci când, într-un final, ar fi încercat să-și asigure o situație locativă mai acătării.

Vreau să spun, unde sunt adulții care au grijă de locul ăsta? a zis Nate.

După care, a ridicat un ambalaj de Snotz de pe pământ și s-a uitat în jur după un loc unde să-l pună. Apoi, l-a lăsat să cadă din nou, iar ambalajul i-a aterizat pe pantof.

Perfect, a zis. Veșnica poveste.

Doamne, a spus Martha și a ridicat ambalajul.

Să nu dispari și tu în ceață, a zis Nate. Tu ești tot ce am, gagico.

Nu, nu sunt, a spus Martha. Îi ai pe puști.

Dacă se mai întâmplă ceva nasol, mă împușc, a zis Nate.

Mă cam îndoiam că s-ar putea hotărî să ducă la capăt așa ceva. Deși, nu știi niciodată.

Deci, care e treaba, copii, la voi la muncă? a întrebat Nate. Doamna e teribil de întoarsă pe dos. Deși tocmai a fost promovată.

Puteam simți privirea Marthei ațintită asupra mea, ca și cum îmi spunea: Ted, sunt la mâna ta acum.

M-am gândit că era alegerea ei. Bazându-mă pe experiența mea de viață, în care nu am înregistrat performanțe chiar notabile, tind să fiu de acord cu zicala aceea cum că, dacă un lucru nu e stricat, nu trebuie reparat. Și aș merge chiar mai departe, spunând că, dacă un lucru e stricat, mai bine îl lași în pace, fiindcă probabil o să-l strici mai rău.

Așa că am spus ceva cum că, ei bine, să fii promovat poate fi dificil, îți provoacă o groază de stres.

Recunoștința pur și simplu radia de pe chipul Marthei. M-a condus la mașină, mi-a dăruit trei roșii pe care le crescuseră ei, care, dacă e să fim cinstiți, arătau oarecum geriatrice: micuțe, debile, zbârcite.

Mulțumesc, mi-a șoptit. Mi-ai salvat viața.

A doua zi dimineață, în vestiarul meu erau uniforma de Străjer care Patrulează și un păhăruț de hârtie cu o pilulă galbenă înăuntru.

Uraaa, m-am gândit, în sfârșit, un Rol Medicina.

A intrat Dna Bridges de la Sănătate & Siguranță, cu prospectul pentru pilulă.

Dna Bridges: Deci, ai aici doar o sută de miligrame de CvlrNstant®. Ca să te ajute cu partea de improvizație. Faza cu CvlrNstant® e că va trebui să te menții tot timpul hidratat.

Am luat pilula, m-am deplasat în Sala Tronului. Trebuia să Patrulez în fața unei uși în spatele căreia un Rege era, chipurile, adâncit în gânduri. În spatele ușii, chiar era un Rege: Ed Phillips. Puseseră un Rege acolo fiindcă unul dintre Tropii noștri Prestabiliți era: sosește un Mesager, se năpustește pe lângă Străjerul care Patrulează, dă ușa de perete, Regele îl face nesăbuit pe Mesager, îl face nătărău pe Străjerul care Patrulează, Mesagerul se face mic, închide ușa, are un scurt schimb de replici cu Străjerul care Patrulează.

În curând, Locul nostru de Scenetă era aproape plin de vizitatori. Mesagerul (alias Kyle Sperling) a năvălit pe lângă mine, a dat ușa de perete. Ed l-a făcut pe Kyle nesăbuit, m-a făcut pe mine nătărău. Kyle s-a făcut mic, a închis ușa.

Kyle: Vă prezint scuzele mele că am încălcat cutuma.

Am uitat replica mea, care era: Nesăbuința-ți trădează o înflăcărare bărbătească.

În schimb, am bâiguit: Ăăă, nicio problemă.

Kyle, un adevărat profesionist, nici n-a clipit.

Kyle (înmânându-mi un plic): Vă rog, asigurați-vă că primește asta. Nu suferă nici cea mai mică întârziere.

Eu: Majestatea Sa este apăsată de gânduri.

Kyle: De greaua povară a gândurilor.

Eu: Exact. De greaua povară a gândurilor.

Chiar în acel moment, am simțit cum își face efectul CvlrNstant®. Mi s-a uscat gura. Mi s-a părut că era drăguț din partea lui Kyle să nu-mi frece ridichea pentru greșeală. Mi-a trecut prin minte că îl plăceam cu adevărat pe Kyle. Îl iubeam chiar. Ca pe un frate. Un camarad. Nobil camarad. Mi s-a părut deodată că, împreună, rezistasem vajnic în fața atâtor intemperii. Am avut impresia, de exemplu, că, la un moment dat, într-un ținut foarte îndepărtat, ne îngrămădiserăm la poalele zidului unui castel, cu smoala încinsă învârtejându-se deasupra noastră, iar acolo împărtășiserăm un hohot disprețuitor, ca și cum am fi spus: viața ne e scurtă pe acest pământ, așa că hai s-o trăim. Iar apoi: Înainte, marș! Am atacat. În sus, pe scări rudimentare, cu bărbătești Sudălmi, deși nu-mi puteam aduce aminte cum sunau Sudălmile ca atare, nici cum s-a terminat amintitul Atac.

Kyle a plecat într-un suflet. Cu multă bucurie i-am delectat pe Oaspeții noștri, folosindu-mă de al meu Duh și felurite Măscări, vesel nevoie-mare că, după multele mele Pățanii, Viața îmi scosese în cale 'cea ocazie prin care puteam aduce atâta Desfăt Lumii Largi & Pestrițe.

N-a trecut mult timp, iară Lumina acelei Zile, deja Însemnată, a fost nemăsurat sporită de Sosirea Binefăcătorului meu, Don Murray.

Și a spus Don Murray, în timp ce mi-a Făcut cu Ochiul, tot numai un zâmbet: Ted, știi ce ar trebui tu și cu mine să facem cândva? Să mergem într-o excursie sau ceva împreună. Cum ar fi, o excursie la pescuit? Cu cortul sau mă rog...

Inima mi-a tresăltat la acest Gând. Să pescuiesc, să vânez, să fac Tabără cu acest nobil Domn! Să hoinăresc pe întinse Câmpii & prin înverziți Codri! Să mă odihnesc, la Sfârșitul Zilei, într-un Umbrar liniștit, lângă Pârâul curgător, iar acolo, printre înfundatele Nechezături ale Bidiviilor noștri, să pălăvrăgim cu glas domol despre atâtea Lucruri: despre Onoare, despre Iubire, despre Pericol, despre Datorie bine dusă la capăt!

Dar atunci, o păcătoasă Întâmplare a avut Loc.

Și anume, Sosirea mai sus-amintitei Martha, întruchipând un Spirit, Spiritul Trei, ca să fiu precis, împreună cu alte două Domnițe în Alb (acestea fiind Megan și Tiffany). Iar Tustrele Fecioarele întruchipau o nostimadă: erau Fantome ce bântuiau acel castel, crunt zăngănindu-și lanțurile și jeluindu-se amarnic, în timp ce Oaspeții noștri, în Locul nostru de Scenetă, îngrădiți de Cordoanele Roșii, curat se Abăteau & Căscau Gura & Lăsau a le Scăpa Exclamații la Spectacolul ce li se-nfățișa sub ochi.

Zărind cu coada ochiului Chipul Marthei – care, deși Voios, purta dedesubt Urma unei Amintiri de Coșmar (iar eu știam prea-bine care era aceea) –, am simțit deodat', în ciuda proaspătului meu Noroc, un vag fior de Melancolie.

Prinzând de veste de Schimbarea-mi de Umoare, Martha mi-a vorbit, într-un Aparté.

Martha: E-n regulă, Ted. Am trecut peste. Serios. Nu te mint. Las-o baltă.

O, ca o Femeie de o așa Virtute Neasemuită, ce Îndurase așa cum Îndurase ea, să socoat' de demnitatea ei a mi se adresa de o Manieră atât de Sinceră & Fără Ocoliș, consimțind prin Cuvintele-i a trece sub o cernită Tăcere Nelegiuirea ce-o dezonora!

Martha: Ted. Ești bine?

La care i-am adresat următoarele: În Adevăr, nu am fost Bine, ci Distras & Neglijent, dar, iată-mă Revenit în Simțirile-mi și prezentându-mi Nesfârșite Scuze pentru Nepăsarea mea în ceea ce v-a privit pe Dvs., dragă Doamnă.

Martha: Ia-o încet, Ted.

În acest punct, Don Murray în persoană a făcut un pas în Față și, întinzându-și Brațul, și-a odihnit Mâna-i pe Peptu-mi, ca și cum să mă oprească.

Ted, jur pe Dumnezeu, au fost spusele lui. Tacă-ți fleanca sau te bag în pizda mă-tii.

Și, în adevăr, o părticică a Cugetului meu mi-a insuflat acum Sfat temeinic: trebuia străduință pentru a-mi potoli aceste Simțăminte, de teamă a nu mă deda vreunei Nesăbuințe, preschimbându-mi Fericele Noroc în Pagubă.

Dar Inima Omului nu e Organ ce poate fi Cetit cu atâta Lesniciune, iar nici ușor Înduplecată nu-i.

Căci, pironindu-mi ochii asupra lui Don Murray, atâtea Gânduri s-au împletit în Cugetu-mi, ca Nourii ce se adună de Furtună: la ce Folos Viața, de Omul ce Trăiește nu urmărește a sluji Cinstea & a face să domnească Dreptatea, așa cum Dumnezeu l-a înzestrat cu Putirința de a face? Era oare lucru de Slavă ca un Mârșav să-și facă Mendrele nederanjat? Trebuia oare cei Slabi să rătăcească pe vecie oropsiți pe blagoslovitul nostru Glob? La aste Cugetări, cumva Cinstea și Bărbăția au început a înflori în sinea-mi, iar, ca atare, Tăinicia nefiind de laudă într-un Domn, am mers cu pași mari în chiar Mijlocul Încăperei, de unde le-am dat de știre numeroșilor Oaspeți adunați acolo, într-o Vorbire de Om Neademenit, cu toată Seriozitatea & Tare, după cum urmează:

Că Don Murray se Bucurase în chip Nevolnic de Martha, introducându-și, împotriva Voinței aceleia, Membrul Viril în Mândria aceleia în timpul NopțiiTorțelorAprinse.

Și mai mult: că acest afurisit Netrebnic Neguțase tăcerea Marthei cu ajutorul a Felurite Șperțuri, printre care prezenta-i Îndeletnicire;

Și mai mult: că încercase a-mi Târgui Tăcerea într-un mod asemănătoriu; dar că eu nu voi mai tăcea începând d-atunci, căci prin asta mă dovedeam, dacă nu nimic altceva, Bărbat și mă puneam în slujba Cinstei, fără a Precupeți vreun Efort.

Întorcându-mă către Martha, i-am cerut, cu-nclinare de Creștet, Încuviințarea celor Spuse & Adeverirea a tot ceea ce Mărturisisem. Dar vai! Slujnicuța nu mi-a Întărit cuvântul. Ci doar și-a plecat Ochii, ca și cum Ocara o apăsa, și-a pierit din Locul de Scenetă.

Paza, fiind Adunată la chemarea lui Don Murray, a sosit pe dată și, folosindu-se din plin de Prilej, m-au Bumbăcit Cum Se Cuvine, țintindu-mi Căpățâna & Trupul cu numeroase Pălituri dureroase. Și m-au Smuls din acel Loc de Scenetă și m-au Azvârlit în Drum, Acoperindu-mă cu prea-plin de Țărână și sfâșiind în fața Ochilor miei în câte Bucățele cartela-mi de Pontaj, pe care le-au risipit către Ceriu, în mijlocul Hohotelilor neîndurătoare pe Seama-mi, mai cu ales în privința Tichiei mele Împănate, din care o Pană Teribil o mai Frânseseră.

Am șezut acolo, rănit și vânăt, până când, adunându-mi ce Prestij îmi mai lăsaseră neștirbit, m-am îndreptat către Casă și atari Mângâieri care mi-ar fi putut fi Arătate acolo. Nu aveam Gologani nici măcar pentru Autobuz (Rucsacu-mi lăsat în urmă în acel Loc Afurisit), așa că am ținut-o la Pas mai bine de un Ceas, cu Soarele de-acum atârnând jos pe Arcu-i, în tot răstimpul Reflectând mâhnit că, prin ceea ce se-ntâmplase, Dădusem Greș în Judecata-mi, iar, prin urmare, îmi aruncasem Neamul într-o cât se poate de strâmtorată Ananghie, în carele Sărăcia noast', deja o Stavilă dinaintea Falei noastre, se va fi Înmulțit de atâtea ori.

Urma să nu fie nicio Proteză de Spate pentru Tata, niciun Pat Electric de Spital pentru Mama și, fără tăgadă, Calea prin care urma de-acu' a Recompensa diversele Leacuri Trebuincioase era un Misteriu & o Iritare.

Nu după mult, Al Vostru Prea-Stimat se afla în împrejurimile Wendy's pe Center Boulevard, pe lângă Pârloaga îngrădită, efectul Elixirului atenuându-se, și atenuându-se vertiginos, conștient că, în curând, după ce va fi dispărut de tot, mă voi găsi în fața blestemăciunii noastre de Televizor, străduindu-mă a explica, cu propria-mi Vorbire nealeasă, că, deși Omătul Iernii ne va fi troienit nu peste multă vreme (strecurându-se chiar și în Sălașul nostr' dupe cum am destăinuit mai adineaori), nicio Portiță nu putea fi Întrezărită: eram Concediat, Concediat & amarnic Căzut în Dizgrație!

Tocmai atunci, a căzut un soi de lovitură Fatală, venită a-mi dezvălui pe de-a-ntregul Nechibzuința, ce mi-a fost servită chiar de Martha în persoană, care, apelându-mă pe al meu Mobil, mi s-a adresat cu Suferință nemăsluită în Vocea-i, care m-a retezat din prima la subiect, spunând: Mulțumesc din suflet, Ted, în caz că nu ți-ai dat seama, locuim într-un rahat de orășel, o Doamne-Dumnezeule, o Doamne-Dumnezeule!

La care a început să plângă & cu toată Sinceritatea.

Adevăr grăise: Cleveteala & Ponegrirea Zburau libere ca Vântul în Orășelul nostru și, fără tăgadă, sărmanul neghiob Nate pleca-va Urechea nu peste mult la ele. Iar astfel Înștiințat cu cruzime de Siluirea Nemernică a Marthei lui, Nate o va lua de bună seamă razna.

Of, fir-ar să fie.

Ce Zi de rahat.

Alegând o Scurtătură de-a lungul Câmpului unde se antrenau liceenii, unde Manechinele de placat, siluetele lor precum niște bărbați care știau ce neprețuit era să-și țină Gurile strâns ferecate, păreau să mă privească Disprețuitoare, am încercat a mă Mângâia, spunându-mi că acționasem cu Cinste, că mă pusesem în slujba Adevărului și demonstrasem nu puțină Îndrăzneală. Dar n-am găsit Mângâiere în asta. Era atât de bizar. De unde și până unde să faci așa ceva? Mă simțeam ca un adevărat Creier de Bibilică, ce ar fi trebuit să-și vadă bine-mersi de a lui treabă & să fie mai Cumpătat. O făcusem de Oaie, fără șagă. Deși, pe de altă Parte, oare nu chiar Necuratul, din când în când, îmbracă Veșmântul Cumpătării, de îi servește Țelului său? Nu era oare Salutar că Evenimentele erau îndreptate pe un făgaș la sfârșitul căruia Don Murray ar fi putut fi osândit? Deși, din nou, cine mă credeam eu, Dl Mare și Tare?

La naiba.

La naiba cu asta.

Ce încurcătură de rahat.

Urma să fie Greu să-mi spăl obrazul.

Eram acum aproape complet eu însumi, ceea ce, credeți-mă, nu era deloc Trandafiriu.

Digeram o ultimă bucățică de Pilulă, așa mi se părea. Producând o ultimă și scurtă, dar intensă, izbucnire a Redevenirii. Acel prealabil Sine. Care, Nobil & Încrezător până la Nesocotință, mă condusese pe o cale atât de greșită.

Pașii m-au purtat pe Malurile Râului, unde am zăbovit o vreme, în timp ce Soarele descrescător se-mpreuna cu Apa, cu mărinimie dăruindu-se pe Sine & al său Caleidoscop, într-un Spectacol Desăvârșit dinaintea unei prea-minunate Tăceri.

Zece Decembrie

Băiatul palid cu breton nefericit de Prinț-Viteaz și gesturi ciudate ca ale unui animăluț s-a îndreptat greoi până la dulapul din antreu și a rechiziționat haina albă a tatălui. Apoi, a rechiziționat cizmele pe care le vopsise în alb cu spray-ul. Nu putuse să vopsească în alb pistolul cu bile. Era un cadou de la mătușa Chloe. De fiecare dată când venea în vizită, trebuia să îl scoată, ca ea să poată face mare caz de lemnul șlefuit.

Sarcina de astăzi: mergi la heleșteu, inspectează barajul castorilor. Probabil va fi reținut. De specia aceea care trăia prin crăpăturile vechiului zid de piatră. Erau de statură mică, dar, în momentul în care apăreau, luau anumite proporții. Și îl urmăreau. Aceasta era metodologia lor. Aplombul său le dădea amarnice dureri de cap. Știa asta. Și se delecta cu asta. Obișnuia să se întoarcă, să aducă pistolul cu bile în cătare, să declame: sunteți conștienți de modul de folosință al acestei ustensile omenești?

Bang!

Erau locuitori ai Lumii Subpământene. Sau Subpământeni. Cu el, aveau o legătură bizară. Câteodată, cât era ziua de lungă, nu făcea altceva decât să le oblojească rănile. Ocazional, în glumă, obișnuia să-l împuște pe câte unul în fund când Subpământeanul încerca să scape. De-atunci încolo, respectivul avea să șchiopăteze pentru tot restul vieții. Care putea însemna încă nouă milioane de ani.

În siguranță, înăuntrul zidului de piatră, cel împușcat începea, băieți, uitați-vă la fundul meu.

În grup, se uitau toți la fundul lui Gzeemon, schimbând priviri mohorâte care spuneau, Gzeemon va șchiopăta pentru următorii nouă milioane de ani, bietul camarad.

Pentru că, da: Subpământenii aveau tendința de a vorbi precum tipul acela din *Mary Poppins*.

Ceea ce, în mod firesc, aducea un oarece văl de mister în privința originii lor ultime aici pe Pământ.

Nu le era la îndemână Subpământenilor să îl rețină. Era șiret. În plus, nu încăpea prin deschizătura lor din zidul de piatră. Când îl legau fedeleș și mergeau înăuntru pentru a prepara poțiunea lor specială de miniaturizare – *Puf!* –, rupea frânghia lor vetustă cu o mișcare din disciplina de arte marțiale inventată de el, Toi Foi, cunoscută și sub numele de Antebrațe Mortale. Și le așeza la intrare o implacabilă piatră a asfixierii, prinzându-i în capcană.

Mai târziu, imaginându-și-i în chinurile morții, făcându-i-se milă de ei, se întorcea și îndepărta piatra.

Ia te uită, poate că rostea de dinăuntru unul dintre ei. Mulțam, comandante! Pe inima mea, ești un adversar de toată isprava.

Câteodată, îl torturau. Îl obligau să stea întins pe spate, privind norii alergând pe cer, în timp ce ei îl torturau în feluri pe care, de fapt, el le putea suporta. Aveau tendința să nu se atingă de dinți. Spre norocul lui. Nu-i plăcea nici măcar să și-i curețe. Așa erau de tolomaci. Mereu se țineau departe de puțulică și mereu se țineau departe de unghii. Pur și simplu zăbovea acolo, înfuriindu-i cu îngerii lui în zăpadă. Câteodată, închipuindu-și că asta era lovitura de grație, nedându-și seama că o auzise din timpuri imemoriale de la niște cretini la școală, începeau să zică, uau, nici măcar nu știam că Robin poate fi un nume de băiat. Și-și chițăiau râsetele lor de Subpământeni.

Astăzi, avea sentimentul că Subpământenii ar putea-o răpi pe Suzanne Bledsoe, fata nouă din clasă. Era din Montreal. Pur și simplu adora felul în care vorbea. Aparent, la fel și Subpământenii, care plănuiau să o folosească pentru a-și repopula contingentul în scădere și pentru a coace diverse preparate pe care ei nu știau să le facă.

NASA, m-am echipat. S-a întors greoi să iasă pe ușă.

Afirmativ. Avem coordonatele tale. Fii precaut, Robin.

Oho, frig, fir-ar.

Rața-termometru arăta -12°C. Și asta fără factorul vânt. Asta făcea lucrurile distractive. Asta făcea lucrurile autentice. Un Nissan verde era parcat acolo unde str. Poole se termina în terenul de fotbal. Să sperăm că proprietarul nu era vreun pervers pe care să trebuiască să-l întreacă în șiretenie.

Sau un Subpământean deghizat în om.

Soare, soare, albastru și frig. Zăpada trosnea sub pașii lui în timp ce traversa terenul de fotbal. De ce un astfel de frig îi cauzează o migrenă unui tip care aleargă? Probabil datorită Vitezei Considerabile de Deplasare a Vântului.

Poteca ce ducea în pădure era cât un om de lată. Se părea că, într-adevăr, Subpământeanul o răpise pe Suzanne Bledsoe. La naiba cu el! Și cu neamul lui. Judecând după unica pereche de urme, se părea că Subpământeanul o căra. Mojic spurcat. Ar face bine să nu o atingă necuviincios pe Suzanne în timp ce o duce. Dacă da, cu siguranță Suzanne îi va fi rezistând cu o furie neîmblânzită.

Asta era îngrijorător, asta era foarte îngrijorător.

Când îi ajunge din urmă, le va spune: uite ce e, Suzanne, știu că tu nu știi cum mă cheamă, după ce mi te-ai adresat greșit cu Roger când m-ai rugat să mă dau la o parte, dar, cu toate acestea, trebuie să-ți mărturisesc că simt că avem ceva. Și tu simți așa?

Suzanne avea cei mai minunați ochi căprui. Acum erau umezi, din cauza fricii și a realității bruște.

Nu-i mai vorbi, amice, a spus Subpământeanul.

Ba o s-o fac, a zis el. Și, Suzanne? Chiar dacă simți că nu avem nimic, stai liniștită, îl voi ucide pe acest individ și te voi aduce din nou acasă. Unde spuneai că locuiești? În El Cirro? Lângă turnul de apă? Sunt case frumoase acolo.

Da, a spus Suzanne. Avem și piscină. Ar trebui să treci pe la noi vara asta. E în regulă dacă înoți cu tricoul pe tine. Și, da, avem ceva. Ești de departe cel mai profund băiat de la noi din clasă. Chiar și când mă gândesc la băieții din Montreal, sunt gen nimeni nu se compară.

E bine de știut, a zis el. Îți mulțumesc pentru aceste cuvinte. Știu că nu sunt cel mai suplu.

Știi care-i chestia cu fetele? a spus Suzanne. Suntem mai degrabă atrase de conținut.

Vă potoliți? a întrebat Subpământeanul. Pentru că acum e timpul să mori. Să muriți.

Ei bine, cu siguranță e timpul ca cineva să moară, a zis Robin.

Partea nasoală era că de fapt n-ajungeai să salvezi niciodată pe nimeni. Vara trecută, găsise un raton pe moarte. Se gândise să-l târască până acasă ca mama să poată suna la veterinar. Dar, când se apropiase, îi fusese prea frică. Ratonii fiind, de fapt, mai mari decât par în desenele animate. Iar acela arăta ca un raton care putea să muște. Așa că a dat fuga acasă să-i aducă măcar puțină apă. Când s-a întors, a văzut locul unde ratonul aparent se zbătuse în ultimele sale momente. Era trist. Nu se împăca bine cu tristețea. Existaseră poate niște plânsete în prealabil, plânsetele lui, în pădure.

Asta nu înseamnă decât că ai o inimă mare, a spus Suzanne.

Ei, știu și eu, a zis el, cu modestie.

Iată și vechea roată de camion. Unde liceenii țineau petreceri. Înăuntrul roții, acoperite de zăpada înghețată, erau trei cutii de bere și o pătură mototolită.

Probabil că îți place să petreci, îi trântise Subpământeanul lui Suzanne câteva momente mai devreme, când trecuseră pe-acolo.

Nu, nu-mi place, spusese Suzanne. Îmi place să mă joc. Și îmi place să mă îmbrățișez.

Hait, zisese Subpământeanul. Sună ca Plictiville.

Undeva, există un bărbat căruia îi plac joaca și îmbrățișările, spusese Suzanne.

A ieșit acum din pădure în fața celei mai drăguțe priveliști pe care o cunoștea. Heleșteul era un imaculat alb înghețat. Arăta precum ceva din Elveția. Într-o zi, va fi sigur. Când elvețienii vor face o paradă în cinstea lui sau ceva de genul.

Aici, urmele Subpământeanului se îndepărtau de cărare, ca și cum își permisese un moment de contemplație să privească heleșteul. Poate că acest Subpământean nu era pe de-a întregul rău. Poate că avea un acces paralizant de mustrări de conștiință în legătură cu Suzanne, care se zbătea curajoasă la el în spate. Cel puțin, părea c-ar iubi cât de cât natura.

Apoi, urmele se întorceau pe cărare, ocoleau heleșteul și se îndreptau în sus pe Colina Lexow.

Ce era obiectul acela straniu? O haină? Pe bancă? Banca pe care Subpământenii o foloseau pentru sacrificii umane?

Zăpada nu se strânsese pe haină. Înăuntru, încă era caldă.

Ergo: haină recent abandonată de Subpământean.

Ce farmece ciudate. Ce enigmă captivantă, dacă știa ce-i aia. Și știa. Odată, găsise un sutien pe ghidonul unei biciclete. Altă dată, găsise o friptură întreagă neatinsă pe un platou în spate la Fresno's. Și nu o mâncase. Deși arăta destul de apetisant.

Ceva urma să se întâmple.

Apoi, la jumătatea distanței de culmea Colinei Lexow, a zărit un bărbat.

Un bărbat chel, fără haină. Sfrijit. În ceea ce păreau a fi pijamale. Urcând anevoios, cu răbdare de broască țestoasă, cu brațele goale decolorate ieșindu-i din bluza de pijama ca două crengi goale decolorate ieșind dintr-o bluză de pijama. Sau dintr-un mormânt.

Ce fel de persoană își lasă haina într-o zi ca asta? Genul dement, ăsta era genul. Tipul arăta oarecum dement. Ca un individ de la Auschwitz sau un bunicuț abătut și confuz.

Tata îi spusese odată: încrede-te în ce-ți spune mintea, Rob. Dacă miroase a rahat, dar scrie pe el La Mulți Ani! și are o lumânare înfiptă în el, ce e?

E decorat cu glazură? întrebase el.

Tata mijise ochii în felul acela în care o făcea când un răspuns încă nu era chiar ce trebuie.

Ce îi spunea mintea acum?

Ceva era în neregulă. Cineva avea nevoie de o haină. Chiar dacă acel cineva era un adult. Heleșteul era înghețat. Rața-termometru arăta -12°C. Dacă acel cineva era dement, trebuia cu atât mai mult să-i vină în ajutor, nu spusese Iisus, binecuvântați cei care îi ajută pe cei care nu se pot ajuta singuri, ci sunt prea demenți, prea neajutorați ori au vreo infirmitate?

A înșfăcat haina de pe bancă.

Asta era o operațiune de salvare. În sfârșit, o operațiune de salvare adevărată, într-un fel.

Cu zece minute înainte, Don Eber se oprise la heleșteu să-și tragă răsuflarea.

Era atât de obosit. Ce chestie. Doamne-Dumnezeule. Când îl plimba pe Sasquatch pe-acolo, înconjurau de șase ori heleșteul, urcau în fugă colina, atingeau bolovanul din vârf, sprintau înapoi până în vale.

Ai face bine să te pui în mișcare, a spus unul dintre cei doi tipi care conversaseră în mintea lui toată dimineața.

Adică, dacă ții la ideea cu bolovanul, a spus celălalt.

Ceea ce ni se pare în continuare cam pretențios.

Se părea că unul dintre tipi era tata, iar celălalt Kip Flemish.

Curvari imbecili. Făcuseră schimb de soții, le abandonaseră pe soțiile schimbate, fugiseră împreună în California. Au fost gay? Sau doar swingeri? Swingeri gay? Kip și tatăl din mintea lui își recunoscuseră păcatele, și ei trei încheiaseră un pact: el îi ierta pentru că poate au fost swingeri gay și pentru că l-au lăsat să meargă singur la Soap Box Derby, doar cu mama, și ei îi dădeau sfaturi bărbătești prețioase.

Vrea să fie plăcut.

Asta spunea tata acum. Părea că tata era oarecum de partea lui.

Plăcut? a spus Kip. *Nu acesta este cuvântul pe care l-aș folosi.*

O pasăre cardinal a șuierat peste zi.

Era incredibil. Chiar incredibil. Era tânăr. Avea cincizeci și trei de ani. Acum n-o să susțină niciodată importantul său discurs despre compasiune în fața națiunii. Cum rămânea cu mersul pe Mississippi într-o canoe? Cum rămânea cu mutatul într-o casă cu structura în formă de A aflată lângă un pârâu umbros, împreună cu cele două hipioate pe care le cunoscuse în 1968 în acel magazin de suveniruri din Munții Ozark, când Allen, tatăl lui vitreg, purtând acea pereche dementă de Aviators, îi cumpărase o pungă de roci cu fosile? Una dintre hipioate spusese că el, Eber, va fi o vulpe când va fi mare și că îl roagă să nu uite s-o sune când se va întâmpla asta. Apoi, hipioatele își uniseră căpșoarele castanii și chicotiseră la prospectiva lui vulpoșenie. Iar asta niciodată nu se...

Cumva, asta niciodată nu...

Sora Val spusese: de ce să nu-ți propui să fii următorul JFK? Așa că se înscrisese în cursa pentru președintele clasei. Allen îi cumpărase o canotieră din genul celor folosite la mitingurile politice. Stătuseră împreună, ornând panglica pălăriei cu Magic Markers. CÂȘTIGĂ CU EBER! Pe spate: BETON! Allen îl ajutase să înregistreze o casetă audio. Cu un mic discurs. Allen dusese undeva acea casetă și se întorsese cu treizeci de copii, „pentru dat în dreapta și în stânga."

– Ai un mesaj bun, spusese Allen. Și ești un orator incredibil. Poți reuși.

Și reușise. Câștigase. Allen îi organizase o petrecere de victorie. O petrecere cu pizza. Toți copiii veniseră.

Of, Allen.

Cel mai bun om dintre toți. Îl dusese la înot. Îl dusese la decupaj. Îi pieptănase părul cu atâta răbdare când venise acasă cu păduchi. Nimic sever.

S-a schimbat odată ce durerea a încăput. A început. Fir-ar al dracu'. Din ce în ce mai frecvent, cuvintele sale. În neorânduială. Din ce în ce mai frecvent, cuvintele sale nu erau ceea ce ar fi speriat.

Sperat.

Odată ce-a început durerea, furia lui Allen n-a mai putut fi stăvilită. Spusese lucruri pe care nimeni n-ar trebui să le spună. Mamei, lui Eber, tipului care livra apă. Se transformase dintr-un bărbat timid, întotdeauna bătându-te pe spate încurajator, într-un personaj palid și împuținat dintr-un pat, țipând PIZDĂ!

Dar cu un accent ciudat de Noua Anglie, astfel că ieșea PEZDĂ!

Prima oară când Allen a țipat PEZDĂ!, a urmat un moment amuzant, în timpul căruia el și mama se priviseră unul pe celălalt să-și dea seama căruia dintre ei i se spusese PEZDĂ. Dar apoi Allen a rectificat, pentru clarificare: PEZDE!

Astfel că era evident că se referea la amândoi. Ce ușurare.

Izbucniseră în râs.

Doamne, de câtă vreme stătea acolo? Lumina zilei nu-l accepta.

Aștepta.

Chiar n-am știut ce să fac. Dar el a făcut simplificat totul.

A luat totul asupra lui.

De ce nu mă miră asta?

Exact.

Acum, vocile le aparțineau lui Jodi și Tommy.

Salut, copii.

Mare zi astăzi.

Vreau să spun, sigur, ar fi fost drăguț să am ocazia să-mi iau adio cum trebuie.

Dar cu ce cost?

Exact. Și, vezi tu,... el știa asta.

Era tată. Asta face un tată.

Le ușurează povara celor iubiți.

Îi ferește pe cei iubiți de niște imagini dureroase de final care ar putea dăinui o viață de om.

În curând, Allen devenise ĂLA. Și nimeni n-avea de gând să reproșeze cuiva că-l evită pe ĂLA. Câteodată, el și mama șușoteau în bucătărie. Mai curând decât să riște să-i provoace furia ĂLUIA. Până și ĂLA înțelegea pactul. Intrai grăbit cu un pahar de apă, îl așezai jos, spuneai, foarte politicos: mai dorești altceva, Allen? Și-l vedeai pe ĂLA gândindu-se: toți anii aceștia am fost bun cu voi toți, iar acum sunt doar ĂLA? Câteodată, bunul Allen era și el acolo, dând de înțeles din priviri: uite ce e, pleacă, te rog să pleci, încerc din răsputeri să nu țip la tine PEZDĂ!

Slab ca un țâr, îi numărai coastele.

Cateter la pulă.

Damf de rahat.

Tu nu ești Allen, și Allen nu e tu.

Așa spusese Molly.

Și dr. Spivey nu putea spune. Nu voia să spună. Era ocupat să deseneze o margaretă pe un *post-it*. Apoi, într-un final, a zis: ei bine, sincer? Pe măsură ce chestiile astea se dezvoltă, apare tendința de a face lucruri ciudate. Dar asta nu înseamnă că trebuie neapărat să fie groaznic. L-am avut pe tipul ăsta. Pur și simplu, tânjea mereu după un Sprite.

Iar Eber se gândise: cumva dvs., dragă doctor/salvator/colac de salvare, tocmai ați spus *tânjea după un Sprite?*

Așa te duceau de nas. Te gândeai: poate pur și simplu tânjesc după un Sprite. Următorul lucru pe care-l știai, erai ĂLA, țipând PEZDĂ!, făcând pe tine, altoindu-i pe cei care se grăbeau să te curețe.

Nu, domnule.

Nu, mersi.

Miercuri, căzuse iarăși din patul de spital. Acolo pe podea, în întuneric, îi venise ideea: i-aș putea scuti de asta.

Să ne scutești? Sau să te scutești?

Treci tu în spatele meu.

Treci în spatele meu, iubitule.

O adiere scutură o serie de pale liniare de zăpadă de undeva de deasupra. Minunat. De ce eram croiți așa, să ni se pară drăguțe atât de multe lucruri din viața de zi cu zi?

Și-a scos haina.

Iisuse Hristoase.

Și-a scos pălăria și mănușile, și-a îndesat pălăria și mănușile într-o mânecă a hainei, a lăsat haina pe bancă.

Așa vor ști. Vor găsi mașina, vor merge pe cărare, vor găsi haina.

Era un miracol. Că ajunsese până aici. Ei bine, mereu fusese puternic. Odată, alergase un semi-maraton cu un picior rupt. După vasectomie, făcuse curățenie în garaj, fără probleme.

Așteptase în patul de spital să plece Molly la farmacie. Asta a fost partea cea mai grea. Să-i spună un simplu la revedere.

Gândurile i s-au îndreptat acum către ea, iar el le-a alungat cu o rugăciune: Ajută-mă să fac asta. Doamne, ajută-mă să nu o dau în bară. Ajută-mă să nu fac pe nimeni de râs. Ajută-mă să ies cu fața pătată.

Ajută-mă. Ajută-mă să ies cu fața pătată.

Pătrată.

Curată.

Timp estimat pentru ajungerea din urmă a Subpământeanului și restituirea hainei? Aproximativ nouă minute. Șase minute pentru a parcurge cărarea din jurul heleșteului, trei minute adiționale pentru a se năpusti în susul colinei ca o furie ucigătoare sau un înger milostiv, purtând umilul dar al unei haine.

E doar o estimare, NASA. Am mai scos-o din burtă.

Știm asta, Robin. Știm foarte bine deja cât de neortodox lucrezi.

Ca atunci când ai scăpat o bășină pe lună.

Sau când l-ai păcălit pe Mel să spună: „Dl Președinte, ce surpriză încântătoare să găsim un asteroid rotindu-se în jurul lui Uranus."

Mai ales acea ultimă estimare era discutabilă. Cu acest Subpământean surprinzător de sprințar. Robin însuși nefiind cel mai iute de picior. Avea oarece talie. Care, pronosticase tata, nu peste mult timp se va coagula victorios într-un trainic trunchi de fundaș. Spera că așa va fi. Pentru moment, avea sâni mici de bărbat.

Robin, grăbește-te, a spus Suzanne. Îmi pare atât de rău pentru acel biet bătrân.

E un nesăbuit, a zis Robin, fiindcă Suzanne era tânără și încă nu înțelegea că, atunci când un bărbat era nesăbuit, le dădea de furcă altor bărbați, mai puțin nesăbuiți decât el.

Nu mai are mult, a spus Suzanne, pe un ton vecin cu isteria.

Gata, gata, a zis el, consolând-o.

Mi-e atât de frică, a spus ea.

Și totuși, e norocos să aibă pe cineva ca mine, care să-i ducă în spate haina până pe coama acelei coline cât casa, care, fiind atât de abruptă, nu este chiar pe gustul meu, a zis Robin.

Bănuiesc că asta este definiția „eroului", a spus Suzanne.

Bănuiesc că da, a zis el.

Nu vreau să continuu să par insolentă, a spus ea. Dar pare să se îndepărteze.

Ai vreo sugestie? a întrebat el.

Cu tot respectul, a spus ea, și pentru că știu că ne privești drept egali, dar diferiți, eu ocupându-mă de partea intelectuală și de invenții speciale și de toate astea?

Da, da, spune, a zis el.

Păi, doar făcând calculele în termeni de geometrie simplă...

El și-a dat seama unde bătea. Și chiar avea dreptate. Nu era de mirare că o iubea. Trebuia să traverseze heleșteul, micșorând astfel unghiul deplasării în mediul înconjurător, *ergo* eliminând secunde valoroase din timpul necesar prinderii din urmă.

Stai, a spus Suzanne. E periculos?

Nu, a zis el. Am făcut-o de mai multe ori.

Te rog, ai grijă, l-a implorat Suzanne.

Ei bine, o dată, a zis el.

Ce aplomb ai, a protestat Suzanne.

De fapt, niciodată, a zis el încet, nedorindu-și să o alarmeze.

Îndrăzneala ta dă în clocot, a spus Suzanne.

El a început să traverseze heleșteul.

De fapt, era chiar mișto să meargă pe apă. Vara, aici pluteau canoele. Dacă l-ar fi văzut mama, ar fi făcut o criză de nervi. Mama îl trata ca pe un bibelou. Din cauza așa-ziselor operații de când era bebeluș. Se superalerta chiar și când folosea un capsator.

Dar mama era o femeie de toată isprava. O sfătuitoare pe care te puteai baza și o mână călăuzitoare fermă. Își etala în mod somptuos părul ei lung și argintiu, iar vocea îi era răgușită, deși nu fuma, ba chiar era vegană. Nu fusese niciodată iubita vreunui motociclist, deși unii dintre cretinii de la școalaă pretindeau că arată astfel.

De fapt, era destul de atașat de mama.

Se afla acum la aproximativ trei sferturi sau aproximativ șaizeci de procente din drum.

Între el și mal, se întindea o porțiune de culoare cenușie. Vara, aici curgea un fir de apă. Arăta puțin ciudat. La marginea porțiunii de culoare cenușie, a lovit surd gheața cu patul pistolului. La fel de solidă ca peste tot.

Și a pornit. Gheața s-a mișcat puțin sub picioarele lui. Probabil că apa nu era adâncă în acel loc. Oricum, spera că nu e adâncă. Doamne.

Cum merge? a întrebat Suzanne, tremurând de spaimă.

Se putea și mai bine, a zis el.

Poate că ar trebui să te întorci, a spus Suzanne.

Dar nu era acest sentiment de teamă exact sentimentul pe care toți eroii trebuie să-l înfrunte devreme în viață? Nu era depășirea acestui sentiment de teamă ceea ce îi distingea cu adevărat pe cei curajoși de ceilalți?

Nu se mai putea întoarce.

Sau putea? Poate că putea. De fapt, era indicat.

Gheața a cedat, iar băiatul s-a scufundat.

În *Stepa Smereniei*, nimeni nu menționase nimic despre greață.

O senzație de beatitudine m-a copleșit în timp ce, la baza crevasei, alunecam în mrejele somnului. Nicio teamă, niciun disconfort, doar o vagă tristețe la gândul a tot ceea ce rămânea nefăcut. Asta este moartea? m-am gândit. Dar e nimic.

Autor, al cărui nume nu mi-l pot aminti, aș vrea să-ți spun ceva.

Căcănarule.

Tremuratul era înnebunitor. Ca o trepidație. Capul îi tresălta pe umeri. S-a oprit să vomite puțin în zăpadă, alb-galben pe alb-albastru.

Era înfricoșător. Acum era înfricoșător.

Fiecare pas era o victorie. Trebuia să-și amintească asta. Cu fiecare pas, se refugia la o distanță mai tată și mai tată. Depărtată de tată. Depărtată vitreg. Ce mai victorie smulgea. Din ghearele constrângerii.

A simțit în gât nevoia să o spună cum trebuie.

Din ghearele înfrângerii. Din ghearele înfrângerii.

Of, Allen.

Chiar și când erai ĂLA, pentru mine încă erai Allen.

Sper că știi asta.

Cădere, a spus tata.

Un anumit timp, a zăbovit să-și dea seama unde va ateriza și cât de tare îl va durea. Apoi, avea un copac în stomac. S-a trezit încolăcit în poziție fetală în jurul unui copac.

Mama dracului.

Au, au. Era prea mult. Nu plânsese după operații sau în timpul chimioterapiei, dar acum simțea nevoia să plângă. Nu era corect. Se întâmplă tuturor aparent, dar acum i se întâmpla chiar lui. Tot așteptase să primească o dispensă specială. Dar nu. Ceva/cineva mai mare ca el tot refuza. Ți se spunea că acel ceva/cineva te iubea mai ales pe tine, dar, în cele din urmă, îți dădeai seama că lucrurile stau altfel. Acel ceva/ cineva mare era neutru. Indiferent. Când acționa inocent, strivea oamenii.

Cu ani în urmă, la *Corpul Dezvăluit*, el și Molly văzuseră o secțiune de creier. Defectul acelei secțiuni de creier fusese o pată cafenie de mărimea unei fise. Acea pată cafenie fusese suficient ca tipul să moară. Tipul trebuie să fi avut propriile speranțe și visuri, o garderobă plină de pantaloni și așa mai departe, anumite amintiri prețioase din copilărie: un banc de crapi koi la umbra unei sălcii din Gage Park, să zicem, buni căutând un șervețel în poșeta ei mirosind a Wrigley, cam așa. Dacă nu ar fi fost pata cafeniue, tipul ar fi putut fi unul dintre oamenii care treceau pe acolo, îndreptându-se spre atrium să ia prânzul. Dar nu. Acum era defunct, putrezind undeva, fără creier în cap.

Uitându-se în jos la secțiunea de creier, Eber simțise un sentiment de superioritate. Săracul tip. Îl lovise un ghinion destul de mare.

El și cu Molly ieșiseră în atrium, mâncaseră gogoșele calde, priviseră o veveriță jucându-se cu un pahar de plastic.

Încolăcit în poziție fetală în jurul copacului, Eber și-a trecut mâna peste cicatricea de la cap. A încercat să se ridice. Nici pomeneală. A încercat să se ajute de copac ca să stea în fund. Pumnul nu voia să i se închidă. Petrecându-și ambele mâini în jurul copacului și prinzându-se de ambele încheieturi, s-a ridicat, s-a sprijinit de copac.

Cum era acum?

În regulă.

Bine, de fapt.

Poate că asta era. Poate că mai departe de atât nu putea merge. Avusese de gând să rămână așezat, cu picioarele încrucișate, rezemat de bolovanul din vârful colinei, dar, până la urmă, care era diferența?

Tot ce trebuia să facă acum era să rămână pe loc. Să rămână pe loc impunându-și să gândească aceleași gânduri de care se folosise ca să se urnească din patul de spital și până în mașină, să traverseze terenul de fotbal și pădurea: MollyTommyJodi înghesuindu-se în bucătărie plini de milă/ silă, MollyTommyJodi scârbiți de cruzimea cuvintelor lui, Tommy opintindu-se cu torsoul lui sfrijit în brațe ca MollyJodi să poată ajunge să-l curețe acolo...

Apoi gata. Ar preîntâmpina toată înjosirea viitoare. Toate temerile pentru următoarele luni ar amuți.

Mut.

Asta era. Gata? Nu încă. Dar în curând. O oră? 40 de minute? Făcea asta? Chiar o făcea? Da, o făcea. O făcea? Ar fi fost în stare să ajungă înapoi la mașină, dacă s-ar fi răzgândit? Nu credea. Iată-l aici. Era aici. Această incredibilă oportunitate de a sfârși lucrurile cu demnitate stătea chiar în mâinile lui.

Tot ce trebuia să facă era să rămână pe loc.

Și pe vecie nu voi mai lupta.

Concentrează-te pe frumusețea heleșteului, frumusețea pădurii, frumusețea la care te întorci, frumusețea care este pretutindeni, în cel mai îndepărtat colț în care poți...

Ah, căcat.

Ah, pentru numele lui Dumnezeu.

Pe heleșteu era un puști.

Un puști grăsuț în alb. Cu o armă. Ținând haina lui Eber.

Căcat cu ochi, lasă haina jos, mișcă-ți fundul acasă, vezi-ți de propriile...

La naiba. Dă-o naibii.

Puștiul a ciocănit gheața cu patul armei.

Nu voiai să te găsească un puști. Așa ceva l-ar marca pe un puști. Deși copiii dau mereu peste lucruri ciudate. Odată, găsise o fotografie nud cu tatăl lui și dna Flemish. Asta fusese ciudat. Sigur, nu la fel de ciudat ca picioarele încrucișate și grimasa de pe fața...

Puștiul înota.

Înotul nu era permis. Semnul de avertizare spunea clar. ÎNOTUL INTERZIS.

Puștiul era un înotător slab. Mare haos acolo. Cu mișcările lui haotice, puștiul dădea naștere unui ochi de apă neagră ce creștea văzând cu ochii. Cu fiecare mișcare, puștiul sporea în mod proporțional marginile acelui negru...

Înainte să-și dea seama ce face, deja pornise. *Puștiul din heleșteu, puștiul din heleșteu*, i se derula încontinuu în minte în timp ce se împleticea. Avansa din copac în copac. Stând acolo gâfâind, ajungeai să cunoști bine fiecare copac. Acesta avea trei noduri: ochi, ochi, nas. Acesta răsărea din pământ ca un copac și devenea doi.

Deodată, nu mai era doar tipul muribund care se trezea nopțile în patul de spital, gândindu-se, fă ca asta să nu fie adevărat, fă ca asta să nu fie adevărat, ci, din nou, parțial, tipul care obișnuia să lase bananele în congelator, ca apoi să le facă bucățele trântindu-le pe blat și turnând ciocolată peste, tipul care stătuse odată la fereastra unei săli de clasă, în timp ce ploua cu găleata, să vadă cum se descurca Jodi cu acea roșcată nenorocită care nu voia să-i dea o șansă la pupitru, tipul care obișnuia la facultate să vopsească manual hrănitoare de păsări și să le vândă la sfârșit de săptămână în Boulder, purtând o pălărie de clovn și făcând o mică jonglerie pe care o...

A început din nou să se prăbușească, s-a oprit la timp, a înțepenit într-o poziție gârbovită, s-a prăvălit în față, a căzut drept în nas, și-a julit bărbia într-o rădăcină.

Nu puteai să nu râzi.

Aproape că nu puteai să nu râzi.

S-a ridicat. S-a ridicat cu încăpățânare. Mâna dreaptă i-a devenit o mănușă însângerată. Soi tare, ghinion. Odată, la fotbal american, își pierduse un dinte. Mai târziu în timpul acelei reprize, Eddie Blandik îl găsise. I-l luase din mână lui Eddie, îl aruncase cât colo. Tot el fusese acela.

Iată drumul în terebentine. Nu mai era mult de-aici. Drumul în serpentine.

Ce să facă? Când ajungea acolo. Să-l scoată pe puști din heleșteu. Să-l facă să se miște. Să-l silească să meargă prin pădure, să traverseze terenul de fotbal, până la una din casele de pe Poole. Dacă nimeni nu era acasă, să-l înghesuie pe puști în Nissan, să dea mai tare căldura, să conducă până la... Asociația Maica Domnului? Camera de gardă? Cea mai rapidă rută până la camera de gardă?

Cincizeci de metri până la capătul potecii.

Douăzeci de metri până la capătul potecii.

Mulțumesc, Doamne, pentru putere.

În heleșteu, acționa din instinct pur, fără cuvinte, fără sine, panică oarbă. S-a hotărât să încerce din răsputeri. A încercat să se prindă de margine. Marginea s-a rupt. S-a dus la fund. S-a împins cu picioarele în mâl și s-a ridicat. A încercat să se prindă de margine. Marginea s-a rupt. S-a dus la fund. Părea c-ar trebui să fie ușor să iasă. Dar, pur și simplu, nu putea. Era ca la bâlci. Ar fi trebuit să fie ușor să dobori trei câini din rumeguș de pe un pervaz. Și era ușor. Doar că nu era ușor cu numărul de mingi pe care ți le dădeau.

Voia la mal. Știa că acolo trebuie să fie. Dar heleșteul tot refuza.

Apoi a spus poate.

Marginea de gheață s-a rupt din nou, dar, dislocând-o, s-a tras infinitezimal către mal, astfel că, atunci când s-a dus la fund, picioarele au găsit mai repede mâlul. Malul era în pantă. Dintr-odată, speranță. A luat-o razna. A luat-o razna de tot. Apoi a ieșit, apa i se scurgea șiroaie, o bucată de gheață ca un ciob în manșetă.

Trapezoidal, s-a gândit.

În mintea lui, heleșteul nu era finit, circular și în spate, ci infinit și peste tot.

Simțea că mai bine se întinde și rămâne nemișcat ori ceea ce tocmai încercase să-l omoare va încerca din nou. Ceea ce încercase să-l omoare nu se afla numai în heleșteu, ci era peste tot, în fiecare element din natură, iar el nu mai exista, Suzanne nu mai exista, mama nu mai exista, nimic nu mai exista, doar zumzetul unui puști plângând ca un bebeluș terifiat.

Eber a ieșit alergând poticnit din pădure și... nici urmă de puști. Doar apa neagră. Și o haină verde. Haina lui. Fosta lui haină, pe gheață. Apa se liniștea deja.

La dracu'.

E *vina ta.*

Puștiul era unde era numai din cauza...

Jos pe plajă, lângă o barcă întoarsă cu susul în jos, era un ignar. Zăcând cu fața în jos. În timpul serviciului. Trebuie să fi zăcut acolo chiar în timp ce bietul puști...

Stai, derulează înapoi.

Era puștiul. Ah, slavă cerului. Întors cu fața în jos ca un cadavru dintr-o fotografie de Brady. Picioarele încă în heleșteu. Ca și cum își pierduse vlaga târându-se. Puștiul era ud leoarcă, haina albă îi devenise cenușie de la apă.

Eber l-a tras pe puști afară. A avut nevoie de patru opintiri. N-a avut forța să-l întoarcă pe spate, dar, mișcându-i capul, cel puțin i-a scos gura din zăpadă.

Puștiul era în pericol.

Ud leoarcă, minus doisprezece grade.

Condamnat.

Eber s-a lăsat într-un genunchi și i-a spus puștiului pe un ton părintesc solemn că trebuia să se ridice, trebuia să se pună în mișcare sau își pierdea picioarele, putea muri.

Puștiul s-a uitat la Eber, a clipit, a rămase pe loc.

L-a apucat pe puști de haină, l-a rostogolit, l-a făcut să stea oarecum în fund. Frisoanele lui făceau ca propriile frisoane să pară o nimica toată. Părea că ține în mână un picamăr. Trebuia să-l încălzească. Cum s-o facă? Să-l îmbrățișeze, să se așeze deasupra lui? Ar fi ca sloi pe sloi.

Eber și-a amintit de haina lui, acolo pe gheață, la marginea apei negre.

Ptiu.

Găsește o creangă. Nicio creangă nicăieri. Unde naiba era o creangă trainică doborâtă atunci când...

În regulă, în regulă, o s-o facă fără creangă.

A coborât cincisprezece metri, a pășit pe heleșteu, a descris o tangentă largă pe porțiunile solide, a pornit către apa neagră. Genunchii îi tremurau. De ce? Îi era teamă că putea cădea în apă. Ha. Nătărău. Făcea pe grozavul. Haina era la cinci metri distanță. Picioarele nu îl mai ascultau. Picioarele hotărâseră să nu-l mai asculte.

Doctore, picioarele s-au hotărât să nu mă mai asculte.

Mie-mi spui.

S-a apropiat cu pași minusculi. Haina era la trei metri distanță. S-a lăsat în genunchi, s-a mai apropiat puțin mergând în genunchi. S-a lăsat pe burtă. A întins un braț.

S-a dus în față pe burtă.

Încă puțin.

Încă puțin.

Apoi, a prins un mic colț cu două degete. A tras haina, s-a tras înapoi printr-o manevră ca un fel de bras invers, s-a ridicat în genunchi, apoi în picioare, s-a retras câțiva pași și iată-l din nou la cinci metri distanță și în siguranță.

Apoi era ca-n zilele de demult, pregătindu-i de culcare pe Tommy sau Jodi când erau frânți de oboseală. Spuneai „mâna", copilul ridica o mână. Spuneai „cealaltă mână", copilul ridica cealaltă mână. Fără haină, Eber vedea că tricoul băiatului era o pojghiță de gheață. Eber i l-a scos. Bietul micuț. Un om nu era decât niște carne pe un cadru. Micuțul nu putea să reziste prea mult în acel frig. Eber și-a dat jos bluza de pijama, l-a îmbrăcat pe puști cu ea, i-a băgat un braț în mâneca hainei. În mânecă erau pălăria și mănușile lui Eber. L-a îmbrăcat pe puști cu pălăria și mănușile, a tras fermoarul până sus. Pantalonii puștiului erau înghețați bocnă. Cizmele lui erau cizme sculptate în gheață.

Trebuia să facă lucrurile ca la carte. Eber s-a așezat pe barcă, și-a scos cizmele și șosetele, și-a scos pantalonii de pijama, l-a așezat pe puști pe barcă, a îngenunchiat în fața lui, i-a scos cizmele. Prin lovituri ușoare, i-a scos pe jumătate un picior din pantaloni. Despuia un copil pe o temperatură de minus doisprezece grade. Poate că exact asta nu trebuia să facă. Poate că așa îl omora pe puști. Habar n-avea. Pur și simplu, habar n-avea.

În disperare, a mai aplicat câteva lovituri pantalonilor. Apoi, puștiul a ieșit din ei.

Eber i-a pus pantalonii de pijama, apoi șosetele, apoi cizmele.

Puștiul stătea acolo în picioare, îmbrăcat în hainele lui Eber, clătinându-se, cu ochii închiși.

Acum o să începem să mergem, da? i-a zis Eber.

Nimic.

Eber i-a dat puștiului un ghiont de încurajare pe spate. Ca între fotbaliști.

Te ducem acasă, a zis el. Locuiești în apropiere?

Nimic.

I-a dat un ghiont mai puternic.

Puștiul a căscat ochii la el, confuz.

Trosc.

Puștiul a început să meargă.

Trosc-trosc.

Ca și cum fugea de el.

Eber îl dirija pe puști în fața lui. Ca un văcar vaca. La început, frica de ghionturi părea să-l motiveze pe puști, dar apoi s-a instalat panica și a luat-o la fugă. Curând, Eber nu mai putea să țină pasul.

Puștiul era la bancă. Puștiul era la capătul potecii.

Bravo, du-te acasă.

Puștiul a dispărut în pădure.

Eber și-a revenit în simțiri.

Mamă, mamă.

Nu știuse ce e frigul până acum. Nu știuse ce e oboseala până acum.

Stătea în chiloți, în zăpadă, lângă o barcă cu fundul în jos.

S-a poticnit până la barcă și s-a așezat în zăpadă.

Robin alerga.

Pe lângă bancă, pe lângă capătul potecii și prin pădure, pe vechea cărare cunoscută.

Ce naiba? Ce naiba se întâmplase? Căzuse în heleșteu? Îi înghețaseră blugii bocnă? Nu mai erau blugi albaștri. Erau blugi albi. A aruncat o privire în jos să vadă dacă blugii de pe el încă mai erau blugi albi.

Era îmbrăcat cu pantaloni de pijama care, îndesați în niște cizme imensoide, arătau ca niște pantaloni de clovn.

Tocmai ce plânsese?

Eu cred că plânsul este sănătos, a spus Suzanne. Înseamnă că ești racordat la propriile sentimente.

Bleah. Gata cu asta, era o prostie, să vorbești în minte cu o fată care în viața reală îți spune Roger.

Fir-ar.

Atât de obosit.

Iată o buturugă.

S-a așezat. Ce bine era să te odihnești. Nu urma să-și piardă picioarele. Nici măcar nu îl dureau. Nici măcar nu le putea simți. Nu urma să moară. La vârsta lui, moartea nu era în plan. Pentru a se odihni mai eficient, s-a întins pe jos. Cerul era albastru. Pinii se unduiau. Nu toți în același ritm. A ridicat o mână înmănușată și a privit-o cum tremură.

Ar putea să închidă ochii puțin. Câteodată în viață, îți mai vine să renunți. Atunci, toată lumea va înțelege. Toată lumea va înțelege că nu e frumos să fii răutăcios. Câteodată, cu toate răutățile, zilele îi erau imposibil de suportat. Câteodată, simțea că nu mai poate îndura nici măcar o singură pauză de masă în care să mănânce la repezeală pe acea salteluță de antrenament rulată în colțul cantinei, lângă paralelele rupte. Nu era obligat să stea acolo. Dar prefera să o facă. Dacă stătea oriunde altundeva, exista șansa unui comentariu. Asupra căruia trebuia apoi să reflecteze întreaga zi. Câteodată, se făceau comentarii despre debandada din casa lui. Mulțumită lui Bryce, care venise o dată în vizită. Câteodată, se făceau comentarii despre felul său de a vorbi. Câteodată, se făceau comentarii despre stilul *faux pas* al mamei. Care era, trebuie spus, o adevărată gagică din anii '80.

Mama.

Nu îi plăcea când erau răutăcioși în legătură cu mama. Mama nu avea nici cea mai mică idee despre statutul lui inferior de la școală. Mama văzându-l mai degrabă ca pe un etalon sau genul de băiat de aur.

Odată, organizase un *rendez-vous* secret de înregistrare a apelurilor telefonice ale mamei, doar din considerente de recunoaștere strategică. Majoritatea erau plicticoase, cotidiene, fără nicio legătură cu el.

În afara conversației cu prietena ei Liz.

Niciodată nu am visat că aș putea iubi pe cineva atât de mult, spusese mama. Mi-e teamă doar că s-ar putea să nu mă ridic la înălțimea lui, știi? E atât de *bun*, atât de *recunoscător*. Puștiul ăsta merită... puștiul ăsta merită totul. O școală mai bună, pe care nu ne-o putem permite, câteva excursii, cum ar fi în străinătate, dar și asta... ăă... ne depășește posibilitățile. Tot ce vreau e să nu-l *dezamăgesc*, știi? Asta e tot ce-mi doresc de la viață, știi? Liz? Să simt, la sfârșit, că l-am tratat cum trebuie pe micuțul ăsta minunat.

În acel punct, părea că Liz începuse să dea cu aspiratorul.

Micuț minunat.

Probabil că trebuia să se pună în mișcare.

Micuț-Minunat era, într-un fel, numele lui de indian.

S-a ridicat în picioare și, adunându-și în brațe cantitatea masivă de haine ca un fel de garnitură de tren împopoțonată a regelui, a pornit spre casă.

Iată roata de camion, iată locul unde poteca se lărgea pentru scurt timp, iată locul unde copacii se îmbinau deasupra capului de parcă voiau să se îmbrățișeze. Tavan țesut, așa îi spunea mama.

Iată terenul de fotbal. De partea cealaltă a terenului, se afla casa lui, ca un animal mare și simpatic. Era incredibil. Reușise. Căzuse în heleșteu și trăise să spună povestea. Plânsese oarecum, da, dar apoi alungase pur și simplu cu un hohot de râs acel moment de slăbiciune mortală și își croise drum spre casă, cu o privire ironic-amuzată pe chip, beneficiind, asta trebuia menționat, de ajutorul mult-apreciat al unui anumit bătrân...

Cu stupoare, și-a amintit de bătrân. Ce naiba? O imagine i-a trecut prin fața ochilor cu bătrânul dezolat și cu pielea albăstruie, în chiloți albi, ca un prizonier de război abandonat lângă sârma ghimpată deoarece nu mai era loc în camion. Sau ca o barză tristă și traumatizată luându-și la revedere de la pui.

Fugise. Fugise de bătrân. Nu se gândise câtuși de puțin la el.

Ei, drăcie.

Ce lașitate de căcat.

Trebuia să se întoarcă. Chiar acum. Să-l ajute pe bătrân să iasă din pădure. Dar era atât de obosit. Nu era sigur că ar reuși. Probabil că bătrânul era în regulă. Probabil că avea un soi de plan pe care-l au bătrânii.

Dar el fugise. Nu putea să trăiască cu asta. Rațiunea îi spunea că singura modalitate prin care se putea revanșa era să se întoarcă acum, să-l salveze. Corpul îi spunea altceva: e prea departe, ești doar un puști, spune-i lui mama, mama o să știe ce e de făcut.

Stătea paralizat la marginea terenului de fotbal, ca o sperietoare în haine lălâi bătute de vânt.

Eber se sprijinea într-o rână de barcă.

Ce schimbare de vreme. Oamenii se plimbau cu parasolare și așa mai departe în zona deschisă a parcului. Se aflau acolo un carusel, o orchestră și un foișor. Oamenii prăjeau mâncare pe spatele unora dintre călușeii din carusel. Și totuși, pe spatele altora, stăteau copii. Cum de știau? Care călușei sunt fierbinți? Deocamdată, zăpada încă nu se topise, dar zăpada nu mai putea rezista mult când vremea era așa cănuță.

Călduță.

Dacă închizi ochii, acela e sfârșitul. Știi asta, nu?

Hilar.

Allen.

Chiar vocea lui. După atâția ani.

Unde se afla? Heleșteul cu rațe. Venise de atâtea ori aici însoțit de copii. Ar fi trebuit să plece acum. La revedere, heleșteu cu rațe. Deși, ia stai. Părea să nu poată sta în picioare. În plus, nu puteai lăsa în urmă doi copii. Nu atât de aproape de apă. Aveau patru și șase ani. Pentru numele lui Dumnezeu. Ce fusese în capul lui? Să-i lase pe drăguții de ei lângă heleșteu. Erau copii buni, ar fi așteptat cuminți, dar nu s-ar fi plictisit? Și n-ar fi vrut să înoate? Fără veste de salvare? Nu, nu, nu. I se făcea rău. Trebuia să rămână. Bieții copii. Bieții, abandonați...

Stai, derulează înapoi.

Copiii lui erau înotători excelenți.

Copiii lui nici gând să fi fost vreodată abandonați.

Copiii lui erau oameni în toată firea.

Tom avea treizeci de ani. Mândru ca bradul. Depunea atât de mult efort să învețe lucruri. Dar chiar și când credea că știe să facă ceva (să înalțe zmee, să crească iepuri), Tom era în scurt timp deconspirat ca ceea ce era de fapt: cel mai drăguț, cel mai agreabil tânăr care a trăit vreodată, dar care nu știa mai multe despre înălțarea zmeelor/creșterea iepurilor decât ar fi învățat oricine în zece minute pe Internet. Nu că Tom nu era deștept. Tom era deștept. Tom prindea totul din zbor. O, Tom, Tommy, Tommikins! Ce suflet mare avea copilul ăsta! Nu făcea decât să se străduiască și iar să se străduiască. Pentru dragostea tatălui său. Of, puștiule, aveai acel ceva, ai acel ceva, Tom, Tommy, chiar și acum mă gândesc la tine, ești mereu în gândurile mele.

Și Jodi, Jodi era tocmai în Santa Fe. Spusese că își va lua liber de la serviciu și va zbura acasă. Când era nevoie. Dar nu era nevoie. Nu îi plăcea să-i deranjeze. Copiii aveau propriile vieți. Jodi-Jode. Micuța lui pistruiată. Însărcinată acum. Necăsătorită. Nici măcar nu are un iubit. Prostul de Lars. Ce fel de bărbat părăsește o fată atât de frumoasă? O drăguță. Tocmai ce începuse să facă progrese la muncă. Nu poți să-ți iei liber atât de mult timp când tocmai ce ai început...

Pentru el, reconstruind-le astfel viețile, copiii deveneau din nou reali pentru el. Ceea ce... Nu îți doreai ca bulgărele acela să înceapă să se rostopască. Jodi urma să aibă un copil. Rostogolească. Putea să rămână în viață suficient de mult cât să vadă copilul. Să țină în brațe copilul. Era trist, da. Era un sacrificiu pe care trebuise să îl facă. Explicase asta în bilet. O făcuse, nu-i așa? Nu. Nu lăsase niciun bilet. Nu putuse. Existase un motiv pentru care nu putuse. Existase, nu? Era destul de sigur că fusese un motiv anu...

Asigurarea. Nu trebuia să dea impresia că o făcuse intenționat.

Ușoară panică.

Ușoară panică acum.

Își lua viața. Și în timp ce-o făcea, implicase un puști. Care rătăcea hipotermic prin pădure. Își lua viața cu două săptămâni înainte de Crăciun. Sărbătoarea preferată a lui Molly. Molly avea o chestie cu o valvă, o chestie cu panica, asta ar fi putut să o...

Acesta nu era... acesta nu era el. Acesta nu era un lucru pe care el să-l fi făcut. Nu era un lucru pe care să-l fi făcut vreodată. Doar că... o făcuse. O făcea. Era în desfășurare. Dacă nu se punea în mișcare, se va fi... se va fi înfăptuit. Era gata.

Adevărat îți spun că astăzi vei fi cu mine în împărăția...

Trebuia să lupte.

Dar nu părea să-și poată ține ochii deschiși.

A încercat să-i transmită câteva ultime gânduri lui Molly. Scumpa mea, iartă-mă. Cel mai mare rateu dintre toate. Uită partea asta. Uită că am sfârșit-o astfel. Tu mă știi. Știi că nu am vrut să fie așa.

Era acasă. Nu era acasă. Știa asta. Dar putea vedea fiecare detaliu. Iată patul de spital gol, fotografia de studio cu ElMollyTommyJodi aranjați în jurul acelui ocol de rodeo de mucava. Iată noptiera. Pastilele lui în cutiuța de medicamente. Clopoțelul din care suna s-o cheme pe Molly. Ce chestie. Ce chestie inumană. Brusc, a realiză cât de crud era. Și egoist. O, Doamne. Cine se credea? Ușa de la intrare s-a deschis. Molly l-a strigat. Se va ascunde în camera de zi. Va ieși din ascunzătoare, o va surprinde. Cumva, renovaseră. Camera lor de zi era acum camera de zi a Dnei Kendall, profesoara lui de pian din copilărie. Asta ar fi amuzant pentru copii, să ia lecții de pian în aceeași încăpere unde el...

Hei, a spus Dna Kendall.

Ceea ce voia să spună era: nu muri încă. Mulți dintre noi, aflați în această cameră de zi, ne dorim să te judecăm aspru.

Hei, hei! a strigat ea.

Pe lângă heleșteu se apropia o femeie cu părul argintiu.

Tot ce trebuia să facă era să o strige.

A strigat-o.

Pentru a-l ține în viață, ea a așezat asupra lui diverse lucruri casnice, lucruri mirosind ca acasă, paltoane, pulovere, o ploaie de flori, o pălărie, șosete, teniși, și cu o forță de necrezut l-a ridicat în picioare și l-a condus printr-un labirint de copaci, o lume de poveste a copacilor, copaci de care atârnau țurțuri. Era burdușit cu haine. Era ca patul pe care se adună hainele la o petrecere. Ea știa tot: unde să calce, când să se odihnească. Avea o forță de taur. Acum îl ținea ca pe un bebeluș; își petrecuse ambele brațe în jurul taliei lui, săltându-l peste o rădăcină.

Au mers ore întregi, așa părea. Ea cânta. Îl alinta. Îi șoptea, reamintindu-i, bătându-l cu degetul în frunte (chiar în frunte) că afurisitul ei de *copil* era *acasă*, aproape *bocnă*, așa că trebuia să *mărească naibii pasul*.

Doamne sfinte, erau atâtea de făcut. Dacă scapă. O să scape. Gagica nu l-ar fi lăsat să nu scape. Trebuia să încerce să o facă pe Molly să înțeleagă... să înțeleagă de ce o făcuse. *Eram speriat, eram speriat, Mol.* Poate că Molly ar fi fost de acord să nu le spună lui Tommy și Jodi. Nu i-ar fi plăcut ca ei să știe că fusese speriat. Nu i-ar fi plăcut ca ei să știe ce prost fusese. Ah, dă-le dracu pe toate! Să afle toată lumea! O făcuse! Îi venise s-o facă, și-o făcuse și gata. Ăsta era. Asta făcea parte din el. Gata cu minciunile, gata cu tăcerea, urma o viață nouă și diferită, numai să...

Traversau terenul de fotbal.

Iată Nissanul.

Primul lui gând a fost: intră în mașină, condu până acasă.

Nu, în niciun caz, a spus ea cu un zâmbet discret și l-a condus într-o casă. O casă din parc. O zărise de un milion de ori. Iar acum se afla înăuntru. Mirosea a transpirație de bărbat, sos de spaghete și cărți vechi. Ca o bibliotecă unde bărbați transpirați mergeau să facă spaghete. L-a așezat în fața unei sobe cu lemne, i-a adus o pătură cafenie care mirosea a medicamente. Nu vorbea decât în directive: bea asta, lasă-mă să-ți iau asta, învelește-te, cum te numești, care e numărul de telefon de acasă?

Ce chestie! Să ajungi de la a muri înghețat în chiloți aici! Căldură, culori, coarne de vânat expuse pe pereți, un telefon vechi cu manivelă ca în filmele mute. Era mare lucru. Fiecare secundă era mare lucru. Nu murise înghețat în chiloți, lângă un heleșteu. Puștiul nu era mort. Nu omorâse pe nimeni. Ha! Cumva, recăpătase totul. Totul era bine acum, totul era...

Femeia s-a aplecat deasupra lui, i-a atins cicatricea.

A, vai, au, a spus ea. Nu ți-ai făcut asta acum, nu?

În acel moment, și-a amintit că avea acea pată cafenie în cap ca întotdeauna.

O, Doamne, tot trebuia să treacă prin toate astea.

Încă mai voia? Încă mai voia să trăiască?

Da, da, o, Doamne, da, te rog.

Pentru că, OK, chestia era că – acum înțelegea, începea să înțeleagă – dacă vreun tip, aproape de final, se dezintegra, spunând sau făcând lucruri groaznice, ori avea nevoie să fie ajutat, considerabil ajutat? Și ce? Ce mare lucru? De ce să nu facă sau să spună lucruri ciudate ori să arate ciudat sau dezgustător? De ce să nu i se prelingă rahatul pe picioare? De ce să nu îl ridice și să îl întoarcă și să îl hrănească și să îl șteargă la fund cei pe care îi iubea, când și el ar fi făcut același lucru bucuros pentru ei? Se temuse ca ridicatul și întorsul și hrănitul și ștersul la fund să nu-l împuținеze, încă îi era teamă de asta, și totuși, în același timp, înțelegea acum că încă mai puteau exista multe... multe picături de bunătate, aceasta a fost expresia pe care a găsit-o, multe picături de fericire, de tovărășie profundă în față, și acele picături de tovărășie nu erau ale lui – nu fuseseră niciodată – pentru a le putea respinge.

Respinge.

Puștiul a ieșit din bucătărie, pierdut în haina încăpătoare a lui Eber, scăldându-se în pantalonii de pijama care îi atârnau peste picioare acum că își scosese cizmele. L-a apucat cu blândețe pe Eber de mâna însângerată. A spus că-i pare rău. Îi părea rău că fusese așa un tăntălău în pădure. Îi părea rău că fugise. Pur și simplu, nu-și dăduse seama. Destul de speriat și așa.

Ascultă, a zis Eber cu vocea răgușită. Ai fost incredibil. Ai fost perfect. Sunt aici. Cine e responsabil de asta?

Iată. Asta era ceva ce puteai face. Poate că puștiul se simțea mai bine acum? Îi dăruise asta puștiului? Ăsta era un motiv. Să rămână în preajmă. Nu? Nu poți consola pe nimeni dacă nu ești în preajmă? Nu poți face nici cât negru sub unghie dacă te duci?

Când Allen se apropia de sfârșit, Eber făcuse o prezentare la școală despre lamantini. Obținuse cel mai mare calificativ de la sora Eustace. Care putea fi realmente dură. Ca urmare a unui incident cu o mașină de tuns iarba, îi lipseau două degete de la mâna dreaptă, și uneori se folosea de acea mână pentru a face vreun copil să tacă speriat.

Nu se gândise la asta de ani de zile.

Își așezase mâna aceea pe umărul lui nu pentru a-l speria, ci ca o formă de laudă. *Prezentarea a fost nemaipomenită. Toată lumea ar trebui să-și ia sarcinile la fel de în serios ca Donald. Donald, sper că vei merge acasă și le vei arăta părinților.* Mersese acasă și îi arătase mamei. Care sugerase să-i arate și lui Allen. Care, în acea zi, fusese mai degrabă Allen decât ĂLA. Iar Allen...

Ha, uau, Allen. Ăsta da bărbat.

Lacrimile i-au țâșnit din ochi în timp ce stătea lângă sobă.

Allen îi... Allen îi spusese că era minunat. Îi pusese câteva întrebări. Despre lamantini. Ce mâncau, din nou? Era de părere că puteau comunica eficient unul cu celălalt? Ce chin trebuie să fi fost! În starea în care se afla. Patruzeci de minute vorbind despre lamantini? Inclusiv un poem pe care Eber îl compusese? Un sonet? Despre lamantini?

Fusese atât de fericit să-l regăsească pe Allen.

O să fiu ca el, s-a gândit. O să încerc să fiu ca el.

Vocea din mintea lui era tremurată, goală, fără convingere.

Apoi: sirene.

Cumva: Molly.

A auzit-o în hol. Mol, Molly, vai de mine. La începutul căsătoriei, obișnuiau să se certe. Să-și spună cele mai demente lucruri. După aceea, uneori apăreau lacrimile. Lacrimi în pat? Iar apoi făceau... Molly își lipea fața umedă și înfierbântată de fața lui umedă și înfierbântată. Le părea rău, o spuneau cu trupurile, se primeau înapoi unul pe altul, iar acel sentiment, acel sentiment de a fi primit înapoi din nou și din nou, al afecțiunii cuiva pentru tine care se lărgește pentru a cuprinde orice nou cusur ce tocmai se manifestase, acela era cel mai adânc, cel mai drag lucru pe care vreodată îl...

Ea a intrat tulburată și spăsită, cu o umbră de mânie pe chip. O pusese într-o situație stânjenitoare. Își dădea seama de asta. O pusese într-o situație stânjenitoare făcând ceva care arăta că ea nu observase suficient câtă nevoie avea de ea. Fusese prea ocupată să-l îngrijească pentru a observa cât era de speriat. Era supărată pe el pentru această ispravă și îi era rușine de ea pentru că era supărată pe el în acel moment greu pentru el, încercând să uite de rușine și supărare acum, să poată face ceea ce trebuie.

Fața ei trăda toate aceste lucruri. O cunoștea atât de bine.

De asemenea, îngrijorare.

Îngrijorarea ștergea orice altceva de pe acel chipul iubit.

S-a apropiat acum de el, împiedicându-se ușor de o umflătură din podeaua acestei case străine.

Mulțumiri

Doresc să le mulțumesc celor de la MacArthur Foundation, Guggenheim Foundation, American Academy of Arts and Letters și celor de la Syracuse University pentru generoasa susținere pe întreg parcursul acestei cărți.

De asemenea, doresc să le mulțumesc:

Lui Esther Newberg, pentru neobositele îndrumări și prietenie din ultimii șaisprezece ani, în timpul cărora mi-a oferit extraordinarul dar de a simți că tot ceea ce trebuie să fac este să scriu cât de bine pot, și ea va avea grijă de restul, ceea ce a și făcut, cu o incredibilă energie.

Lui Deborah Treisman, pentru redactarea strălucită a articolelor mele din *The New Yorker*, pentru generozitatea și atenția cu care lucrează și pentru viziunea ei incredibil de vastă asupra operei mele.

Lui Andy Ward, pentru prietenia, sfaturile înțelepte, încrederea în mine și influența pozitivă a perspectivei sale mereu optimiste; în Dubai, Nepal, Africa, Mexic, Fresno, și în toate locurile în care am lucrat împreună la această carte.

Lui Caitlin și Alenei: privindu-vă toți acești ani am învățat că bunătatea nu este doar posibilă, ci că este starea voastră naturală. Paula: tot ceea ce am făcut semnificativ în ultimii douăzeci și cinci de ani a fost inspirat, generos susținut și minunat impregnat de bunătatea ta, de sfaturile tale și de încrederea ta nețărmurită. Mulțumesc de un milion de ori. Cândva în tinerețea sau în copilăria mea, trebuie să fi făcut ceva cu adevărat bun.

George Saunders este unul dintre cei mai apreciați autori de proză scurtă din literatura americană contemporană, printre volumele sale numărându-se *CivilWarLand in Bad Decline*, *Pastoralia*, *In Persuasion Nation* și *Zece Decembrie*, premiat cu Folio Prize și PEN/ *Malamud Award*, finalist National Book Award 2013 și aflat pe lista *New York Times Ten Best Books of* 2013.

Cea mai amuzantă și provocatoare colecție de proză scurtă pe care George Saunders a lansat-o până în prezent, *Zece Decembrie* pune în lumină experiența umană și explorează datele pierdute în labirintul preocupărilor cotidiene tulburătoare.

Cu o viziune pe alocuri întunecată asupra viitorului, expusă pe *riff*-urile luminoase ale fantasmelor în continuă formare ale trecutului și ale prezentului, această colecție de proză scurtă fredonează umanitatea cu șarm și intensitate.

Câștigător al burselor MacArthur Genius și Guggenheim Foundation și colaborator constant pentru *The New Yorker*, George Saunders este una dintre cele mai marcante influențe ale culturii americane. Nelipsit de pe listele PEN *Award*, *National Book Award*, *Bram Stoker Award*, și *New York Times Best Books of the Year*, Saunders este o superputere literară deopotrivă pentru cititori și critici.